REVIEW

열일곱 살에, 학교 도서관에서 처음 캐드펠 수사 시리즈를 읽었는데 완전히 푹 빠지고 말았다. 어떻게 21세기 한국의 고등학생이 12세기 영국의 수도사에게 친밀감을 느낄 수 있었을까? 책을 펼치면 캐드펠 수사가 가꾸는 허브밭의 싱그러운 향이 미풍에 실려 오는 것만 같았고, 부지불식간에 이웃처럼 정이 든 마을 사람들이 삶의 우여곡절을 겪을 때는 함께 탄식했다. 그 생생한 경험을 통해 역사와 문학을 동시에 사랑하게 되었는지도 모르겠다.

서른다섯 살이 되어 캐드펠 시리즈를 다시 읽고 싶어졌는데, 혹시 두 번째로 읽었을 때의 감회가 예전만 못할까 걱정했었다. 기우 중의 기우였다. 열일곱 살에 발견하지 못했던 부분들을 잔뜩 발견하며 읽을 수 있었고, 역사추리소설을 추천하는 자리에서 매번 자신 있게 추천하곤 했다. 소박하고 담백하게 시작해 역사의 큰 톱니바퀴와 힘 있게 맞물려 들어가는 이 놀라운 이야기에 대해 말할 때 한없이 행복했다.

엘리스 피터스가 육십대 중반에 이처럼 대단한 시리즈를 시작했다는 것을 떠올리면 마음에 환한 빛이 든다. 먼 길을 다녀와 켜켜이 쌓인 지혜를 품고 유적지를 직접 걸으며 작품을 구상했을 작가를 상상하고 만다. 멋진 일은 언제든 시작될 수 있고, 심혈을 다해 빚은 이야기는 시간과 공간을 뛰어넘는다는 것을 보물 같은 작품들을 통해 믿게 되었다.

정세랑
소설가

REVIEW

엘리스 피터스는
가장 뛰어난 추리소설 작가다.
UMBERTO ECO
움베르토 에코

캐드펠 수사는 한 세기를
완벽하게 구가한 셜록 홈스에
비견되는 창조물이다.
LOS ANGELES TIMES
BOOK REVIEW
LA 타임스 북 리뷰

이보다 더 매력적이고 인상적인 탐정은
찾기 어려울 것이다.
SUNDAY TIMES
선데이 타임스

서스펜스와 역사소설이 혼합된
유쾌하고 독창적인 작품.
LONDON EVENING
STANDARD
런던 이브닝 스탠더드

시리즈가 추가될 때마다 기쁨을 느낀다.
연대기 시리즈가 계속 이어지기를 바란다.
USA TODAY
USA 투데이

캐드펠 수사는 분명 범죄소설의
컬트적 인물이 될 것이다.
FINANCIAL TIMES
파이낸셜 타임스

엘리스 피터스의 미스터리는 역사적 디테일,
마을과 수도원의 중세 생활상, 생생한
캐릭터 묘사, 우아하고 문학적인 문체 등
이야기 그 자체로 즐거움을 선사한다.
THE WASHINGTON POST
워싱턴 포스트

스타일과 격조를 갖춘 미스터리로
멋지게 포장된 뛰어난 역사소설.
THE CINCINNATI POST
신시내티 포스트

엘리스 피터스는 중세인들의 삶을 상세하고
설득력 있게 재현함으로써, 독자들을
강력하게 흡인하여 교묘하게 짜여진
중세의 어두운 미로 속으로 데려간다.
YORKSHIRE POST
요크셔 포스트

고전적인 의미의
선과 악이 격투를 벌이는 역작.
CHICAGO SUN-TIMES
시카고 선 타임스

할루인 수사의 고백

THE CONFESSION OF
BROTHER HALUIN

THE CONFESSION OF BROTHER HALUIN
Copyright©1988 by Ellis Peters
All rights reserved.

Korean translation copyright©2025 by Bookhouse Publishers Co.
Korean edition is published by arrangement with
Intercontinental Literary Agency(ILA) through EYA(Eric Yang Agency).

이 책의 한국어판 저작권은 에릭양 에이전시를 통해 Intercontinental Literary Agency(ILA)와
독점 계약한 (주)북하우스 퍼블리셔스에 있습니다. 저작권법에 의해 한국 내에서 보호를 받는
저작물이므로 무단 전재와 무단 복제를 금합니다.

할루인 수사의 고백

엘리스 피터스 장편소설
송은경 옮김

북하우스

CADFAEL

중세 웨일스

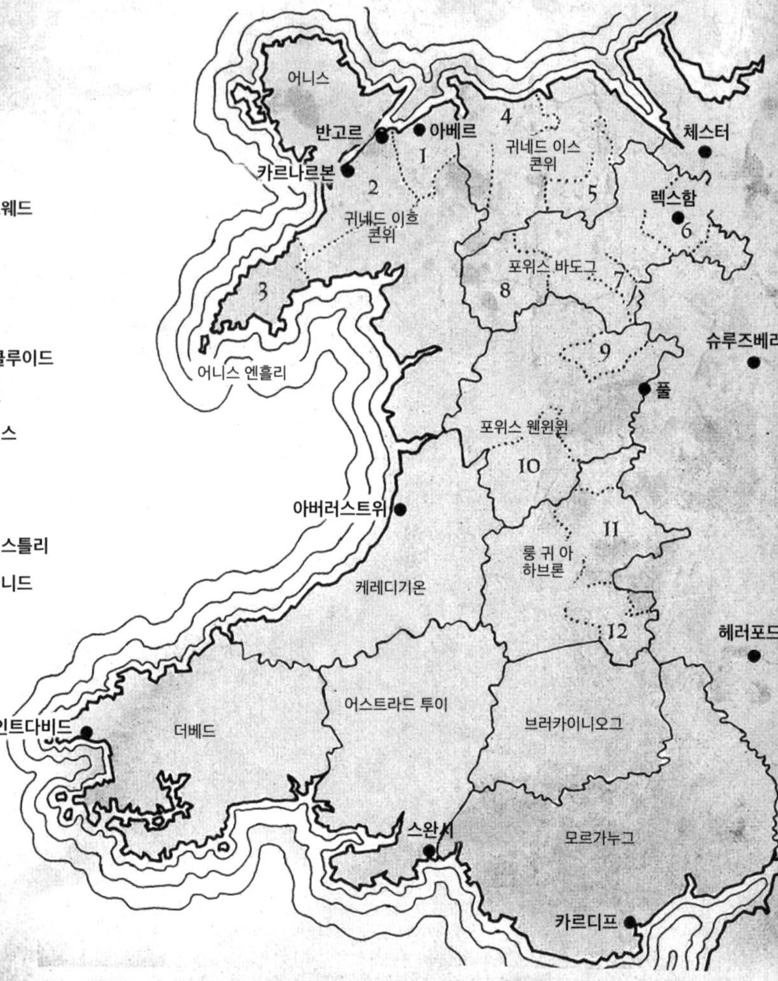

1 아를레흐웨드
2 아르본
3 홀레인
4 흐로스
5 디프린 클루이드
6 마일로르
7 컨흘라이스
8 펜흘린
9 메카인
10 아르수이스틀리
11 마일리에니드
12 엘바일

CADFAEL

슈롭셔와 웨일스 국경지대

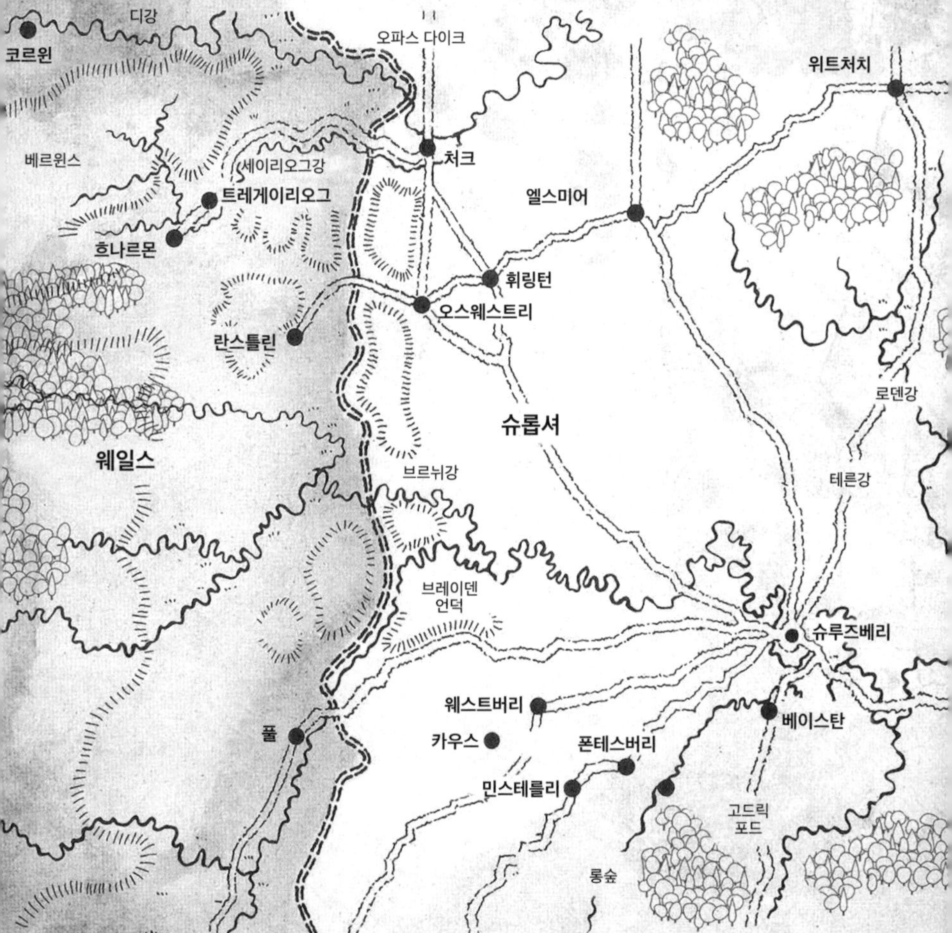

CADFAEL

슈롭셔주 슈루즈베리

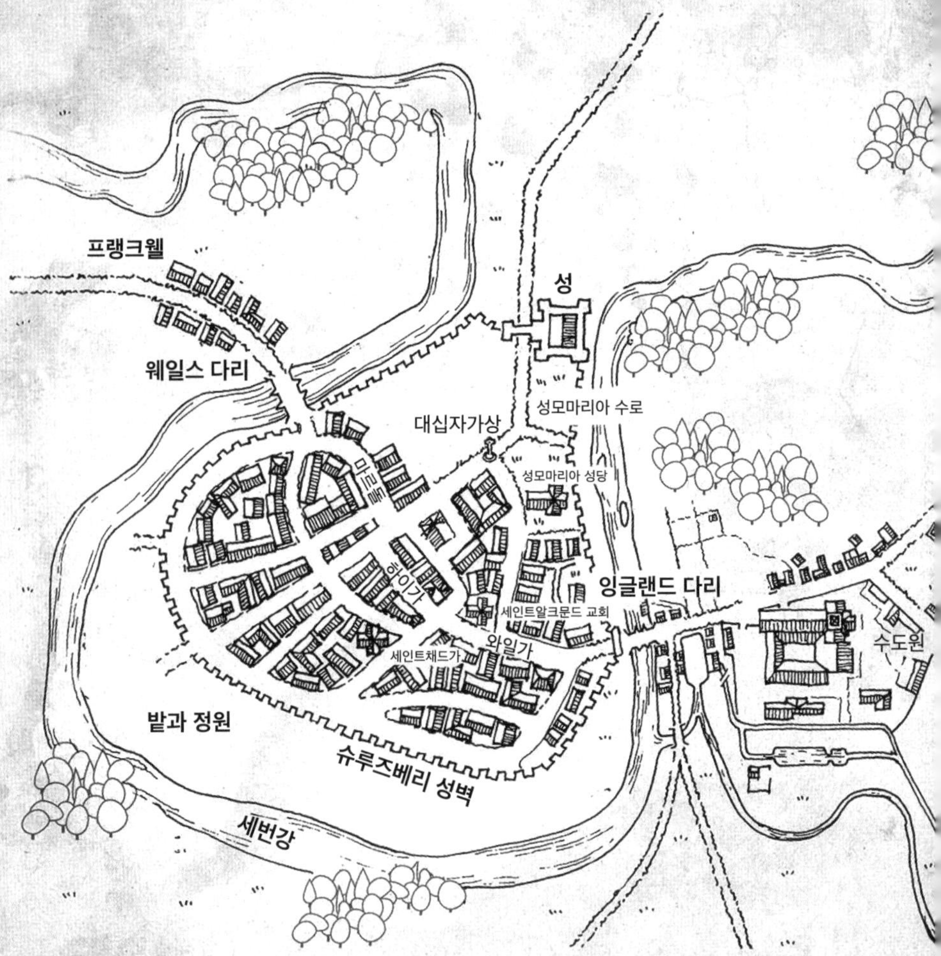
프랭크웰
성
웨일스 다리
성모마리아 수로
대십자가상
마르돌
성모마리아 성당
하이가
잉글랜드 다리
세인트알크문드 교회
와일가
수도원
세인트채드가
밭과 정원
슈루즈베리 성벽
세번강

CADFAEL

**슈루즈베리
성 베드로 성 바오로 수도원**

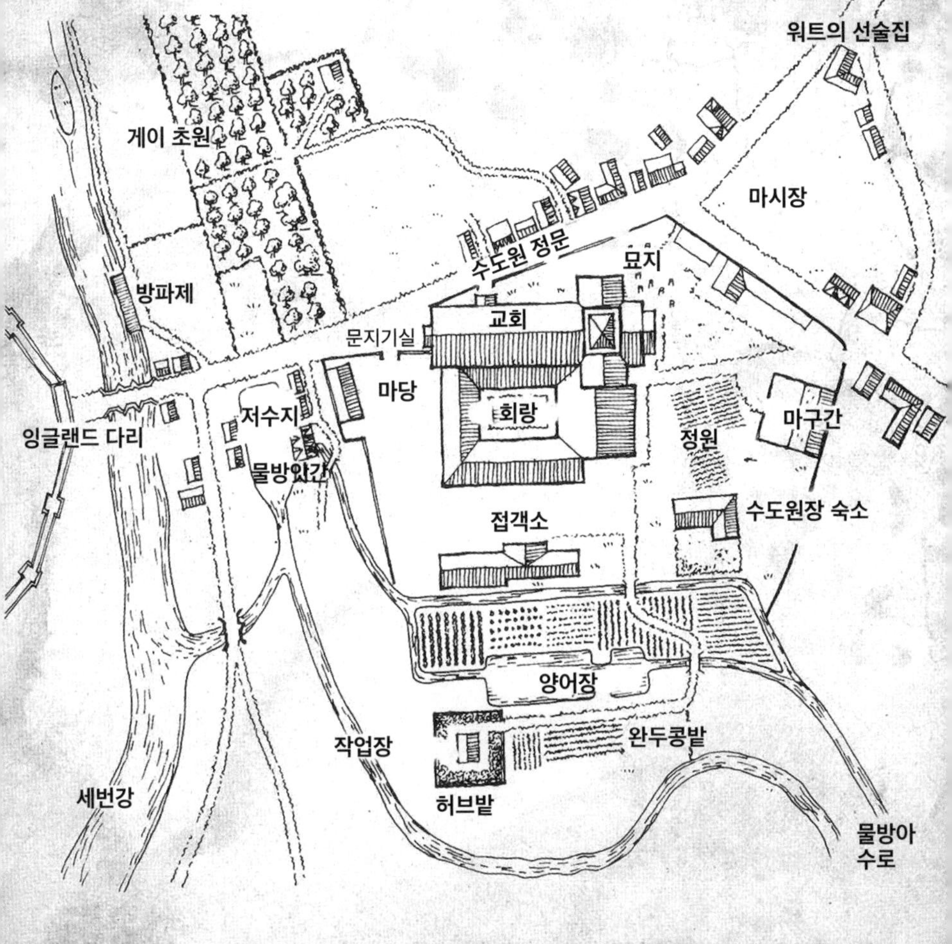

일러두기. 주석은 모두 한국어판 주다.

중세 지도
4

할루인 수사의 고백
11

주
297

1

 1142년 겨울, 일찌감치 혹한이 찾아들었다. 온화하고 습하고 애수 어린 가을날이 한참이나 이어지는가 싶더니, 12월로 들어서자 음산한 하늘과 음울하고 짧은 일광이 지붕 위로 가라앉아 마치 가슴을 누르는 손길처럼 무겁게 얹혔다. 필사실에서는 대낮에도 겨우 글씨를 쓸 수 있을 정도였고, 때아닌 어스름이 색상의 명도를 훼손하는 통에 색을 쓰고 싶어도 자신 있게 선택하기가 어려웠다.
 날씨에 밝은 사람들은 큰 눈이 오겠다고 점쳤는데, 과연 그달 중순에 눈이 내리기 시작했다. 바람은 세지 않아 눈보라 없이 눈부신 눈송이만 며칠 밤낮으로 내려 울퉁불퉁한 땅이 매끈하게 펴지고 세상은 온통 하얗게 표백되었다. 양들은 언덕 틈새에 오두막들은 계곡 속에 묻혀버렸다. 눈은 세상 모든 소리를 삼키며 담장마다 기어올라 지붕들을 넘을 길 없는 하얀 산맥으로 바꿔놓았다. 백합 꽃잎만 한 눈송이들이 공중에서 소용돌이치는 통에 하늘과 땅 사이의 허공도 뿌연 불투명체로 변해버렸다. 마침내 눈발이 멎고 무거운 구름 보따리들이 걷힐 즈음 반쯤 눈에 덮인 수도원 앞 대로는 광대한 흰 평원으로 모습을 바꾸어, 그 순백의 경관 사이로 솟아오른 수도원의 키 큰 건물들이나 눈에 띨 뿐 다른 것은 그림자도 찾아볼 수 없었다. 불과 일주일 전에는 불길한 어둠이 낮을 밤으로 만들어놓았는데, 이제는 으스스하게 반사되는 빛이 밤조차도 낮으로 바꿔버릴 듯했다.

서부 지역 대부분을 덮어버린 폭설은 시골 사람들의 생활을 흔들어놓았다. 고립된 몇몇 마을 주민들은 식량난에 허덕였고, 산에서 양들을 지키다 함께 묻혀버린 양치기들도 적지 않았다. 강요된 고요 속에 여행객들의 발길도 뚝 끊겼다. 더하여 12월의 눈은 전쟁의 운세를 뒤엎고 싸움에 골몰하던 군주들을 조롱하며, 궤도에서 이탈해 제멋대로 돌아가고 있는 역사를 1143년 새해로 밀어 보냈다.

슈루즈베리 성 베드로 성 바오로 수도원[1]에서 발생한 일련의 기묘한 사건들 역시, 그 폭설에서 기인한 것이었다.

*

스티븐 왕[2]과 그의 사촌 모드 황후[3]가 잉글랜드의 왕좌를 두고 싸워온 5년의 세월 동안, 행운은 마치 시계추 흔들리듯 양 진영을 수차례 오갔다. 변덕스럽게 어느 한쪽에 승리의 잔을 내미는가 싶다가도, 당사자가 그 맛을 보기도 전에 얼른 낚아채 반대편에다 감질나게 들이대는 식이었다. 그리고 지금 그 행운이라는 것이 하얀 겨울의 가면을 쓴 채 다시 한번 전세를 역전시키려 하고 있었다. 스티븐 왕의 철권이 포로를 철통같이 잡아두어 마침내 이 모든 전투를 승리로 마무리 지으려나 보다 하는 순간, 마치 기적처럼 황후가 그 손아귀에서 빠져나온 터였다. 결국 5년간의 싸움은 원점으로 되돌아가 모든 것이 새롭게 시작될 참이었다. 물론 이는 도저히 가로지를 수 없는 눈길 너머 옥스퍼드의 상황이었으니, 그 소식이 슈루즈베리까지 당도하자면 다소 시간이 걸릴 것이었다.

 성 베드로 성 바오로 수도원에서 벌어진 일들은 비교적 사소하고 성가신 사건들에 불과했다. 아니, 적어도 처음에는 그렇게 보였다. 주교가 보낸 사절 한 사람이 접객소 위층에 묵고 있었는데, 길이 다시 뚫릴 때까지 별수 없이 수도원에 갇혀 지내야 하는 터라 심기가 불편했던 차에 재수 없게도 한밤중에 느닷없이 쏟아진 찬물을 뒤집어쓰고 말았던 것이다. 이 날벼락에 잠이 깬 그가 고래고래 소리를 질러대자 접객소 담당 데니스 수사는 황급히 그를 진정시켜 물기 없는 방으로 옮겨주었다. 물벼락은 곧 약해졌지만 완전히 그치지는 않아 물방울이 꾸준히 떨어져 내렸고, 얼마 안 가 그런 곳이 대여섯 군데나 더 생기면서 바닥에 폭이 몇 미터나 되는 큼직한 물웅덩이가 생기고 말았다. 접객소 남쪽 지붕에 무겁게 쌓인 눈의 무게로 함석에 구멍이 생겨 물기가 슬레이트 사이로 흘러든 모양이었다. 함석 안쪽, 온기가 미치는 자리의 눈이 주교의 사절에게 일종의 세례를 준 셈이었다. 이 누수 현상은 빠른 속도로 악화되고 있었다.

그리하여 다음 날 아침에는 긴급회의가 소집되었다. 지붕 보수 작업이 워낙 위험한 일인 데다 날씨마저 온건하지 않은 터라, 모두가 가능하면 큰 공사 없이 넘어가기를 바랐다. 그러나 해빙기가 올 때까지 보수를 미루었다가는 물난리를 겪어야 할 형편이었고, 피해가 더 커질 우려도 있었다.

수사들 가운데는 숙소나 헛간, 마구간, 창고의 증축 작업에 참여해본 이들이 몇 있었는데, 그중 아직 50대인 콘라딘 수사는 특히나 황소처럼 강건한 사람이었다. 그는 오블라투스(부모가 서원하여 어릴 때 입교한 수사—옮긴이)로, 어린 시절엔 몽고메리 백작이 수도원 건축 작업을 위해 데려온 시즈의 수사들 밑에서 일하기도 하여 건축물에 관해서는 늘 권위 있는 조언을 건네곤 했다. 그날 접객소의 누수 상태를 살피고 온 그는 기다리고 앉아 있을 여유가 없다고 단언했다. 자칫하다간 남쪽 지붕의 절반을 교체해야 할지도 모른다는 얘기였다. 우리에겐 목재도, 슬레이트와 함석도 있지 않느냐, 접객소 남쪽 지붕이 물방앗간 수로와 연결된 배수로 위로 걸쳐 있고 현재 수로 물이 꽁꽁 얼어붙은 상태이긴 해도 비계를 세우는 데는 큰 어려움이 없을 거라고, 우선 산더미 같은 눈부터 제거한 뒤 파손되거나 잘못 놓인 슬레이트를 교체하고 방수용 함석을 수리해야 하는데, 지붕 위에 올라가 그런 작업을 하자면 물론 상당히 추울 테지만 공사 기간 동안 보온실에 온종일 불을 지펴 몸을 녹이게 해주면서 작업 인원을 자주 교대시킨다면 일이 생각보다 수월히 끝나리라고 그는 말했다.

재빠른 이해력과 판단력을 자랑하는 라둘푸스 수도원장은 가만히 경청하다가 마침내 고개를 끄덕였다. "좋소, 그렇게 합시다!"

*

지루하게 쏟아지던 눈이 멎고 하늘이 개었다. 수도원 앞 대로 주민들은 단단히 옷을 입고 삽이며 빗자루, 손잡이가 기다란 갈퀴로 무장하고 나와 큰길로 이어지는 길을 쓸어내고 다리와 시내로 가는 통로를 파내기 시작했다. 시내의 건장한 시민들도 지금쯤 계절이 몰고 온 이 공동의 적과 부지런히 맞서고 있을 터였다. 매서운 서릿발이 여전히 기승을 부리며 하루가 다르게 공기 중으로 파고들었지만, 바람에 흩날리는 눈송이의 양은 서서히 줄어갔다. 이제 주요 도로 몇 곳도 다시 제 기능을 회복하여, 무모해서인지 아니면 달리 방도가 없어서인지 바삐 길을 지나다니는 길손의 모습도 제법 눈에 띄었다. 콘라딘 수사는 비계를 세우고 접객소 지붕 처마에 사다리를 든든하게 받쳤다. 몸이 움츠러드는 한기 속에서 모두들 교대로 지붕 위에 올라가 눈을 걷어내며 갈라진 함석이나 파손된 슬레이트를 찾았다. 그러던 중, 얼어붙은 배수로를 따라 울퉁불퉁 제멋대로 쌓여 빙퇴석氷堆石을 이룬 눈 더미에서 가벼운 사고가 발생했다. 위에서 조심하라는 경고를 보냈는데 그 소리를 못 들었는지 방심한 어느 수사가 잠시 눈 속에 파묻히고 만 것이다. 모두들 황급히 그를 파내어 몸을 녹이도록 보온실로 보냈다.

그 무렵 시내와 수도원 앞 대로 사이의 길이 뚫리면서 윈체스터의 소식이 성 수비대와 행정 장관에게 뒤늦게나마 날아들었다. 크리스마스를 며칠 앞둔 날이었다.

휴 베링어는 라둘푸스 원장과 논의하고자 부리나케 시내에서 달려왔다. 5년에 걸친 내전으로 나라가 쇠약해져 있었으니 관과 교회가 긴밀히 협조하는 것은 당연했다. 주민들을 이 시대 최악의 상황들로부터 보호하며 최대한 조용하고 질서 있는 삶을 영위할 수 있게끔 도와야 한다는 것이 두 사람의 생각이었다. 휴는 스티븐 왕의 사람이었으므로 그에게 충성하는 의미에서도 슈롭셔 주를 잘 보전해야 했지만, 사실 이보다 그의 행동을 더 크게 좌우하는 것은 지역 주민들에 대한 염려와 애정이었다. 가을과 겨울의 상황으로 보아 스티븐 왕이 최후의 승리를 거둘 것이 확실시되었고, 물론 그렇게 된다면 휴로서도 반가울 터였다. 그러나 그의 주요 관심사는 내전에서의 승리보다, 전쟁이 끝났을 때 자신의 군주에게 보다 안정적이고 번영한, 그리고 손상이 적은 영토를 넘기는 것이었다.
 수도원장의 방에서 물러난 휴는 즉시 캐드펠 수사를 찾아갔다. 그의 친구 캐드펠은 허브밭에 자리한 작업장의 화로 위에서 보글보글 끓는 약 단지를 살피고 있었다. 겨울이면 기침감기와 손발을 괴롭히는 동상의 치료약을 진료소 찬장에 부지런히 채워 넣어야 했다. 그의 통나무 작업장에는 늘 불을 피워두어야 했으니, 필사실 열람석에서 일하는 수사들보다는 다소 따뜻하게 지낼 수 있다는 것이 그나마 다행이었다.
 한 줄기 찬바람과 더불어 휴가 불쑥 들어섰다. 캐드펠은 그의 태도가 평소와 약간 다르다는 사실을 알아차렸다. 사실 휴를 잘 알지 못하는 사람들로선 전혀 감지할 수 없을 만큼 미약한 기운이지만, 친구의 움직임과 인사에서 일종의 흥분을 느낀 캐드펠은 손길을 멈추고 젊은 행정 장관의 얼굴을 유심히 바라보았다. 반짝이는 그의 검은 눈에는 긴장이 어려 있었고, 뺨도 약간 실룩거리는 것 같았다.
 "완전히 뒤집혔습니다!" 그가 토해내듯 말했다. "모든 걸 처음부터 다시 시작해야 해요!" 그게 무슨 소리인지 캐드펠은 굳이 묻지 않았다. 이미 들은 바가 있어서였다. 그러나 휴의 목소리나 표정만 두고서는 격분과 낭패감이 더 큰지, 기분 좋은 안도감이 더 큰지 판단하기 힘들었다. 휴는 나무 벽 앞에 붙인 장의자에 털썩 앉더니, 다 포기한 사람처럼 무릎 사이로 양손을 늘어뜨렸다.
 "오늘 아침 남부에서 급파한 사람이 도착했어요." 자신을 유심히 바라보는 친구의 얼굴을 응시하며 휴가 말을 이었다. "황후가 사라졌다는군요! 함정에서 빠져나가 월링퍼드의 제 오라비에게로 달아났대요. 왕이 전리품을 잃은 겁니다. 황후를 손아귀에 쥐고 있다가 그대로 놓쳐버린 셈이죠. 아니, 어쩌면……" 새로운 생각이 스쳤는지 그가 눈을 둥그렇게 떴다. "혹시 결정적인 순간에 그가 눈을 감아줌으로써 도주를 방치한 건 아닐까요? 스티븐 왕이라면 충분히 그럴 수 있지요. 황후를 잡기를 간절히 원했지만, 막상 손에 넣자 겁을 집어먹고는 어떻게 처리해야 할지 몰라 안절부절못했던 거죠. 제가 왕에게 반드시 물어보고 싶은 게 있다면 바로 그건데…… 물론 결코 직접 묻지는 못하겠죠." 그가 씁쓰름한 미소와 함께 말을 맺었다.

"그러니까 황후가 옥스퍼드에서 빠져나갔다는 얘기군." 캐드펠이 화로 너머로 그를 바라보며 조심스레 입을 열었다. "정말 이상하군. 왕의 군사가 사방으로 포위한 상태에, 성의 식량도 거의 바닥났다고 하지 않았나? 아무리 날고 기는 황후라지만 그런 상황에서 무슨 수로 도주를 감행했단 말인가? 몸에 날개라도 돋아 왕의 군대 위로 날아간 건 아닐 테고…… 게다가 들키지 않고 성에서 빠져나왔다 하더라도 두 발로 걸어서는 물샐틈없는 포위를 뚫기 힘들었을 텐데."

"그렇죠. 하지만 황후는 해냈어요! 그 두 가지를 다 해냈단 말입니다! 눈에 띄지 않게 성에서 빠져나와 스티븐 왕의 포위망 어딘가를 뚫고 빠져나갔죠. 여러 추측들이 나왔지만, 탑 후미에서 밧줄을 내려 강 쪽으로 나갔다는 추리가 가장 그럴듯합니다. 물론 혼자가 아니라 부하 두서넛과 함께였겠죠. 그 이상의 인원은 아니었을 겁니다. 눈 속에서 눈에 띄지 않게끔 모두 하얀 것을 뒤집어쓰고 나갔을 거예요. 실제로 그 당시 눈이 내리고 있었다고 하니 몸을 숨기기엔 그만이었겠죠. 그들은 얼어붙은 강을 건너고 10킬로미터쯤 걸어서 애빙던으로 갔습니다. 거기서 말을 구해 타고 월링퍼드로 향했고요. 황후는 참 알 수 없는 여자입니다. 누구의 말을 들어보더라도 같이 지내기가 불가능한 사람 같거든요. 특히 승승장구하고 있을 때는 더더욱요. 하지만 위험에 처하면, 그때마다 그녀를 도와주는 사람이 나타난단 말이죠."

"브라이언 피츠카운트[4] 얘기구먼." 캐드펠은 긴 한숨을 내쉬었다. 불과 한 달 전만 해도 황후와 그녀의 가장 헌신적인 동맹자는 어쩔 수 없이 떨어져 두 번 다시 서로를 보지 못할 듯했는데……

황후는 9월부터 쭉 옥스퍼드에 갇혀 지내고 있었다. 왕의 군대가 성을 엄중하게 포위했고, 시내 역시 그의 수중에 들어간 터였다. 왕은 만족스럽게 물러나 앉아 식량 보급로를 막아 거의 박살이 난 그녀의 수비대를 항복시킬 작정이었다. 그런데 지금, 단 한 번의 대담한 시도와 눈 쌓인 하룻밤 덕에 그녀는 쇠사슬에서 풀려나 군사를 재소집하여 상대와 동등한 자격으로 다시 맞붙을 기회를 얻게 된 것이다. 다 따놓은 승리를 매번 놓쳐버린다는 점에서 사실 스티븐 같은 왕도 드물다 할 만했다. 아니, 황후에게도 그 비슷한 실패의 경험이 있음을 생각해보면 이는 두 사람 모두에게 공통된 자질이요, 어쩌면 둘 다 그런 피를 타고났는지도 몰랐다. 지난날 황후 또한 웨스트민스터 사원[5]으로 화려하게 입성한 뒤 시민들을 상대로 거만하고 무자비하게 처신하는 바람에 격분한 이들에 의해 쫓겨나지 않았던가. 대관식을 불과 며칠 앞둔 시점에서 발생한 일이었다. 결국 둘 모두 왕관에 근접할 기회를 가졌으나, 결국 자기편인 듯싶던 행운에 배신당하고 전리품을 놓쳐버린 셈이었다.

"어쨌거나 왕으로선 큰 문제 하나가 해결된 셈이군." 보글보글 끓는 단지를 화로 가장자리 석쇠 위로 옮겨놓으며 캐드펠이 말했다. 조금 전보다 차분해진 목소리였다. "이제 황후를 어떻게 처리할지를 두고 고민할 필요는 없어졌으니."

"그러게 말입니다." 휴가 비꼬는 투로 동의했다. "아마 왕에겐 황후를 묶을 쇠줄조차 없었나 봅니다. 하긴, 지난번 링컨 전투 이후 왕이 포로로 붙잡혔던 때를 생각해보면 황후 역시 다르지 않았죠. 어쨌거나 황후는 돌담을 세우더라도 자신을 묶어둘 수 없다는 사실을 입증해 보였어요. 요 몇 달 무력으로 그녀의 항복을 받아낼 순간만 생각하느라고 왕이 그 점을 깜빡하고 있었던 모양입니다. 아닌 게 아니라, 황후를 사로잡은 날부터 왕은 모든 문제들에 대해 마음을 놔버렸거든요. 이제 진짜 전투가 시작되었다는 사실도 모르고 말입니다. 물론 그렇게 해서 그녀가 완전히 희망을 잃고 노르망디로 되돌아가도록 만들 수 있었다면야 좋았겠죠.

하지만 이제 황후가 제대로 본색을 드러냈습니다." 그의 목소리에는 아쉬움이 가득했다. "그녀는 포기라는 걸 몰라요."

"그 전리품을 잃고 스티븐 왕이 속을 어떻게 삭였을지 모르겠군."

"안 봐도 짐작이 갑니다." 휴는 체념과 애정이 깃든 어조로 말을 이었다. "이젠 저도 왕이 어떤 사람인지 대충 알잖습니까. 황후가 무사히 빠져나간 직후 옥스퍼드성은 항복을 선언했어요. 그 안에 굶어 죽기 직전의 병사들이 아직 많이 남아 있었지만 황후가 사라진 마당이라 왕은 당장에 흥미를 잃었죠. 아마 병사들 대부분이 성 수비대를 상대로 복수를 하자고 난리였을 겁니다. 사실 앙갚음을 하자고 마음먹으면 그의 본성이 어떻게 변할지 아무도 모를 겁니다. 지난번 이곳 슈루즈베리에서 한 짓, 수사님도 보셨잖아요. 하지만 사람이 두 번이나 그런 짓을 벌일 수는 없죠! 반드시 그때의 기억이 작용했다고는 볼 수 없지만, 어쨌거나 이번에 옥스퍼드는 무사히 넘어갔습니다. 왕은 각자의 고향으로 해산한다는 조건하에 사람들을 전혀 건드리지 않고 내보내줬어요. 그런 다음 자신의 대의를 충분히 알리고 성에 든든한 수비대와 충분한 군수품을 남겨둔 채 주교인 동생과 함께 윈체스터로 떠났지요. 거기서 자신의 통치하에 있는 중부 지역 모든 주의 행정 장관들에게 소환장을 보내 그리로 와 함께 크리스마스를 보내자고 전했다는군요. 이쪽 지역을 떠나 있은 지도 오래되었으니 다시금 측근의 마음을 확인할 겸, 방어선이 굳게 유지되고 있는지도 살피려는 게 분명합니다."

"당장 말인가?" 캐드펠이 놀라 물었다. "윈체스터로? 자네는 절대로 시간 안에 못 닿을 텐데."

"아뇨, 갈 수 있어요. 앞으로 나흘이나 남아 있잖아요. 사람들 말이, 남부 쪽은 벌써 눈이 녹기 시작해 도로가 깨끗하답니다. 내일 출발할 생각이에요."

"얼라인과 아들만 집에 남아 크리스마스를 보내게 되겠군! 게다가 자일스는 이제 막 세 번째 생일을 맞이한 어린아이에 불과한데!" 휴의 아들은 지금처럼 서리와 눈과 매서운 강풍이 몰아치는 혹독한 겨울에 세상에 나온 터였다. 캐드펠은 그 아이의 대부인 동시에 가장 열렬한 숭배자이기도 했다.

"그건 그렇죠…… 하지만 스티븐 왕이 우리를 오래 붙잡아두진 않을 겁니다." 휴가 자신 있게 말을 이었다. "아마 정해진 자리를 잘 지키고, 거기서 나오는 세입이나 제대로 감시하라는 당부 정도로 마무리하겠죠. 일이 순조로우면 아마 연말쯤엔 돌아오게 될 것 같습니다. 그래도 제가 없는 동안 한두 번 얼라인을 찾아봐주신다면 좋겠군요. 수사님이 이따금 자리를 비운다고 원장님께서 못마땅해하실 리도 없고, 게다가 그 훤칠한 젊은 수사―윈프리드라 했나요?―도 있지 않습니까. 연고며 약재는 그 사람도 잘 다루니 한두 시간은 맡겨도 될 거예요."

"기꺼이 그렇게 하지." 캐드펠은 진심을 담아 말했다. "그동안 자네는 궁정에서 거들먹대며 활보하겠군그래. 물론 그래도 변함없이 자네가 그리울 걸세. 거참, 도대체 이게 웬 변고란 말인가! 양측 모두 아무것도 얻지 못한 채 5년 전 그 자리로 돌아와버리다니. 이제 새로운 해와 함께 모든 게 다시 시작되겠군. 그 모든 노고와 낭비에도 불구하고 변한 것은 전혀 없으니."

"아뇨, 변한 게 있긴 합니다. 과연 어디에 쓸모가 있을지는 모르겠지만요!" 휴가 가벼운 웃음을 터뜨렸다. "무대에 새로운 싸움꾼이 등장했어요. 조프루아가 그동안 아내를 돕는답시고 보잘 것없는 기사들이나 조금씩 떼어주곤 하더니 이번엔 한결 적극적인 자세로 뭔가를 보냈습니다. 스티븐의 성격을 알고 교묘한 계책을 세운 거죠. 조프루아가 제 아들을 외삼촌인 로버트[6]에게 맡겨 이리로 보냈더군요. 황후가 아니라 그 아들이라면 잉글랜드인들의 마음을 살 수 있으리라는 생각도 작용했을 겁니다. 헨리 플랜태저넷, 아직 아홉 살 아니면 열 살밖에 안 된 아이예요. 로버트가 그 아이를 월링퍼드에 있는 황후에게로 데려갔습니다. 아마 지금쯤 브리스틀이나 글로스터쯤 가 있겠죠. 위험하지 않은 길을 택해서 말입니다. 왕으로서는 아이를 손에 넣는다 한들 뭘 어찌 할 수 없을 거예요. 그저 자기 돈을 들여 배에 태우고 호위대까지 붙여서 프랑스로 되돌려보내는 수밖에요."

"그게 사실인가?" 캐드펠이 놀라움과 호기심이 뒤섞인 눈을 커다랗게 뜨며 물었다. "그러니까 이 내전의 지평에 새로운 별이 등장한 셈이군. 게다가 떠오르는 샛별이! 적어도 한 사람은 확실하게 축복받은 크리스마스를 맞이하겠구먼. 자유를 얻었겠다, 아들도 다시 품에 안았겠다…… 아들의 방문으로 황후도 용기백배할 게 분명하네. 하지만 그 아이가 과연 그녀의 목적에 큰 보탬이 될 것인지는 의심스럽군."

"아직은 아니겠지요!" 휴는 조심스레 말을 이었다. "하지만 그 기질이 어떤지는 두고 봐야 할 겁니다. 만일 황후의 배짱과 조프루아의 기지를 겸비한 아이라면 몇 년 안 가 스티븐에게 큰 골칫거리로 등장하겠죠. 우리로선 주어진 시간을 최대한 활용하면서 그 아이가 앙주로 되돌아가 정착하도록 만드는 게 최선입니다. 물론 아이 엄마도 함께 돌아가게 된다면 더 바랄 게 없고요." 그가 잠시 말을 멈추고는 한숨을 지었다. "스티븐이 보다 유망한 왕자를 두었다면 얼마나 좋았을까요. 그러면 황후의 아들이 어떤 쇼를 벌이든 전혀 걱정할 필요가 없었을 텐데." 이어 의구심을 떨치려는 듯 여원 어깨를 들썩이며 말을 맺었다. "자, 이제 그만 가서 길 떠날 채비를 해야겠군요. 동이 트는 대로 출발해야 하거든요."

캐드펠은 식어가고 있는 단지를 흙바닥 한쪽에 내려놓은 뒤 친구와 함께 바깥으로 나왔다. 두 사람은 담으로 둘러싸인 고요한 허브밭을 지나갔다. 캐드펠이 일궈놓은 작고 정갈한 모판들이 깊은 눈 속에 포근하게 잠들어 있었다. 얼어붙은 연못 한편에 난 길로 접어들자 북쪽 멀리, 유리처럼 반짝이는 호수와 널따란 정원 너머, 배수로 위로 긴 경사를 이루는 접객소 지붕과 검정색 목재로 된 비계며 사다리가 눈에 들어왔다. 몸을 꽁꽁 감싼 사람들이 벗겨진 슬레이트 위에서 일에 몰두하고 있었다.

"이곳에도 문제가 생긴 모양이군요." 휴가 말했다.

"아무 일 없이 겨울철을 넘길 도리가 있겠나? 눈의 무게 때문에 슬레이트 일부가 파손된 모양이야. 그 바람에 물이 새어 하필이면 잠자고 있던 주교의 사절을 덮쳤지 뭔가. 해빙기까지 그대로 두면 홍수가 날 판인데, 그러다간 피해만 더 커져 복구조차 힘들어질 것 아닌가."

"그래도 다행히 수리가 가능한 모양이네요. 음, 저 수사님 성함이…… 콘라딘이었나요?" 긴 사다리 중간쯤 서 있는 근골 억센 인물이 누구인지 휴는 알 것 같았다. 콘라딘 수사는 젊은 일꾼들 여럿이 들어야 할 분량의 슬레이트를 한꺼번에 옮기는 중이었다. "저 위에서 일하자면 여간 고생이 아니겠어요." 휴가 제일 위쪽에 설치한 비계를 힐끔 바라보며 덧붙였다. 슬레이트가 무더기로 쌓인 지붕 위에서 두 사람이 조심조심 움직이고 있었다.

"조금씩 일하고 얼른얼른 교대하는 식으로 진행되고 있네. 내려온 사람은 보온실에서 불을 쬘 수 있지. 노역을 면제받은 우리 늙은이들도 환자나 허약자가 아닌 이상 가서 거들고 말이야. 그게 경우에 맞거든. 하지만 콘라딘은 그리 반기는 것 같지 않아. 늙은이나 무모한 젊은이가 저 위로 올라가면 기겁을 하면서 믿을 만한 사람들에게 작업을 넘기더군. 물론 그 사람들이 올라가도 눈을 떼는 법이 없지만. 저 높은 데 올라가 겁에 질려 창백해지는 형제가 보일라치면 당장 불러 내려오게 하지. 우리가 다 저 일에 재간이 있을 순 없잖은가."

"수사님도 올라가보셨나요?" 휴가 흥미로운 듯 물었다.

"어제 햇살이 기울기 전에 내 몫을 해냈다네. 해가 짧아 애로가 있긴 해도, 이제 일주일 정도만 더 하면 끝을 볼 수 있을 것 같네."

휴는 잠시 눈을 가늘게 떴다. 수정 같은 반사광이 이쪽을 비추고 있었다. "지금 저 위에 올라가 있는 두 사람은 누구지요? 저기 검은 쪽은 유리언 수사 같고, 다른 한 사람은……."

"아마 할루인 수사일 걸세." 여위고 민첩한 그 인물은 비계 돌출부에 가려져 잘 보이지 않았지만, 캐드펠은 한 시간 전쯤 그 두 수사가 사다리를 오르는 것을 본 터였다.

"아, 안젤름 수사가 데리고 있다는 사본 채식사彩飾師 말이죠? 아니, 예술가에게 어떻게 저런 일을 시킬 수 있습니까? 이 매서운 추위에 손에 탈이라도 나면 어쩌려고…… 앞으로 한두 주 동안은 슬레이트 작업을 하느라 섬세한 붓질을 할 수 없겠군요."

"안젤름 수사가 있었다면 그를 빼달라고 부탁했겠지." 캐드펠이 고개를 끄덕였다. "하지만 정작 본인은 받아들이지 않았을 거야. 할루인이 맡은 일이 얼마나 고귀한 것인지 모두가 아는 터라 그에게 혜택을 준다 해도 불평하는 이는 없을 걸세. 그래도 할루인은 어디든 손 닿는 곳에 헤어 셔츠(고행자나 회개자가 맨살 위에 입는 거친 셔츠—옮긴이)라도 보이면 기꺼이 자기 것이라며 껴입을 사람이거든. 저 사람은 평생 회개자로 지낼 모양이야. 열여덟 살에 첫 서원을 하고 견습 수사의 길로 들어선 이후 계율을 어긴 적이 한 번도 없다네. 자세한 사정이야 하느님만 아시겠지만, 내 보기엔 세속에 있는 동안에도 무슨 그리 큰 해를 끼쳤겠나 싶어. 하긴, 회개하며 살아야 할 팔자로 태어나는 사람들도 있긴 하지. 우리는 천사가 아니라 인간이라며 속 편히 살아가는 이들의 짐을 그런 사람들이 대신 져주고 있는지도 모르네. 할루인의 회개와 넘치는 신앙심으로 내 부족한 점 몇 가지가 씻긴다면 그게 결국 그를 돕는 셈이겠지. 그야 그러기를 바라고 믿는 사람이니까. 그러니 내가 뭐라고 말을 얹겠나?"

깊이 쌓인 눈 속에서 한참 동안 접객소 지붕을 지켜보기에는 밖이 너무 추웠다. 두 사람은 다시 걸음을 재촉해 연못가를 따라갔다. 꽁꽁 언 연못 이곳저곳에는 뽕뽕 뚫린 자리가 몇 군데 보였는데, 얼음장 밑 물고기들도 숨을 쉬어야 하지 않겠냐며 시메온 수사가 뚫어놓은 구멍이었다. 이어 그들은 연못에 물을 대주는 물방앗간 수로를 건넜다. 수로 위에 놓인 좁다란 널빤지 다리 표면이 살얼음으로 덮여 조심스레 위태로운 걸음을 옮겨야 했다. 접객소에 가까워지자 남쪽으로 비어져 나와 배수를 가로지르는 비계 널 탓에 지붕 위의 일꾼들이 시야에서 사라졌다.

"오래전 그가 견습 수사일 때 내 밑에서 약초 일을 한 적이 있네." 눈 덮인 화단 사이의 좁은 길을 지나 큰 마당으로 접어들면서 캐드펠이 다시 입을 열었다. "할루인 말일세. 나 자신도 견습 기간을 마친 지 얼마 안 된 시기였지. 나는 마흔이 넘어 입문했고 그는 막 열여덟 살이 되었을 때였는데, 워낙 학문에 밝은 덕에 그 때 이미 라틴어에 통달해 있었어. 나는 그로부터 한참 지나서까지 완벽히 익히지 못했는데 말이야. 그는 땅이 많은 집안 출신이라, 수도원을 택하지 않았다면 아마 상당한 영지를 물려받았을 걸세. 지금은 그의 사촌이 그 땅을 차지했지. 소년기 시절 관례대로 어느 귀족 집안에 보내졌는데, 학식과 회계에 비범한 능력을 보여 주인의 재산을 관리하는 서기 일을 맡게 되었다지. 그러다 무엇 때문에 인생행로를 바꾸었는지 이따금 의문스럽긴 하지만, 이곳 사람들이 모두 알고 있듯 소명에 의문을 달 수는 없는 법이야. 그것을 거부할 도리는 없다네."

"그렇게 학식이 풍부했다면 곧바로 필사실에서 일하게 하는 편이 낫지 않았을까요?" 휴가 말했다. "저도 그가 작업한 것을 본 적이 있습니다. 훌륭하더군요. 그에게 다른 일을 맡긴다는 건 재능을 낭비하는 셈이에요."

"그럴지도 모르지. 하지만 그는 편안하게 자리 잡기 전에 평범한 초심자가 거쳐야 할 단계를 빠짐없이 거쳤다네. 나랑은 3년쯤 일했고, 그다음엔 세인트자일스[7]로 가서 두 해 더 있었어. 병자와 장애자들 사이에서 말일세. 그러고는 게이 초원의 밭에서 다시 2년간 일하며 라이디크뢰소의 양 떼를 돌봤지. 그 모든 과정을 거친 뒤, 그가 가장 잘할 수 있는 일이 무엇인지 우리가 판단해주자 그대로 따랐네. 보다시피 지금도 그는 붓과 펜대를 잘 다루는 손을 가졌다는 이유로 특권을 누리려 드는 법이 없어. 다른 사람들이 눈 덮인 지붕 위에서 미끄러지는 위험을 감수하면 자신 역시 똑같이 하려 들지. 어떻게 보면 악의 없는 결점이라고도 할 수 있네." 캐드펠이 말을 이었다. "성격이 극단적인 편이랄까…… 계율은 극단을 인정하지 않는데 말일세."

두 사람은 큰 마당을 가로질러 휴의 말이 매여 있는 문지기실로 향했다. 키가 크고 빼빼 마른 휴의 잿빛 말은 주인보다 두세 배쯤 더 나가는 무게도 거뜬히 실어 나르는 녀석이었다.

"오늘 밤엔 눈이 더 오지 않을 것 같군." 흐릿한 하늘을 바라보던 캐드펠이 나른하고 가벼운 바람결에 코를 대고 킁킁거렸다. "앞으로도 며칠은 더 그럴 테고. 혹한도 잠시 꺾일 모양이야. 아무쪼록 편안히 잘 다녀오게나."

"예, 새벽에 떠나 새해에나 돌아오겠군요." 휴가 말고삐를 잡더니 높다란 안장 위로 몸을 날렸다. "접객소 지붕이 다 고쳐질 때까진 눈이 녹지 않길 바랍니다! 얼라인이 수사님을 기다리고 있다는 것 잊지 마시고요."

말발굽이 얼어붙은 바닥을 치자 순간 한줄기 불꽃이 이는가 싶더니, 자갈밭을 울리는 말발굽 소리와 함께 휴는 어느새 대문을 벗어나 있었다. 진료소 앞으로 돌아온 캐드펠은 에드먼드 수사가 담당하는 약재 찬장의 재고를 점검하기 시작했다. 한 시간쯤 지나자 벌써 날이 어둑해졌다. 연중 해가 가장 짧은 시기였다. 오늘의 지붕 작업은 유리언 수사와 할루인 수사를 끝으로 마무리될 것이다.

*

 그 일이 정확히 어떻게 일어난 것인지는 아무도 명쾌하게 설명할 수 없었다. 유리언 수사는 그저 부르는 소리가 나면 즉각 내려오라는 콘라딘 수사의 지시에 충실히 따랐을 뿐이었다. 사고 발생 경위에 대해 가장 타당하다고 여겨지는 설명을 어찌어찌 꿰맞추긴 했지만, 그 자신도 완전히 확신하지는 못했다. 한편 지시를 내리는 데 익숙해 있던 콘라딘은 유리언을 부른 뒤, 제정신인 사람이라면 이런 추위에 1초라도 더 꾸물댈 리 없으리라 판단하고는 별생각 없이 돌아서서 그날 떼어낸 슬레이트들을 치우기 시작했다. 지붕 위에서 작업하던 수사들이 내려오다가 부딪치지 않게끔 하기 위해서였다. 유리언 수사는 몸을 숙인 채 비계에 받친 널빤지 끝으로 이동해 바닥으로 이어지는 긴 사다리를 조심조심 더듬으며 내려왔다. 그로선 일을 마치게 되어 반가울 따름이었다. 유리언 역시 힘과 성실함을 갖추고 열심히 일하는 사람이었지만, 요구받은 일 이상을 할 필요는 없다고 생각했다. 땅으로 내려온 그는 일이 어느 정도 진척되었나 보려고 몇 미터 뒤로 물러나 위를 쳐다보았다. 그런데 할루인 수사가 아직 위에 남아 있었다. 그는 지붕에 받쳐놓은 짧은 사다리를 타고 아래로 내려오는 대신, 엉뚱하게도 몇 단 더 올라가더니 몸을 기울이고 손을 뻗어 눈을 한 뼘이라도 더 쓸어내려 애썼다. 그쪽 상태가 심상치 않다고 판단하고는 눈의 무게를 줄여 더 큰 피해를 막아보려는 것 같았다.

그때였다. 둥그렇게 쌓인 눈 더미가 꿈틀거리는가 싶더니 한쪽으로 쏠리기 시작했다. 이어 비계 널빤지와 거기 얹힌 슬레이트 더미 위로, 또 처마 밑바닥으로 눈이 쏟아져 내렸다. 전혀 예상치 못한 눈사태였다. 꽁꽁 얼어 있던 눈덩이는 가파른 슬레이트 지붕을 타고 내려오다가 비계에 와 부딪치며 산산이 깨졌다. 할루인은 이미 한편으로 몸을 잔뜩 기울이고 있던 참이었다. 사다리를 받쳐주던 눈 더미가 흔들리면서 그의 몸이 휘청했고, 곧 그는 널빤지 끄트머리에 슬쩍 부딪쳤다가 얼어붙은 배수로로 떨어져버렸다. 비명을 지를 새도 없이 순식간에 일어난 일이었다. 사다리와 나머지 눈 더미도 널빤지 위로 떨어졌다. 이내 모든 게 한꺼번에 무너지면서 가장자리가 삐죽삐죽한 무거운 슬레이트들이 할루인을 덮쳤다.

비계 밑에서 부산하게 일하던 콘라딘 수사는 펄쩍 뛰어 간신히 몸을 피했으나, 연신 파편들이 쏟아지는 통에 잠시 앞을 볼 수 없었다. 그보다 멀찌감치 물러서 있던 유리언 수사는 마침 지붕 위의 동료를 향해 날도 저물었으니 이제 그만 내려오라고 소리를 지르려던 참이었다. 그러나 이는 곧장 경고의 고함으로 바뀌었고, 그 자신도 파편을 피하지 못했다. 잠시 후, 두 사람은 눈과 파편을 털어내고 황급히 할루인 수사에게로 달려갔다.

*

다급하고 침울한 침묵 속에 캐드펠을 찾아 나선 사람은 유리언 수사였다. 콘라딘은 다른 길을 통해 큰 마당으로 달려 나가 제일 먼저 마주친 수사에게 진료 담당인 에드먼드 수사를 불러달라 부탁했다. 유리언이 사색이 된 얼굴로 작업장 문간에 불쑥 나타났을 때, 캐드펠은 밤새 피울 화로에 토탄을 집어넣던 중이었다.

"수사님, 빨리 와주세요! 할루인 형제가 지붕에서 떨어졌어요!"

놀란 캐드펠은 말없이 손에 든 나머지 토탄을 털어 넣고는 벌떡 일어나 선반에 얹혀 있던 모포를 집어 들었다.

"죽었나?" 적어도 12미터 높이에서 떨어졌을 테고, 그 와중에 목재에 부딪치고 바닥의 얼음판 위에 처박혔을 가능성이 높았다. 그러나 혹시라도 지붕 위에서 쓸어내린 깊은 눈 더미로 떨어졌다면 아직 희망은 있었다.

"숨은 쉬고 있어요. 하지만 얼마나 버틸지 모르겠습니다. 콘라딘 수사님은 진료소로 갔으니 에드먼드 수사님도 지금쯤은 소식을 들었을 겁니다."

"가세!" 문 밖으로 나선 캐드펠은 수로에 걸린 작은 다리를 향해 달려가다가 금세 마음을 바꾸어 수도원 연못 사이의 좁다란 둑길로 향했다. 그 길목 끝에서 수로를 뛰어넘는 편이 훨씬 빨랐다. 큰 마당에 이르자 횃불 두 개가 그들을 맞이했다. 에드먼드 수사가 두 보조 수사와 함께 나와 있었다. 콘라딘 수사의 발꿈치께 놓인 들것이 보였다.

할루인 수사는 사고 현장의 한복판에 그대로 누워 있었다. 무릎 아래는 무거운 슬레이트 더미에 파묻힌 채였고, 머리에서 흘러내린 피가 얼음장을 흥건히 적시고 있었다.

2

당장 할루인 수사를 옮기자면 위험이 따를 것이었다. 그러나 필요 이상으로 오래 그 자리에 방치하는 건 이미 빠른 속도로 엄습하고 있는 죽음을 부추기는 꼴이었다. 그들은 결의에 찬 다급한 손길로 널빤지들을 들어내기 시작했다. 그의 발과 발목은 칼날 같은 슬레이트 모서리들에 부서지고 찢겨 피와 뼈를 드러내고 있었다. 의식은 이미 가물가물한 상태였다. 마침내 얼음판에서 몸을 끌어내 들것에 올려놓을 때까지도, 할루인은 정신을 차리지 못했다. 그들은 장례 행렬 같은 분위기 속에서 진료소에 마련된 자리로 그를 옮겼다. 에드먼드 수사가 말년을 보내는 노약자들과 조금 떨어진 곳에 자그만 방을 마련해둔 터였다.

"살아날 가망이 없어요." 생기 잃은 창백한 얼굴을 내려다보며 에드먼드가 입을 열었다.

캐드펠의 생각도 마찬가지였다. 아니, 모든 수사들이 그렇게 생각했다. 신음 섞인 거친 숨소리를 듣자니 머리에 돌이킬 수 없는 부상을 입은 게 틀림없었다. 그러나 아직은 호흡이 있었다. 할루인 수사가 목숨을 구할 가능성은 사실상 없다고 확신하면서도, 그들은 소생할 환자를 다루듯, 반드시 살아날 사람을 다루듯 그를 처치하기 시작했다. 우선 더할 수 없이 조심스러운 손길로 그의 몸에서 얼어붙은 옷을 벗겨낸 뒤 달군 돌을 군데군데 넣은 모포로 감쌌다. 캐드펠은 부러진 뼈를 수습하기 시작했다. 삐걱거리는 왼쪽 팔을 고정하는 동안에도 환자의 얼굴에는 아무런 움직임이 없었다. 할루인의 머리를 닦아내고 출혈 부위에 붕대를 감기 전에 머리의 상태를 주의 깊게 살펴보았지만 두개골이 부서졌는지 여부를 판단하기는 힘들었다. 코 고는 듯한 거친 숨소리로 미루어 아마 부서진 것 같긴 한데 제대로 확인할 길이 없었다. 부러진 발과 발목 부위는 다른 처치가 끝난 뒤에야 손을 보았다. 그들은 한기로 인한 급사를 막기 위해 따뜻하게 덥힌 천으로 환자의 몸을 덮어주고는 여기저기에 부목을 대었다. 혹시라도 의식이 돌아와 움직이게 될 경우 쇼크와 통증을 예방하기 위해서였다. 그러나 사실 아무도 그의 의식이 회복되리라고 생각하지 않았다. 꺼져가는 생명이라 할지라도 최선을 다해야 한다는 고집스럽고 은밀한 믿음이 없었다면 아마 그처럼 지극히 조처하진 못했을 것이다.

"다시는 걷지 못할 겁니다." 할루인의 발을 정성스레 씻기고 있는 캐드펠을 향해 에드먼드 수사가 떨리는 목소리로 말했다.

"그렇겠지요. 누군가의 도움 없이는 힘들겠지요." 캐드펠도 침통한 말투로 동의했으나, 그럼에도 부러진 뼈를 잡아 최선을 다해서 맞추었다.

할루인 수사의 발은 호리호리한 체격에 걸맞게 길고 가느다랗고 품위 있는 모양을 하고 있었다. 그러나 섬뜩하리만치 길고 날카로운 조각들이 뼛속을 관통하여 여기저기 찢기고 부러진 상태였으니, 캐드펠은 피로 물든 그 조각 하나하나를 깨끗이 씻어내고 사람 발 모양으로 끼워 맞추느라 한참이나 시간을 들여야 했다. 이어 그는 펠트로 만든 덧신에 발을 하나씩 조심스레 집어넣었다. 안쪽이 두툼하게 채워져 있는 신이라 발의 모양을 안정적으로 유지해주는 동시에 가능한 한 본래의 모습을 되찾게끔 도와줄 것이었다. 물론 그것도 치유의 기회를 가질 수 있을 때의 얘기지만.

할루인 수사는 자신에게 닥친 이 모든 일을 모르는 채 세상의 빛과 어둠 저 밑으로 가라앉은 듯 고통스러운 숨소리만 내고 있었다. 그리고 어느 순간부터는 그 소리마저 잦아들어 점차 가느다란 숨결로 바뀌어갔다. 미풍 속에서 흔들리는 외로운 나뭇잎 소리만큼이나 감지하기 힘든 여리디여린 숨결이라, 다들 잠시 그가 죽었나 보다 생각할 정도였다. 그러나 나뭇잎은 미약하게나마 여전히 흔들리고 있었다.

"한순간이라도 의식이 돌아오거든 지체 없이 나를 부르시오."
라둘푸스 수도원장은 이렇게 말한 뒤 환자를 지키는 이들을 남겨 두고 나갔다.

에드먼드 수사도 잠시 눈을 붙이러 자리를 떴다. 캐드펠은 거기 있는 이들 중 가장 어리고 성가대에서도 최연소자인 흐륀 수사와 함께 그날 밤 당번을 맡기로 했다. 두 사람은 침상을 사이에 두고 나란히 앉아, 몸에 성유를 바르고 축복까지 받은 뒤 육신의 잠에 빠진 할루인 수사를 묵묵히 지켜보았다.

그가 캐드펠과의 생활을 마치고 게이 초원으로 넘어간 지도 꽤 많은 시간이 흘렀다. 캐드펠은 까맣게 잊고 지내다시피 했던 그 시절의 세세한 모습들을 되살려보려 애썼다. 이제 두 사람은 많이 변해 있었다. 할루인 수사는 덩치가 아주 크지는 않아도 보통보다 큰 키에 골격이 곧고 멋지게 잡힌 사람이었다. 이젠 그때에 비해 근육이 더 붙고 살은 약간 빠진 듯했다. 처음 수도원에 들어왔을 당시엔 아직 소년티도 벗지 못한 상태였지, 그는 생각했다. 한창 남자로 여물어가는 중이었어. 그때가 열여덟이 될까 말까 했으니 지금은 아마 서른다섯이나 여섯쯤 되었을 텐데, 그에게서는 여전히 부드러움과 순수함이 느껴졌다. 긴 타원형의 얼굴에 강건하고 뚜렷한 뺨과 턱뼈. 숱이 듬성한 아치형 눈썹은 수도원에 들어오면서 없애버린 갈색 곱슬머리보다 짙어서 검은색에 가까웠다. 베개 위에 똑바로 얹힌 그의 얼굴은 표백한 듯 창백했고, 양 볼과 감긴 두 눈 주위로 움푹 들어간 부위는 하얀 눈밭에

드리운 그림자처럼 푸르스름했다. 굳게 다물린 입술 주변의 납빛은 그들이 지켜보고 있는 순간에도 조금씩 짙어지고 있었다. 이제 한밤중을 지나 새벽까지의 몇 시간 사이, 생기가 가장 약해지는 순간을 보내고 나면 비로소 그의 소생 여부를 짐작할 수 있을 것이었다.

침상 맞은편의 흐륀 수사는 신중하고도 담담한 표정으로 앉아 있었다. 그에게 죽음은 두려운 것이 아니었다. 흐륀 수사의 환한 미모는 돌로 지어 어두침침한 이 작은 방에서도 부드러운 빛을 발했다. 선이 고운 얼굴과 둥그렇게 깎은 연한 황갈색 머리카락, 젊음의 빛이 가득한 옥색 눈빛. 흐륀과 같이 순수한 확신을 가진 사람만이 죽음의 자리에 침착하게 앉아 있을 수 있으리라. 그에게는 뜨거운 사랑과 자비, 아직 때 묻지 않은 연민이 있었다. 캐드펠은 그동안 독실한 믿음을 가지고 수도원으로 들어오는 젊은 이들을 여럿 보아온 터였다. 세월의 침식을 거치고 인간으로 존재한다는 것 자체를 하나의 짐으로 여기기 시작하면서 그러한 믿음은 위협받고 무뎌지고 서서히 부식되어가는 경우가 다반사였다. 그러나 흐륀에게는 그런 일이 결코 일어나지 않을 것이다. 성 위니프리드[8]가 그 육신의 부족함을 메워주었으니, 그의 정신이 당신의 선물을 훼손하도록 내버려두지 않으리라.

밤이 깊어가도록 할루인 수사에게서는 별다른 변화가 보이지 않았다. 어느새 새벽이 오고 있었다. 그러다 한순간, 흐륀 수사가 침착하게 말했다. "보세요, 수사님이 움직였어요!"

미약하기 그지없는 경련이 환자의 납빛 얼굴을 스치는가 싶더니, 검은 눈썹이 찡그려지고 눈꺼풀이 팽팽해졌다. 아주 미약하지만 통증을 느꼈다는 첫 징표였다. 이어 압박감과 공포로 얼굴이 찌푸려지면서 입술이 씰룩였다. 두 사람은 환자의 이마에 맺힌 땀과 찡그린 입 언저리로 흐르는 침을 닦아주며 기다렸다. 달리 방도가 없었다. 그렇게 한참이 지났다.

첫 햇살이 스며들 즈음, 마침내 할루인 수사가 눈을 떴다. 푸르스름한 홍채 속에 칠흑같이 까만 눈동자가 드러났다. 그는 간신히 입술을 움직여 실낱같이 가느다란 목소리를 내었다. 흐륀이 재빨리 몸을 굽혀 젊고 예민한 귀를 그의 입술에 갖다 댔다.

"고해를……." 생사의 갈림길에서 속삭인 한마디, 그걸로 끝이었다.

"가서 원장님을 모셔 오게." 캐드펠이 말했다.

흐륀이 말없이 일어나 재빨리 방을 나갔다. 할루인은 의식을 회복하려 애썼다. 서서히 정신이 맑아지는지 눈의 초점이 잡히고 자신이 어디에 있는지, 옆에 누가 앉아 있는지도 알아보는 것 같았다. 그는 어떤 목적을 향해, 자신에게 남아 있는 목숨과 맑은 정신을 힘겹게 끌어모으고 있었다. 입과 턱 주위가 하얗게 변하고 고통이 급속히 가중되는 모습에 캐드펠이 양귀비즙 몇 방울을 환자의 입술 사이로 흘려 넣으려 했으나, 할루인은 굳게 입을 다문 채 고개를 돌려버렸다. 의식을 흐리고 방해할 만한 어떤 것도 원하지 않는 것 같았다. 아직은 안 되었다. 해야 할 말을 하기 전까지는.

"원장님이 오고 계시네." 캐드펠이 베개에 바짝 붙어 말했다. "잠시만 기다렸다가 이야기하게나."

그때 라둘푸스 수도원장이 상인방 밑으로 몸을 굽히며 들어섰다. 그는 흐륀이 앉았던 의자로 다가와 환자에게 몸을 기울였다. 흐륀은 필요할 경우 심부름을 하기 위해 바깥에 서서 문을 당겨 닫았다. 캐드펠도 물러가려고 자리에서 일어났다. 그 순간 할루인의 텅 빈 눈에서 공포와 열망의 불꽃이 번쩍 일었다. 순간적인 경련이 온몸을 훑고 지나가는 듯 그가 고통스러운 신음 소리를 냈다. 마치 손을 들어 캐드펠을 붙잡고 싶어 하는 것 같았다. 수도원장은 환자에게 좀 더 가까이 다가앉았다.

"내가 여기 왔소, 형제. 다 듣고 있으니 말해보시오. 무슨 일로 힘들어하는 거요?"

할루인은 목소리를 내기 위해 숨을 한껏 끌어당긴 뒤 간신히 입을 열었다. "제게 죄가…… 아무에게도 말하지 않은……." 힘겹게 느릿느릿 나오긴 했지만 아주 또렷한 목소리였다. "그중 하나는 캐드펠 수사님에게…… 오래전에…… 미처 고백하지 못했는데……."

수도원장이 맞은편의 캐드펠을 올려다보았다. "형제는 여기 그냥 계시오! 환자가 원하니." 이어 그는 기운이 없어 들어 올리지도 못하는 환자의 늘어진 손을 보듬으며 말했다. "안심하고 얘기하시오. 다 듣고 있으니. 우리가 알아서 이해할 테니 꼭 필요한 말만 하면 되오."

"제가 한 맹세들······." 가느다란 목소리가 희미하게 이어졌다. "감히 불순한 짓을······ 믿음을 저버리고······ 절망하여······."

"많은 이들이 그릇된 이유로 들어와 올바른 길을 찾아 살고 있소." 수도원장이 말했다. "내가 이곳에 원장으로 있은 지도 4년이 되었지만 형제에게서 조그만 흠결 하나 발견하지 못했소. 이는 주저 없이 말할 수 있소. 하느님께서는 뜻하신 바가 있어 형제를 수도원에 있게 하신 거요."

"헤일스의 드 클리어리를 섬긴 적이 있습니다." 할루인의 가녀린 목소리가 이어졌다. "아니, 그 부인의 밑에서 일을 했지요. 주인은 당시 성지聖地에 나가 있었거든요. 그 집에는 딸 하나가······." 그가 끈기 있게 의지를 다지는 사이 긴 침묵이 흘렀다. "저는 그녀를 사랑······ 그녀도 저를 사랑했어요. 하지만 그 어머니가······ 제 청혼을 받아들이지 않아서······ 결국 우리는 해선 안 될 짓을······."

다시금 말이 끊겼는데 이번엔 침묵이 좀 더 길었다. 움푹 꺼진 푸르스름한 눈꺼풀이 이글거리는 눈동자 위로 잠시 덮였다. "우린 함께 밤을 보냈습니다." 마침내 그가 또렷하게 말을 내뱉었다. "그 죄에 대해선 이미 고백한 바 있습니다만, 그녀의 이름은 말하지 않았지요. 그때 부인이 저를 쫓아냈습니다. 저는 절망 끝에 이곳으로······ 적어도 더 이상 죄를 짓지는 말자는 생각에…… 그런데 최악의 죄가 저를 기다리고 있었습니다!"

수도원장이 할루인의 옆구리께 늘어진 손을 꽉 쥐었다. 할루인의 얼굴이 흙빛으로 변한 참이었다. 긴 경련이 부서지고 멍든 몸을 관통하는 듯했다. 그의 몸을 만져보니 차갑게 식어 있었다.

"그만 쉬시오!" 라둘푸스가 환자의 귀에 대고 말했다. "걱정할 것 없소! 주님께서는 말하지 않은 것도 다 듣고 계시니."

캐드펠은 힘없이 잡힌 할루인의 손이 미약하게 반응하는 것을 알아채고 포도주와 약초즙을 가져와 환자의 벌어진 입술 사이로 몇 방울 떨어뜨렸다. 간밤에는 그것으로 입술을 적셔주어도 아무 반응이 없었는데, 이번에는 처음으로 환자가 이를 받아들였다. 할루인은 제 입으로 들어오는 것을 삼켜보려고 긴 목의 힘줄을 움직이고 있었다. 아직 죽진 않을 모양이야! 캐드펠은 생각했다. 가슴속에서 털어내야 할 사연이 얼마나 더 있는지 모르지만, 아직은 시간이 있어! 입에 포도주를 조금 더 흘려 넣자 흙빛이었던 안색이 미약하게나마 다시 밝아지기 시작했다. 이윽고 의식이 돌아왔는지, 그는 눈을 감은 채 가냘픈 목소리로 입을 열었다.

"원장님……?" 두려움에 질린 애처로운 목소리였다.

"나 여기 있소. 형제 곁을 떠나지 않을 거요."

"그녀의 모친이 찾아왔습니다. 저는 버트레이드가 아이를 가졌다는 사실을 모르고 있었죠. 부인은 주인이 돌아와 노발대발할까 봐 겁에 질려 있더군요. 당시 저는 캐드펠 수사님과 함께 있었어요. 약초에 대해 배워 조금 알게 된 참이었는데…… 그래서 약초를 몰래 빼내 그 부인에게 주었습니다…… 히솝이랑 붓꽃을요…… 그것들이 어디에 쓰이는지는 캐드펠 수사님이 더 잘 아시겠죠!"

물론 그는 알고 있었다. 폐병이나 심한 기침에 도움이 되고, 황달 증상에도 좋은 약초들. 그러니까 소량을 쓸 경우에는 말이다. 그리고, 교회에서 알면 기절초풍할 일이지만, 이를 과용하면 태아를 사산시킬 수 있으며, 따라서 해산을 앞둔 여자에겐 매우 위험한 약초였다. 아버지의 분노가 두려워서, 세상 사람들 보기가 수치스러워서, 혼인할 길이 막히고 집안에 분란이 일 것이 무서워서 그런 짓을 하다니. 그 여인의 어머니가 먼저 청했을까? 아니면 할루인이 부인을 설득한 것일까? 후회와 가책의 세월을 보냈어도 그 공포는 여전히 남아 지금 그의 육신을 쥐어짜며 얼굴을 일그러뜨리고 있었다.

"그들은 죽고 말았습니다." 고통에 꺼칠해진 음성으로 그가 말을 이었다. "제 사랑과 아이, 둘 다요…… 그녀의 모친이 제게 전갈을 보내왔지요. 죽어서 매장했노라고. 열병, 그들은 그렇게 말했습니다. 열병으로 죽었다고…… 아, 이렇게 끔찍한 일이 어디 있을까요. 저의 죄는 극악하기 이를 데가 없습니다…… 제가 얼마나 후회하고 있는지 하느님만이 아실 겁니다!"

"하느님께서 진심 어린 회개를 잘 들으셨을 거요." 라둘푸스 원장이 말했다. "참으로 비통한 사연이군. 자, 이제 모두 말했소?

아니면 아직 더 할 얘기가 남아 있소?"

"다 했습니다." 할루인 수사가 말했다. "용서를 구하고 싶습니다. 먼저 하느님께, 그리고 캐드펠 수사님께…… 저는 수사님의 신뢰를 저버리고 수사님의 의술을 오용했습니다. 그리고 저로 인해 큰 슬픔을 겪은 헤일스 부인께도 잘못을 빌고 싶습니다." 할 말을 다 쏟아내서인지 그의 말과 음성이 한결 안정을 찾았다. 혀를 괴롭히던 심한 경직 현상이 말끔히 가셨고, 비록 기운은 없었지만 발음도 또렷하고 편안했다. "죄를 씻고 용서받은 다음에 죽고 싶습니다."

"캐드펠 형제의 입장은 그가 직접 얘기할 거요." 수도원장이 말했다. "그리고 하느님 뜻은 내가 이야기하지."

"나는 홀가분한 마음으로 용서하네." 캐드펠은 단어를 골라가며 조심스럽게 말했다. "내 재주를 어떤 식으로 오용했든, 자네도 엄청난 마음의 고통을 느꼈을 걸세. 하지만 그러한 수단과 지식이 거기 있었고, 자네를 말려야 할 내가 그 자리에 없었으니, 자네의 죄 이전에 나의 죄도 있었던 셈이야. 부디 평온하길 비네!"

라둘푸스 원장은 시간을 들여, 천천히 하느님의 뜻을 이야기했다. 만일 다른 수사들이 들었다면, 평소 엄격하기 그지없는 그에게도 이처럼 사려 깊고 다정한 구석이 있었던가 싶어 귀를 의심했을 것이었다. 원장은 양심의 짐을 덜고 깨끗한 마음으로 죽음을 맞고자 하는 할루인의 소망을 잘 헤아리고 있었다. 그러나 죽어가는 사람에게 속죄의 고행을 요구하기엔 때가 너무 늦었을뿐더러, 편안한 임종은 주께서 결정하는 것이지 누군가의 가치판단에 의해 이루어지는 것이 아니었다.

"마음 깊이 죄를 뉘우치고 힘든 시간을 보내온 것도 가벼운 속죄는 아니지." 라둘푸스가 입을 열었다. "형제가 치러야 할 대가는 그걸로 족하다 믿소." 그렇게 사면을 선언하고 축복을 내린 뒤, 원장은 캐드펠에게 손짓하여 그와 함께 병실에서 나왔다. 잠시 감사와 평안이 깃들었던 할루인의 안색이 다시 어두워지며 무심한 탈진 상태로 넘어가고 있었다. 눈동자에 타오르던 불길도 사그러들어, 그는 흐릿해진 눈을 반쯤 감은 채 졸도와 수면 사이를 오락가락하기 시작했다.

흐륀은 혹시라도 안에서 이뤄지는 고해성사를 한마디라도 엿듣게 될까 싶어 복도 한편으로 멀찌감치 물러난 채 참을성 있게 기다리고 있었다.

"들어가서 환자와 함께 있으시오." 수도원장이 그에게 말했다. "아마 악몽은 꾸지 않을 거요. 혹시 그에게 무슨 변화가 보이거든 에드먼드 수사를 부르도록 하시오. 캐드펠 형제의 도움이 필요하거든 내 숙사로 사람을 보내고."

*

두 사람은 수도원장의 숙사로 가 장식널로 둘러싸인 응접실에 마주 앉았다. 할루인이 주장하는 죄악에 대해 알게 된 이들로서, 두 사람에겐 그 내용과 관련해 이야기를 나눌 권한이 있었다.

"내가 여기 있은 지 4년밖에 안 되니 할루인이 왔을 때의 상황에 대해선 아는 바가 전혀 없소." 라둘푸스가 곧장 말을 꺼냈다. "그가 수도원에 들어온 뒤 초반에는 형제 밑에서 허브밭 일을 도왔던 것 같은데, 그때 얻은 지식을 불미스러운 일에 써먹은 모양이군. 그 약이 사람을 죽일 수도 있는 게 확실하오? 혹시 열병 때문에 죽었다는 말이 사실일 가능성은 없소?"

"제가 알기로 히숍은 사람을 죽일 수 있습니다." 캐드펠은 안타까운 얼굴로 대답했다. "그 여인의 어머니가 딸에게 약을 복용시켰다면 아마 그 때문에 죽은 게 맞을 겁니다. 히숍 대신 사용할 수 있는 다른 약초들도 많은데 군이 그것을 약재실에 보관해둔 제가 어리석었어요. 하지만 소량씩 사용할 경우엔 잎도 뿌리도 워낙 유용한 풀이라…… 잘 말려 가루를 낸 뒤 조금씩 복용하면 황달 증세에 탁월한 효과가 있고, 박하풀과 함께 쓰면 폐병에도 잘 듣지요. 물론 자극성이 적은 푸른 꽃잎 종류가 더 좋긴 하지만요. 그것이 낙태에 이용되곤 한다는 건 저도 알고 있었습니다. 다량을 쓰면 치명적이라 이따금 가엾은 여자들이 죽는 일이 발생하곤 하지요."

"그 사고는 오래전 그가 견습 수사일 때 벌어졌소. 자신에게 아이가 생긴 걸 알았더라면 할루인은 아마 여기 오지 않았겠지. 당시엔 그도 어린아이에 불과했을 뿐인데……."

"막 열여덟이 되었을 때였죠. 그 여자도 비슷한 나이였을 겁니다. 그 점은 참작해줘야 해요." 캐드펠이 확고하게 말했다. "남녀가 한 지붕 밑에 살면서 매일같이 마주치는 상황이었잖습니까. 그도 좋은 가문 태생이니 서로 대등한 입장인 데다, 그 또래 아이들이 대부분 그렇듯 사랑에 빠지기도 쉬웠겠지요. 사실 저로선 그의 청혼이 일언지하에 거절당했다는 것 자체가 좀 의아합니다. 그는 외아들이었어요. 만일 구도의 길을 택하지 않았다면 상당한 영지가 그의 것이 되었을 겁니다. 게다가 그는, 똑똑히 기억합니다만, 대단히 괜찮은 청년이었지요. 아는 것이 많고 재능도 풍부한, 딸을 둔 기사라면 사윗감으로 환영할 만한 청년이었는데 말입니다."

"그 여자의 부친에게 이미 다른 계획이 있었는지도 모르지." 라둘푸스가 말했다. "자식들이 어릴 때 누군가와 혼사를 약조했을 수도 있고. 또 모친의 입장에선 남편이 부재한 상황에서 혼례를 치르고 싶지 않았을 거요. 그처럼 남편을 두려워했다면 더욱 그랬겠지."

"하지만 결사반대할 필요도 없었을 겁니다. 부인이 약간의 여지만 남겼어도 그는 선을 지키며 희망을 가지고 기다렸을 텐데요……." 캐드펠이 흥분을 가라앉히며 말을 이었다. "제가 볼 땐, 할루인 형제가 무슨 계산을 세우고 그랬다기보다는 무모한 애정 때문에 일을 벌였던 것 같습니다. 그는 결코 책략을 꾸미거나 할 사람이 아니니까요."

"어쨌거나 일이 저질러졌으니 되돌릴 수 없지 않소." 라둘푸스가 답답하다는 듯 한숨을 내쉬었다. "그 비슷한 과오에 빠지는 젊은이가 어디 그 사람뿐이겠으며, 그런 일을 당하는 가엾은 연인이 그 여자뿐이겠소? 그래도 여인의 명예는 지켜진 셈이지. 과거 할루인 형제가 고해성사를 하면서도 그녀의 이름을 말하지 않은 이유는 충분히 이해가 되오. 어쨌든 이제 모두 오래전에 지난 일이지. 벌써 열여덟 해나 흘렀으니…… 우리는 마지막 길이나 평안하게 갈 수 있도록 도와줍시다."

*

평안한 종말이야말로 할루인 수사를 위한 최선의 길인 듯 보였다. 사실, 아무리 간절히 기도한다 해도 그 이상의 성과를 기대할 수는 없을 터였다. 잠시나마 돌아왔던 그의 정신은 깊은 무의식으로 급속하게 빠져든 이후 별다른 변화를 보이지 않았다. 그런 상태가 일주일간 계속되었고 그사이 크리스마스가 지나갔다. 그는 형제들이 침상에 다녀가는 것도 알지 못한 채 누워 있었다. 아무것도 먹지 못했고, 아무 말도 하지 못했으며, 숨소리마저 들릴락 말락 했다. 그러나 미약하기 그지없는 그 호흡은 여전히 규칙적이었고, 꿀 탄 포도주를 입술에 몇 방울씩 넣어줄 때면 목구멍이 저절로 열리며 고분고분 이를 받아 넘겼다. 다만 차가운 이마와 감긴 눈이 그 모든 것을 의식하지 못할 뿐이었다.

"마치 육신만 남아 있는 것 같군요." 에드먼드 수사가 가만히 입을 열었다. "정신은 어딘가 다른 곳에서, 육신이라는 집이 다시 정리되고 깨끗이 치워지길 기다리고 있는 듯합니다."

꽤 적절한 비유군, 캐드펠은 생각했다. 할루인이 제 속에 살던 악마들을 스스로 내쫓은 것이야 틀림없는 사실이니까. 캐드펠은 희망을 품고 있었다. 악마들이 떠나가 텅 빈 집에 뜻밖의 기적이 일어날 가능성도 무시할 수 없었다. 언제까지 계속될지 모를 정신의 부재로 마치 죽어가는 듯 보이긴 해도 할루인 수사는 여전히 살아 있지 않은가. 그래, 우리는 이제 한눈팔지 않고 지켜보면 돼. 성서의 비유가 마지막까지 들어맞도록. 그의 정신이 사라진 틈을 타 지난번보다 더 고약한 악마들이 저 육신의 문간에 발을 들여놓는 일이 없도록. 그리하여 모두가 기쁘고 엄숙한 새해를 맞이하도록…… 그렇게 그는 할루인을 위해 꾸준히 기도를 이어 갔다.

어느덧 해빙이 시작되고 있었다. 속도는 더뎠지만 폭설이 남긴 두터운 눈 더미가 매일 조금씩 줄어들었다. 지붕 공사도 더 이상의 불상사 없이 마무리되어, 접객소는 다시 비바람에 끄떡없는 외관을 갖추었다. 죽을지 살지 알 수 없는 상태로 진료소의 외로운 침상에 고요히 누워 있는 저 병자만이 그 엄청난 사고가 남긴 흔적의 전부였다.

그러던 중, 예수공현대축일(예수가 동방박사들 앞에 자신이 메시아임을 드러낸 일을 기념하는 날—옮긴이) 밤에 할루인 수사가 눈을 떴다. 그는 불현듯 잠에서 깨어난 사람처럼 긴 숨을 내쉬고서 어리둥절한 눈길로 좁은 실내를 둘러보았다. 그 눈길이, 곁에 말없이 앉아 주의 깊게 그를 지켜보던 캐드펠 수사에게서 멎었다.

"목이 말라요." 어린아이처럼 천진하고 의심 없는 목소리였다. 그는 캐드펠의 품에 몸을 맡긴 채 물을 받아 마셨다.

사람들은 그가 다시금 무의식 속으로 빠져들 거라 생각했다. 그러나 기력 없는 상태로나마 그는 이튿날 저녁까지 줄곧 깨어 있었고, 밤이 되자 얕지만 평온한 잠에 빠져들었다. 이어 다음 날 아침, 그의 얼굴에 생기가 돌기 시작했다. 그리고 다시는 정신을 잃지 않았다. 죽음의 언저리에서 벗어나 이번엔 고통의 영역으로 들어온 듯 이마를 찡그리고 입술을 꽉 다문 채, 그럼에도 아무런 불평 없이 모든 것을 견디고 있었다. 부러진 팔은 그가 의식을 잃은 사이 이미 접합되었지만 상처가 아물며 생겨나는 통증이 그를 괴롭혔던 것이다. 하루 이틀 할루인을 유심히 지켜본 캐드펠과 에드먼드는, 그의 머릿속이 어떻게 뒤흔들렸는지 알 수 없으나 외상이 치료되면서 제정신으로 돌아온 것이라 판단했다. 그동안 꼼짝 않고 누워 있던 휴식의 시간이 일종의 치료로 작용한 셈이었다. 이제 그의 정신은 더없이 맑았다. 눈 덮인 지붕을 기억했고, 자기가 떨어진 정황도 기억했다. 자신이 고해성사를 했던 사실도 분명하게 기억하고 있었다. 캐드펠과 단둘이 있게 되었을 때, 오랫동안 말없이 생각에 잠겨 있던 그는 마침내 이렇게 입을 열었다.

"제가 그토록 부끄러운 짓을 했건만 수사님께서는 이렇게 약을 먹이며 세심하게 절 돌봐주시는군요. 이 은혜를 어떻게 갚아야 할지⋯⋯."

"난 아무것도 바라지 않네." 캐드펠은 단호하게 대꾸하고는 불구가 되어버린 그의 한쪽 발에서 붕대를 조심스럽게 풀어 새것으로 갈아주기 시작했다.

"하지만 저로선 속죄의 고행을 해야 마땅합니다. 그러지 않고서야 어찌 깨끗해질 수 있겠습니까?"

"자네는 모든 것을 있는 그대로 고백했고 원장님으로부터 직접 사면을 받았어. 더 이상은 그 일에 대해 얘기할 필요 없네."

"아뇨, 벌을 전혀 받지 않았는걸요. 그처럼 값싼 사면은 저를 여전히 빚진 자로 남겨둘 뿐입니다." 할루인의 목소리는 너무도 침통했다.

캐드펠은 환자의 담요를 걷어 맨발을 드러냈다. 두 발 중 훨씬 심하게 뭉그러진 왼발이었다. 찢기고 문드러진 표면의 상처는 그럭저럭 아물어가기 시작했으나 그 안에 자리한 작은 뼈들이 입은 타격은 결코 바로잡지 못할 것이었다. 그 뼈들은 뒤틀리고 손상된 채 보기 흉하게 일그러져, 험악한 검붉은빛과 자줏빛의 덩어리를 이루고 있었다.

"만일 자네에게 빚이 있다면, 앞으로 겪게 될 고통으로 충분히 갚을 수 있을 걸세." 캐드펠이 무뚝뚝하게 말했다. "이거 보이나? 다시는 이 발로 땅을 디딜 수 없을 거야. 아니, 자네가 다시 일어날 수 있을지조차도 의문스럽네."

"아뇨." 좁은 창 너머 어두워져가는 겨울 하늘을 응시하며 할루인이 말했다. "저는 일어날 겁니다. 일어나 걷고야 말 거예요. 하느님께서 허락하신다면 목발이나 지팡이를 짚고서라도 다시 일어나 제 발로 걸을 겁니다. 그렇게 몸을 가눌 수 있게 되면 원장님의 허락을 받아 제가 직접 헤일스로 갈 생각이에요. 애들레이즈 드 클리어리 부인께 용서를 구하고 버트레이드의 무덤 앞에서 하룻밤을 보내고 싶습니다."

순진하게도 속죄를 결심하고 있군, 캐드펠은 생각했다. 하지만 그런다고 죽은 자나 산 자에게 과연 큰 위안이 될까? 열여덟 해가 지난 지금 그 집 사람들이 할루인을 떠올리기나 할까? 하지만 그 경건한 의도가 이 청년에게 살아나갈 용기와 결단을 줄 수 있다면 굳이 말릴 이유도 없지…….

"글쎄, 일단은 최선을 다해 몸부터 치료하는 게 좋겠네." 이런저런 생각 끝에 캐드펠은 말했다. "쏟아낸 피도 다시 보충해야 하고. 지금과 같은 상태로는 아무 데도 못 나가네." 이어 그는 복사뼈가 손상되지 않아 그런대로 사람 발 같은 꼴을 유지하고 있는 오른발을 살폈다. "안을 두둑이 댄 펠트 장화를 만들어야겠군. 잘하면 한쪽 발은 쓸 수 있을 것 같아. 물론 보조 기구가 필요하겠지만. 어쨌든 그것도 몇 주는 기다려야 해. 아니, 몇 달이 걸릴지도 모르지. 자, 발 치수를 재보세."

*

 곰곰이 생각한 끝에, 캐드펠은 할루인 수사가 내비친 속죄의 뜻을 라둘푸스 원장에게 알리는 것이 좋겠다고 판단했다. 그날 회의가 끝난 뒤 그는 수도원장 숙사의 응접실로 찾아가 사정을 이야기했다.
 "마음의 짐을 조금이나마 덜어낸 상태이니, 설령 죽을 운명이었다 해도 그는 그럭저럭 편안한 마음으로 숨을 거두었을 겁니다." 그가 조심스레 말을 이었다. "하지만 결국 할루인 형제는 살아날 거예요. 정신도 맑고 의지도 강합니다. 육신이 약한 상태이긴 해도 삶을 되찾을 만큼은 강인하지요. 벌써 앞으로의 삶을 그려보고 있더군요. 그는 강직한 사람입니다. 고행 없는 사면을 통해 슬그머니 죄를 벗으려는 짓은 용납하지 못해요. 물론 지난 일을 잊고 지금보다 가벼운 마음으로 지낸다 해도 저로선 그를 탓하지 않을뿐더러 오히려 반가운 마음으로 받아들일 겁니다. 하지만 할루인 자신은 고행 없는 회개에 만족하지 못하고 있습니다. 제가 최대한 만류하긴 하겠지만, 아마 시도할 여력이 생겼다 싶으면 곧바로 또 그 얘기를 꺼낼 겁니다."
 "그 마음을 충분히 이해하니, 나로서도 말릴 도리가 없군." 수도원장이 차분하게 말했다. "어쨌든 거동이 가능한 시점까지는 형제가 잘 설득해 막아주시오. 그렇게 해야 마음의 평화를 얻겠다면 원하는 대로 해야겠지. 가엾게 죽어간 그 여인의 어머니에게도 늦었으나마 다소의 위로가 될지 모르고." 라둘푸스는 이미 할루인이 뜻을 굽히지 않으리라 판단한 눈치였다. "드 클리어리라는 이름을 들어보기는 했으나 헤일스의 영지에 대해선 잘 모르겠군. 거기가 어디인지 형제는 아시오?"

"주 동쪽 경계 쪽에 있지요." 캐드펠이 대답했다. "슈루즈베리에서 40킬로미터쯤 떨어진 곳입니다."

"그리고 당시 성지에 나가 있었다는 그 영주 말인데, 아마 그는 딸의 죽음에 대한 진상을 제대로 알지 못할 거요. 아내가 남편을 그렇게 두려워했으니 사실대로 이야기했을 리 없지. 그러니 비록 오래전 일이라 해도, 그가 아직 살아 있다면 할루인이 그곳을 찾아가선 안 될 것 같소. 만일 형제가 자신의 영혼을 구하기 위해 더 큰 분란을 일으키고 헤일스의 부인에게 위험을 초래한다면…… 그야말로 엄청난 불행이 될 거요. 부인의 과오가 무엇이든, 그녀 역시 이미 대가를 치른 셈이니까."

"제가 알기로는 그 두 사람 모두 몇 해 전에 사망한 듯합니다." 캐드펠이 말했다. "전에 헤리버트 전 수도원장님의 심부름으로 리치필드에 다녀오던 중 그곳을 지나친 적이 있거든요. 하지만 드 클리어리 집안에 대해 저도 더 이상은 아는 바가 없습니다."

"행정 장관은 알겠지." 수도원장이 말했다. "우리 주의 귀족들에 대해선 훤한 사람이니까. 그가 윈체스터에서 돌아오면 확인해봅시다. 급할 것은 없소. 할루인이 회개의 고행을 떠나더라도 당장은 불가능하겠지. 아직 병상에서 일어날 수도 없는 상태잖소."

3

 휴와 그의 호위대는 예수공현대축일로부터 나흘이 지나서야 돌아왔다. 눈은 거의 녹은 상태였으나 하늘이 줄곧 우중충한 데다 밤에는 한파가 이어져 다행히도 해빙은 천천히 진행되었다. 이번처럼 큰 눈이 내린 뒤에 해빙이 급속하게 이루어지면 곳곳에서 흘러나온 막대한 양의 물이 강으로 쏟아져 물난리가 날 터였다. 아닌 게 아니라, 세번강이 메올천川으로 역류하여 거주지까지는 아니더라도 저지대 들판을 집어삼키는 경우가 종종 있었던 것이다. 금년에는 그러한 걱정이 덜했기에 휴는 비교적 마음 편히 여행을 이어갈 수 있었고, 궁정에 가서도 책무와 관련해 만족스러운 대접을 받고 돌아온 참이었다. 세인트메리 교회[9] 옆에 자리한 집에 들어서자마자 그는 장화와 망토를 벗어 던졌다. 아내가 모피 신발을 내왔고, 어린 아들은 검이 달린 허리띠에 매달리더니 새로 만들어 색칠한 목재 체스 말을 봐달라며 성화를 부렸다.

그리고 잠시 후, 그는 수도원으로 가 원장에게 윈체스터 소식을 상세히 전한 뒤 캐드펠과 마주 앉아 있었다.

"크리스마스를 맞아 이루어진 이번 휴전이 과연 얼마나 오래 갈지 저로선 의심스럽습니다." 그가 말했다. "스티븐 왕이 옥스퍼드에서의 실패를 제법 잘 감내하긴 했지만, 그래도 복수의 칼을 놓지 않은 상태예요. 겨울철이라는 이유로 오래 좌시하고 있지는 않을 겁니다. 일단은 웨어햄을 되찾고 싶어 하더군요. 그곳은 식량이 든든하게 비축되어 있고 전투병도 많지요. 문제는, 왕이 포위 공략에 성공할 만큼의 끈기를 보여준 적이 없다는 겁니다. 게다가 그는 서부에 요새를 하나 더 늘릴 생각까지 하고 있어요. 전쟁을 로버트의 영토로 확장하려는 거죠. 어떤 일을 먼저 벌일지는 아무도 모르는 상태입니다만, 어쨌든 저나 제 부하들이 이곳을 떠나야 할 일은 쉬 일어나지 않을 듯합니다. 왕은 체스터 백작을 대단히 경계하고 있으니, 제가 이곳을 오래 비우면 안 된다고 생각하겠죠. 그건 제게도 정말 다행스러운 일입니다." 휴가 쾌활하게 말을 이었다. "그건 그렇고, 수사님은 그간 별고 없으셨는지요? 수도원 최고의 사본 채식사가 높은 곳에서 떨어져 하마터면 목숨을 잃을 뻔했다는 얘기는 원장님께 들었습니다. 그날 제가 수사님과 헤어지고 한 시간도 채 지나지 않아 사고가 발생했다고요. 경과가 좋다는 게 사실인가요?"

"예상보다는 훨씬 좋지." 캐드펠이 대답했다. "마지막을 대비해 고해까지 한 상황이었는데, 천만다행하게도 죽음의 그늘에서 빠져나왔어. 이제 하루 이틀 뒤에는 퇴원을 시킬까 하네. 안타까운 건, 그가 목숨을 얻은 대신 발을 못 쓰게 되었다는 점이야. 슬레이트가 왼발을 난도질해놓았다네. 지금 루크 수사가 그의 발에 맞는 보조 기구를 만들고 있지. 그런데 혹시 자네……." 말이 난 김에 캐드펠은 얼른 궁금했던 것을 물었다. "헤일스의 드 클리어리 가문에 대해 좀 아는가? 스무 해 전에 그곳 영주가 십자군에 참전했었다는데. 물론 나는 그 사람을 본 적이 없지. 그땐 이미 내가 은퇴한 뒤거든. 그가 아직 살아 있는지 알고 있나?"

"버트런드 드 클리어리 말씀이군요." 휴가 재빨리 대답하더니 호기심 섞인 눈으로 친구를 바라보았다. "그 사람에 대해서는 왜 물으십니까? 그는 벌써 죽었습니다. 아마 10년도 넘었을걸요. 지금은 그의 아들이 작위를 물려받아 영지를 다스리고 있지요. 저는 그쪽 사람들과 전혀 교류가 없었습니다. 그 집안 영지들 중 우리 주에 있는 건 헤일스뿐이고, 나머지 대부분은 스태퍼드셔에 있거든요. 말씀해보세요, 무슨 일 때문에 그런 걸 물으시죠?"

"실은 내가 아니라 할루인의 일일세. 수사복을 입기 전에 그 가문에서 일했다는군. 그는 그 집안에 아직 갚아야 할 빚이 있다고 느끼고 있어. 지난번, 임종이 다가왔다고 느꼈을 때 전부 털어놓았지. 어떤 일과 관련해 자신이 죄를 저질렀다고 생각하는데 아직도 그 일이 양심에 걸리는 모양이야."

절친한 친구인 휴 앞이었지만 고해성사의 신성함을 더럽히지 않기 위해서라도 그 이상은 말할 수 없었다. 어쨌든 휴도 제 나름대로 추측만 할 뿐 더는 캐묻지 않을 터였다.

"그는 몸이 완쾌되는 대로 과거의 잘못을 바로잡기 위해 길을 떠날 예정이라네. 그러니…… 만일 버트런트의 부인 또한 이 세상 사람이 아니라면 할루인도 그 사실을 알아야 하네. 그래야 지난 일을 마음에서 지울 수 있지."

휴는 참을성 있게 호기심을 누르며 친구에게 미소 지어 보였다. "그러니까 수사님은 그가 심신의 고뇌를 끝내고 가능한 한 조속히 예전 삶의 방식으로 돌아와주었으면 하시는 거군요. 하지만 큰 도움은 드릴 수 없겠네요. 그 부인은 아직 생존해 있거든요. 그곳 헤일스에 머물고 있죠. 지난번 성 미카엘 축일[10] 때도 공물을 기부했어요. 그 집 아들은 스태퍼드셔 출신의 아내를 얻어 후계자가 될 아이도 낳았습니다. 제가 들은 얘기들을 종합해 보건대, 그의 모친은 매사에 간섭이 심해 며느리와 마찰이 잦은 듯하더군요. 헤일스 영지는 그 부인이 가장 아끼는 곳이지요. 그곳을 지키겠노라 자청하여 자기만의 방식으로 다스리고 있답니다. 아들은 아들 소유의 영지를 지키도록 내버려둔 채 말입니다. 뭐, 그러는 편이 두 사람 모두에게 좋지요." 이어 휴가 덧붙였다. "사실 윈체스터에서 돌아오던 길에 드 클리어리 2세의 부하들을 만나 몇 킬로미터쯤 함께 왔습니다. 옥스퍼드 공략에 참가했다가 귀환하던 사람들이었는데, 아마 그들을 못 만났다면 이처럼 그 집안에 대한 상세한 소식은 전해드릴 수 없었을 거예요. 드 클리어리 2세는 만나지 못했습니다. 그는 출발을 미룬 채 궁정에 머물고 있다더군요. 스티븐 왕이 염두에 둔 다음 조치가 무엇인지는 모르겠지만, 아무튼 그것 때문에 드 클리어리를 붙잡아둔 모양입니다."

캐드펠은 담담하게 소식을 받아들였지만 마음 한구석이 쓰라렸다. 그 부인, 딸의 낙태를 도우려다가 결국 죽음을 돕고 만 여자가 아직 살아 있었군. 그런 사람이 비단 그 부인만은 아닐 것이다. 하지만 어머니로서 당시 그녀가 느꼈을 절망과 죄의식은 어떠했을까? 18년이라는 시간의 재 속에 묻혀 있는 쓰디쓴 기억이 지금까지도 남아 있으리라. 그런 기억들은 그대로 묻혀 있게 내버려두는 것이 나을 것을……. 그러나 자학에 가까운 할루인의 양심과 구원을 갈망하는 그의 영혼에도 권리가 있었다. 게다가, 당시 그는 열여덟 살에 불과하지 않았는가! 부인이라면 적어도 두 남녀 사이에 어떤 분위기가 감도는지 눈치챘을 테고, 따라서 사전에 다른 조치를 취할 수도 있었으리라. 그 생각을 하니 캐드펠의 마음속에서 미약하게나마 분노가 치밀어 올랐다.

"죄를 드러내어 상황을 악화시키느니 차라리 그냥 묻어두는 편이 나을 것 같긴 한데……." 그가 말했다. "아, 물론 그는 아직 보조 기구조차 시험해보지 못한 상태네. 하지만 누가 알겠나. 몇 주 후면 또 무슨 변화가 생길지."

 정월 중순 무렵, 할루인 수사는 난롯불과 가까운 진료소 구석으로 자리를 옮겼다. 다른 사람들처럼 이리저리 돌아다닐 수 없기에 최대한 한기가 들지 않는 곳에 머물러야 했다. 오랫동안 누워 있어 뻣뻣해진 근육이 제 기능을 되찾도록, 사람들은 그의 몸에 오일을 바르고 안마를 해주었다. 또 그가 쓰던 물감과 작업용 책상을 가져다주고 예전의 민첩성과 안정성을 되찾을 때까지 단순한 그림을 그리게 하여 손과 정신을 단련시켰다. 문드러진 발은 점차 아물어가면서 보기 흉한 모양을 띠었다. 아직 걷는 연습을 하기엔 일렀기에, 캐드펠은 루크 수사가 만들어준 목발을 건네주고 일단 똑바로 서는 훈련을 시켰다. 끄트머리에 두툼한 천을 댄 목발을 양쪽 겨드랑이에 끼고 자꾸 움직이다 보면 그 무게와 균형에 익숙해질 것이었다. 양쪽 발이 모두 망가졌을 경우엔 목발을 써도 아무 소용이 없을 테지만, 캐드펠과 에드먼드는 그의 오른발이 조만간 제 기능을 되찾으리라 보고 있었다. 그리고 그의 신발에 약간의 장치만 더해준다면 왼쪽 발도 결국에는 작으나마 도움이 되어줄지 몰랐다.
 그달 말 캐드펠은 특수 신발을 제작하기 위해 시장의 아들인 필립 코비저를 불러들였고, 한동안 머리를 맞댄 끝에 괜찮은 장화 한 켤레를 만들어낼 수 있었다. 언뜻 그 주인의 발만큼이나 흉하고 낯설어 보였으나, 지지력을 높이기 위해 최대한 머리를 짜

변형시킨 작품이었다. 두꺼운 펠트로 형태를 잡은 뒤 밑창에 가죽을 대고 발목 위로 넉넉히 올라오는 부분은 가죽끈으로 단단히 묶을 수 있도록 만들어, 손상된 살을 잘 지탱하고 보호할 뿐 아니라 정강이뼈도 십분 활용하도록 해주었다. 필립은 자신의 작품에 만족하면서도 조심스러운 태도를 보였다. 신었을 때 일단 통증이 없어야 하며, 또 이런 겨울 날씨에도 보온이 잘되어야 성공이라 할 수 있으니 당사자가 신어본 후에 칭찬하라는 것이었다.

자신을 위한 이 모든 것들을 할루인 수사는 감사한 마음으로 겸허하게 받아들였다. 그는 붉고 푸른 물감과 섬세한 금박을 가지고 눈과 손의 감각을 되살리는 작업에 끈덕지게 매달렸다. 이따금 짬이라도 생길라치면 목발을 사용해 구석진 침상에서 위태위태하게 몸을 일으킨 뒤 벽이나 침상을 짚으며 균형을 잡아보려 애를 썼다. 망가진 다리의 근육들이 예전처럼 강인해지려면 아직 시간이 더 필요할 테지만, 2월 초가 될 무렵에는 오른발만으로 든든하게 땅을 디뎠고 다른 도움 없이 잠깐씩 서 있을 수 있는 상태에 이르렀다. 그때부터 할루인은 목발을 제대로 활용하기 위해 열심히 연습하여 이내 회의실에 다시 모습을 드러냈고, 전처럼 충직하고 정확하게 성무일도에 참석할 수 있게 되었다. 2월 말에는 더 발전하여 장화 신은 왼쪽 발 끄트머리로 땅을 디디기까지 했다. 비록 그쪽 발로는 두 번 다시 똑바로 설 수 없을 테지만, 그 정도만으로도 목발에 의지하여 비틀대지 않고 안전하게 몸을 지탱하는 데 큰 도움이 되었다.

행운은 그의 편이라 할 수 있었으니, 초반에 내린 눈이 녹아 없어지고 난 뒤로는 날씨가 겨울철치고는 꽤나 온화한 편이었다. 이따금 한파가 닥치곤 했지만 길게 이어지지 않았고, 정월이 지나자 눈도 가볍게 내리고 그쳐 땅이 깨끗했다. 몸의 균형을 잡을 수 있게 되고 새로운 걸음걸이에 익숙해진 할루인은 수도원 곳곳을 능숙하게 드나들었다. 마당에 깔린 자갈에 서리가 내려 미끄러울 때를 빼면, 그는 더이상 이동에 큰 애로를 느끼지 않았다.

낮이 길어지고 대기 중에 조심스럽게 머뭇대는 봄기운이 느껴지는 3월 초의 어느 날, 회의장에 나온 할루인 수사는 그날의 급한 안건들이 다 처리되자마자 자기 자리에서 일어나더니 유순하면서도 단호한 태도로 입을 열었다.

"원장님," 흔들림 없는 시선을 수도원장의 얼굴에 고정한 채 그가 말했다. "제가 어려움에 처해 있을 때 어떤 결심을 했었는지 원장님도 알고 계실 겁니다. 하느님의 은총으로 몸이 회복된다면 순례를 떠나기로 마음먹었죠. 이제 주님께서 크나큰 자비를 베푸셨으니, 원장님만 허락해주신다면 지금 당장이라도 그 맹세를 실행에 옮기고 싶습니다. 원장님의 허락을 간청하오며, 더불어 제가 약속한 바를 완수하고 무사히 돌아올 수 있도록 형제들의 기도를 구하는 바입니다."

라둘푸스는 아무 말 없이 한참이나 그를 바라보았다. 표정만으로는 허락할지 불허할지 알 길이 없었다. 꼼짝 않고 자신을 응시하는 그의 눈길에 할루인의 움푹한 뺨에 잠시 홍조가 스쳤다.

"회의가 끝난 뒤 내 방으로 오시오." 마침내 수도원장이 말했다. "더 자세히 이야기를 나누고, 그 몸으로 일을 감당할 수 있겠는지도 판단해봅시다."

수도원장의 응접실로 온 할루인은 마치 자신의 벌거벗은 정신을 다 열어 보이듯 솔직한 태도로 조금 전의 요청을 되풀이했다. 캐드펠은 자신이 이 자리에 불려 온 이유를 잘 알고 있었다. 적어도 두 가지는 확실했다. 우선, 그는 할루인이 행했던 고해의 증인이므로 적절한 조언을 건넬 수 있었다. 그리고, 할루인이 지금 그런 여행길에 오르는 것이 과연 적절한지에 대해서도 말할 수 있었다. 다른 이유가 더 있는지는 알 수 없었으나, 어쨌든 이 순간 두 사람의 대화를 듣고 있자니 심기가 그다지 편하지는 않았다.

"영혼의 치유에 필요한 일을 하겠다니 나로선 말릴 수 없고 말리지도 않을 생각이오." 수도원장이 말했다. "하지만 너무 때 이른 요청이 아닌가 싶군. 형제는 아직 기력을 완전히 회복하지 못했소. 게다가 요 몇 주간 포근하긴 했어도 아직 완연한 봄이라 할 수 없고, 따라서 언제 혹독한 한파가 닥칠지 모르는 상황이오. 생각해보시오, 형제가 사경을 헤맸던 게 언제였소? 불과 얼마 전 일이오. 그러니 감당할 만한 여력이 생길 때까지는 그와 같은 고난에 발 들여놓을 생각일랑 하지 않는 게 좋겠소."

"원장님, 제가 지체할 수 없는 건, 바로 저 자신이 죽음에 가까이 가보았기 때문입니다." 할루인이 열정적으로 말했다. "죄를 속죄하기도 전에 또다시 죽음의 손길이 뻗혀 오면 어떻게 합니까? 죽음이라는 것이 인간을 얼마나 순식간에 덮칠 수 있는지 저는 알게 되었습니다. 일종의 경고를 받은 셈이지요. 그 경고를 명심해야만 합니다. 만일 온당한 죗값을 치르다가 죽게 된다면, 그거야 얼마든지 받아들일 수 있습니다. 그러나 아무것도 하지 못한 채 죽음을 맞이한다면…… 전 죽어서도 고통받을 겁니다."
흔들리는 불꽃처럼 타오르는 눈길로 그가 말을 이었다. "저는 진심으로 그녀를 사랑했습니다. 세속의 방식으로 사랑했고, 아마 평생 그 마음은 변치 않을 겁니다. 그런데 그런 그녀를 제가 파멸시켰습니다. 너무도 긴 세월 동안 숨겨온 비밀을 고백한 지금, 전 그저 죗값을 온전히 치르고 싶은 마음뿐입니다."

"형제가 다녀와야 할 길이 얼마나 되는지 생각해보았소? 어쨌거나 말에 오를 수는 있어야 할 것 아니오."

할루인이 세차게 고개를 저었다. "원장님, 저는 이미 마음으로 맹세했고 제단 앞에서도 똑같이 맹세할 겁니다. 전 그녀가 묻혀 있는 곳까지 걸어서 갔다가 걸어서 돌아올 생각입니다. 저를 용서받지 못할 죄의 진실과 대면하도록 만들어준 이 두 발로 말입니다. 할 수 있습니다. 저는 죄 없는 이의 고행에 대해 배운 사람입니다. 하물며 엄청난 죄를 지은 몸이 그 정도 고생을 견디지 못하겠습니까? 견뎌낼 수 있습니다. 캐드펠 수사님께서 잘 아십니다!"

캐드펠은 증인으로 불려 와 이 자리에 있는 상황이 도무지 내키지 않았을뿐더러 그의 계획을 부추겨야 할 입장에 처한 것도 영 마음에 들지 않았다. 그러나 속죄가 완결되지 않는 한, 고통으로 가득한 이 사람의 마음에 진정한 평온은 없을 터였다.

"할루인 형제에게 의지와 용기가 있다는 것은 분명합니다." 그가 말했다. "그럴 기력이 있느냐는 별개의 문제지만요. 그가 자신의 영혼을 씻으려다 육신을 죽음으로 몰아넣는다 해도, 이는 그의 선택과 권리일 뿐 제가 판단할 수 있는 문제가 아닌 듯합니다."

라둘푸스는 잠시 침울한 얼굴로 생각에 잠겼으나 그 눈빛만은 형형했다. 만일 할루인에게 한 점이라도 거짓되거나 가장된 의도가 있었다면 감히 그의 눈을 마주 보지 못한 채 고개를 돌려버렸으리라. 그렇지만 할루인 역시 열의에 찬 커다란 눈으로 흔들림 없이 수도원장의 시선을 견뎌내고 있었다.

"그래, 비록 늦었지만 속죄하고자 하는 형제의 열망을 잘 알겠소." 마침내 수도원장이 입을 열었다. "그동안 오랜 시간을 지체했으니 더더욱 그러고 싶겠지. 그러니, 가시오. 한번 해보시오. 하지만 형제 혼자 가는 것은 허락지 않겠소. 혹시나 넘어지기라도 할 경우를 대비해 옆에 사람이 있어야 하오. 그리고 그 사람이 형제의 안전을 위해 적절하다고 판단하는 조치를 취할 경우 반드시 그에 따라야 한다는 조건을 걸고 싶소. 아무 탈 없이 일을 마칠 수 있다면야 굳이 그가 끼어들어 속죄의 과정을 방해할 필요가 없겠지. 그러나 만일 형제가 길에서 쓰러지기라도 한다면 그 땐 그가 나를 대신하게 될 것이니, 형제는 내게 순종하듯 그의 뜻에 따라야 하오."

"원장님," 할루인의 목소리에는 걱정과 반발이 뒤섞여 있었다. "제 죄는 저만의 것이며, 고백은 하느님의 이름으로 봉해졌습니다. 다른 이를 그처럼 가까이 둔다면 비밀 엄수의 약속을 어떻게 지킬 수 있겠습니까? 제가 참회의 길을 걷게 된 까닭과 관련하여 그 사람에게 궁금증과 의문을 불러일으키는 자체가 맹세를 깨는 짓일 겁니다."

"형제의 길동무는 그것을 궁금해하지도, 묻지도 않을 거요." 수도원장이 말했다. "이미 형제에게 모든 내막을 들은 사람이니까. 바로 캐드펠 수사가 형제와 함께 갈 거요. 그가 동행하고 기도해준다면 형에게도 큰 위안과 안도가 되겠지. 형제의 비밀과 그 부인의 기억이 위험에 처하는 일도 없을 테고. 무엇보다 캐드펠 수사는 여행 기간 내내 형제를 보살필 만한 충분한 자격을 갖춘 사람이오." 수도원장이 캐드펠 쪽으로 고개를 돌리고서 물었다. "이 임무를 맡아주겠소? 내가 보기에 할루인 수사를 혼자 보낸다는 건 영 적절치 않은 일 같소."

선택의 여지가 없는 상황이군, 캐드펠은 생각했다. 그러나 원장의 지시가 썩 불편한 것은 아니었다. 수도원 담장 안의 안정에 몸을 맡기기 전 웨일스에서 예루살렘으로, 그리고 다시 노르망디로, 마흔 해에 걸쳐 세상을 방랑케 했던 혈기가 아직도 그의 마음 깊은 어딘가에 남아 있는 터였다. 게다가 이번 경우는 허가를 받은, 더구나 윗사람의 지시에 의한 여정이 아닌가. 그러니 유혹이라 여겨 회피하기보다는 축복이다 생각하고 받아들이는 것이 마땅할 것이었다.

"그리하라 하시니 그렇게 하지요." 캐드펠이 대답했다.

"이번 여행에는 여러 날이 소요될 것이오. 듣자 하니, 에드먼드 수사가 이끌어주면 이제 윈프리드 수사도 뭐든 필요한 약을 조제할 능력을 갖춘 상태라던데?"

"며칠 정도라면 그 두 형제가 잘해낼 것입니다. 진료소 찬장은 어제 채워두었고; 겨울철에 흔히 필요한 일반 약재들은 작업장에 충분히 있지요. 혹시라도 예상 밖의 약재가 필요할 경우에는 세인트자일스에 있는 오스윈 형제가 잠시 와서 도와줄 수 있을 겁니다."

"잘됐군! 자, 할루인 형제는 여행 채비를 하고 준비가 다 되거든 출발하시오. 원한다면 내일 당장 떠나도 좋소. 그러나 명심하시오, 혹시라도 기력이 떨어지거든 캐드펠 수사의 지시에 따라야 하오. 이 담장 안에서 늘 내 지시에 따랐듯 그의 말에 충실히 복종하기를 바라오."

"네, 원장님." 할루인이 기쁘게 대답했다.

*

그날 저녁기도가 끝난 뒤 할루인 수사는 성 위니프리드의 제단 앞에서 자신의 맹세를 엄숙히 다졌다. 스스로 빠져나갈 구멍을 남기지 않기 위해서였다. 그의 하얀 얼굴에서 자못 비장함이 느껴졌다. 할루인의 요청에 의해 증인 자격으로 함께한 캐드펠은 그 표정이 무엇을 의미하는지 알 것 같았다. 이 준엄한 참회자는 자신이 스스로에게 짐 지운 노고와 고통이 얼마나 막중한지 이해하며, 마음 깊은 곳에서 이를 두려워하면서도 열정과 결의를 다해 받아들이려 애쓰고 있는 것이다. 저 열정과 결의를 보다 실용적이고 유익한 일에 바치면 좋으련만, 캐드펠은 생각했다. 이번 여행이 성공적으로 끝난다 한들, 그로 인해 이득을 볼 사람이 누가 있겠는가? 물론 참회자 자신은 예외겠지만, 그래봐야 마음의 평화를 일부 회복하는 정도이리라. 겁도 없이 깊은 사랑에 빠졌다는 사실 말고는 딱히 죄 지었다 할 것도 없는 예의 가엾은 여인에게도 좋을 것이 없었다. 그녀는 벌써 오래전부터 하느님의 은총을 받고 있을 테니까. 그렇다고 그 악몽 같은 일을 이미 마음에 묻어버렸을 그 어머니에게 득이 될까? 아니, 결코 아니다. 그녀로서는 또다시 과거의 악몽과 맞닥뜨려야 할 뿐이다. 게다가 캐드펠은 사람이 이 세상에서 반드시 자기 자신의 영혼을 구제한 뒤 떠나야 한다는 견해에 마음 깊이 공감한 적이 없었다. 병든 육신들이 존재하듯, 치유해주어야 할 고통받는 다른 영혼들이 무수히 많지 않은가.

그러나 할루인의 요구는 달랐다. 침묵 속에 자학하며 보내온 그 통한의 세월이 그에게 치유를 요하고 있었다.

"신성하기 그지없는 이 성골 위에 제 참회의 맹세를 새기는 바입니다." 제단 덮개 위에 손바닥을 얹은 채 할루인 수사가 말했다. "제 발로 걸어 버트레이드 드 클리어리가 잠든 무덤에 당도할 때까지 결코 쉬지 않겠으며, 거기서 그녀의 영혼을 위해 밤샘 기도를 하겠나이다. 그리고 다시 걸어서 온당한 제자리인 이곳으로 돌아오겠나이다. 만일 제가 그렇게 하지 못할 때에는 거짓 맹세의 삶을 살다 용서받지 못한 채 죽게 하소서."

*

3월 넷째 날 아침, 그들은 아침기도를 마친 뒤 길을 나섰다. 정문으로 나온 두 사람은 수도원 앞 대로를 따라 세인트자일스와 동쪽 큰길 쪽으로 향했다. 날이 흐리고 공기가 싸늘하긴 해도 한겨울처럼 매서운 날씨는 아니었다. 캐드펠은 갈 길을 머릿속에 그려본 뒤 그다지 큰 위험은 없겠다고 판단했다. 서편 산악 지대를 뒤로하고 동으로 나아가면 이내 평탄한 녹색의 전원이 평화롭게 펼쳐질 터였다. 최근 비가 내리지 않은 덕에 길은 말라 있고, 하늘에는 높고 얇은 구름이 덮여 있으니 날씨도 괜찮을 것이다. 널따란 도로 양편에는 풀밭이 펼쳐져 있어 몸이 성치 않은 사람도 어렵잖게 걸어갈 수 있었다. 그러나 한두 시간 가다 보면 피로가 쌓일 테지, 그는 생각했다. 언제 쉬어갈지 판단하는 게 바로 내가 해야 할 일이야. 이를 앙다물고 걷는 품새로 보아, 할루인은 가만 두면 쓰러져버릴 때까지 멈추지 않을 듯했다. 아마도 레킨산 기슭 어디쯤에서 하룻밤 묵을 거처를 찾을 수 있을 것이다.

그쪽에는 수도원 소작인들이 소농들과 더불어 살고 있었다. 아무 오두막이나 찾아들어도 불가에서 휴식을 취할 수 있는 공간을 기꺼이 내주리라. 먹을 것은 캐드펠이 메고 있는 보따리에 들어 있었다.

할루인의 힘과 열정이 최고조에 달한 오전에는 활기와 희망에 차 속도를 낼 수 있었다. 정오가 될 무렵 그들은 애팅엄에 당도해 교구 성직자와 함께 잠시 휴식을 취했다. 그러나 오후로 접어들자 사정이 달라졌다. 속도가 다소 떨어졌고, 할루인의 어깨에 힘이 들어간 것이 눈에 보일 정도였다. 근육의 긴장이 끝없이 반복되면서 통증을 느끼기 시작하는 모양이었다. 게다가 저녁으로 접어들며 기운이 떨어지자, 모직 천으로 야무지게 감쌌음에도 불구하고 그의 손이 마비되기 시작했다. 저 멀리 바람기 없는 3월의 잿빛 어스름 속으로 햇살이 잦아드는 것을 보고 캐드펠은 서둘러 옆길로 걸음을 옮겼다. 어핑턴 마을 영지에 들러 하룻밤 묵을 잠자리를 얻어볼 생각이었다.

길을 가는 내내 할루인은 침묵을 지켰다. 그럴 만도 했다. 그로서는 걷는 것만으로도 힘이 들어 거기에 호흡과 의지를 온통 쏟아부어야 했다. 그가 마침내 입을 연 것은, 저녁이 되어 음식을 먹고 휴식을 취한 뒤 캐드펠과 마주 앉았을 때였다.

"수사님, 이번 여정에 함께해주셔서 정말 감사합니다. 그 해묵은 고뇌를 수사님 말고 누구와 숨김없이 나눌 수 있겠습니까? 다시 슈루즈베리로 돌아오기 전에 반드시 감사 인사를 드리고 싶었습니다." 그는 잠시 말을 멈추고 한숨을 내쉬었다. "저의 가장 추한 모습을 이미 알고 계시니 변명은 하지 않겠습니다. 하지만 지금껏 열여덟 해 동안 그녀의 이름을 입 밖에 내지 않다가 이제 털어놓고 나니 마치 굶주리던 끝에 음식을 먹는 것과도 같은 기분입니다."

"이야기를 하든지 침묵을 지키든 자네 내키는 대로 하게." 캐드펠이 조용히 말했다. "난 듣든지 귀머거리가 되든지 자네 뜻대로 할 터이니. 하지만 오늘 밤엔 좀 쉬는 게 좋을 것 같군. 하루만에 여정의 3분의 1이나 되는 길을 왔으니 내일은 심한 통증과 고통이 따를 걸세."

"피곤하긴 하네요." 할루인의 얼굴에 불쑥 미소가 떠올랐다. 생경하게 느껴지는, 그러나 참으로 보기 좋은 미소였다. "그렇다면 내일 헤일스에 당도하긴 어렵겠군요."

"그런 생각일랑 아예 하지 말게! 많이 가봐야 웜브리지의 오거스틴 협곡쯤일 걸세. 거기서 하룻밤 더 묵어야지. 그 정도도 자네에겐 아주 긴 여정이니 하루 더 지체된다고 불평하지 말게나."

"수사님 생각대로 하십시오." 할루인은 이렇게 대답하고는 기도를 드렸다. 그런 뒤, 마치 어린아이처럼 순진하게 자신의 기도를 믿으며 잠자리에 들었다.

이튿날은 전날보다 형편이 좋지 못했다. 오다 말다 하던 가랑비가 이따금 진눈깨비가 되어 두 사람을 괴롭혔고, 엎친 데 덮친 격으로 동북쪽에서 차가운 바람이 불어왔다. 울퉁불퉁 길게 이어진 푸른 레킨산 자락으로 접어들었지만 바람을 막는 데는 아무 도움도 되지 못했다. 어찌어찌, 그들은 땅거미가 지기 전 목표했던 작은 수도원에 당도할 수 있었다. 그 무렵 할루인의 얼굴은 엉망이었다. 고통을 참느라 앙다문 입술에, 기력이 빠져 경직된 양볼은 이미 흙빛으로 변해 있었다. 캐드펠은 마침내 그를 따뜻한 곳으로 들여보낼 수 있게 되어 기쁘기 그지없었다. 그는 서둘러 손에 오일을 묻혀 할루인의 팔과 어깨 근육을 풀어주고, 하루 종일 훌륭하게 그의 몸뚱이를 옮겨 온 두 다리도 마사지해주었다.

그리고 사흘째 되던 날 이른 오후, 마침내 그들은 헤일스의 영지에 도착했다.

*

영주의 집은 마을과 교회에서 약간 비켜난 곳, 평탄하고 배수가 잘되는 대지에 자리 잡고 있었다. 지하실 위에 통나무로 지어 올려 둥글게 지붕을 덮은 저택으로, 그 너머에는 언덕이 보기 좋게 솟아 있었다. 저택을 둘러싼 목재 울타리를 따라 마구간과 광, 제빵소가 늘어서 있었는데 모두 잘 건사되어 깔끔한 상태였다. 활짝 열린 통로로 들어서자 할루인 수사는 걸음을 멈추고 지난날 자신이 일했던 곳을 바라보았다. 평온하고 침착한 얼굴이었지만 두 눈에는 고통이 가득했다.

"4년 동안 이곳 영지의 재산을 관리했습니다." 그가 말했다.

"버트런드 드 클리어리는 제 부친의 대군주였지요. 열네 살도 되기 전에 이곳에 와 처음엔 버트런드 부인의 시동으로 일했습니다. 제가 주인어른의 얼굴을 한 번도 뵌 적이 없다고 하면 믿으시겠어요? 그분은 제가 여기로 오기 전에 이미 성지로 떠나고 안 계셨거든요. 여긴 그분의 많은 땅 가운데 이쪽 지방에 있는 유일한 장원이지요. 그분의 아들은 이미 자리를 잡아 스태퍼드서 영지를 맡고 있었습니다. 부인은 헤일스를 제일 좋아해서 아들을 남편에게 맡긴 채 이곳에 와 살았고요. 아, 제가 이 집 문턱을 넘지 않는 편이 부인에게는 훨씬 좋았을 텐데. 버트레이드에게도 물론이고요!"

"다 지난 일일세." 캐드펠이 조용히 말했다. "그때 어긋난 일을 지금 와서 어쩌겠나. 오늘 자네가 여기 온 것은 스스로 맹세한 바를 제대로 행하기 위함이니, 그 점에선 아직 늦지 않았네. 어떤가, 자네가 부인과 편안하게 만나려면 나는 바깥에서 기다리고 있는 편이 낫겠지?"

"아닙니다." 할루인이 말했다. "저와 함께 들어가세요! 수사님이 증인이 되어주셔야 해요. 그러는 편이 합당합니다."

그때 담갈색 머리의 젊은이가 세 갈래 쇠스랑을 들고 마구간에서 나왔다. 차가운 공기 속에 쇠스랑에서 김이 피어올랐다. 젊은이는 검은 베네딕토회[11] 수사복을 입은 두 사람이 통로에 서 있는 것을 보더니 느긋하고 부드러운 태도로 다가왔다.

"수사님들, 휴식을 원하신다면 안으로 들어가시죠. 수사복을 입은 분들은 언제나 환영입니다. 지붕 밑 방에 훌륭한 잠자리가 있고, 부엌에서는 음식을 드실 수 있어요."

"나도 똑똑히 기억하오." 할루인이 말했다. 그의 눈길은 여전히 먼 과거에 가 박혀 있었다. "이 집 마님은 늘 길손들을 환대하셨지. 하지만 오늘은 잠자리를 청하기 위해서가 아니라 애들레이즈 드 클리어리 부인께 용무가 있어 왔소. 부인께서 허락하실지 모르겠지만…… 몇 분 정도면 되니 만남을 청해주시오."

젊은이는 어깨를 으쓱이더니 속을 알 길 없는 색슨족 특유의 잿빛 눈으로 그들을 잠시 바라보다가 현관문으로 이어지는 돌계단을 가리켰다.

"들어가셔서 마님의 몸종인 게르타에게 얘기해보시지요. 마님께서 수사님을 만나주실는지는 그녀가 알아봐줄 겁니다." 그러고서 그는 자리에 선 채로 두 사람이 마당을 가로지르는 모습을 가만 지켜보다가 다시 마구간으로 돌아갔다.

커다란 문간으로 들어섰을 때 마침 하인 하나가 부엌에서 나와 복도로 통하는 계단을 올라가고 있었다. 두 사람에게 다가와 용건을 듣더니 그는 부엌 급사를 불러 마님 방을 시중드는 하녀에게 말을 전하게 했다. 잠시 후, 부인의 몸종이 홀에서 나왔다. 마흔 살쯤 된 여자로 대단히 건강하고 말쑥해 보였다. 옷차림은 수수했고 얽은 자국이 있는 얼굴도 평범했지만, 자기 직무에 대단한 자부심을 지닌 듯했다. 그녀는 웃음기 없이, 다소 거만한 눈길로 두 사람을 훑어보며 할루인의 요청에 귀를 기울였다. 그러곤 아주 천천히 문을 열었는데, 마치 자신이 그 일에 특권을 가진 관리인이라는 사실을 강조하려는 듯한 태도였다.

"슈루즈베리의 수도원에서 오셨다고요? 그럼 그곳 수도원장님께서 보내신 건가요?"

"수도원장님의 허락을 받은 일이오." 할루인이 말했다.

"그건 좀 다르지요." 게르타가 예리한 눈빛을 보내며 대꾸했다. "수도원 일이 아니라면 무엇 때문에 수사님께서 여기까지 오셨는지요? 혹시 개인적인 용무라면 어느 분이 마님을 뵙고자 하는지 먼저 알아야겠는데요."

"부인께 이렇게 전해주시오." 할루인이 목발에 몸을 기댄 채 참을성 있게 말했다. 그러나 그의 눈길은 여자의 달갑잖은 표정 밑으로 떨구어진 채였다. "슈루즈베리 수도원의 할루인 수사가 와서 뵙고자 하니 허락해주시면 참으로 감사하겠다고."

여자에게 할루인이란 이름은 아무 의미도 없는 듯했다. 애들레이즈 드 클리어리 밑에서 일한 지 그리 오래되지 않은 걸까? 그게 아니라면, 그동안 여주인의 신임을 받지 못했거나 18년 전 그녀에게 일어났던 일을 모를 만큼 가깝게 지내지 못했던 것이리라. 하지만 그런 일을 부인 혼자서 감당하기는 힘들었을 텐데, 캐드펠은 생각했다. 당시 이 집의 주인과 가까이 지내던 다른 여자가 그 은밀한 일을 도왔을 거야. 주인의 신뢰를 받고 충정을 맹세한 친밀한 몸종이라면 엄청난 비밀이 들어찬 보고의 열쇠를 쥐고 있기 마련이며, 죽을 때까지 이를 밝히지 않는 경우도 많았다. 세월의 흐름 속에 변해버린 할루인의 얼굴을 금방 알아보지는 못할지언정, 적어도 그 이름에 눈이 휘둥그레지며 몸이 굳어야 마땅할 여자가 어딘가에 있을 것이었다.

"가서 여쭤보죠." 몸종은 여전히 거만한 태도로 이렇게 내뱉은 뒤 홀을 가로질러 실내 한쪽 끝, 가죽 커튼이 쳐진 문간 쪽으로 갔다. 몇 분 지나지 않아 다시 그녀가 나타났다. 이번에는 그들에게 가까이 오는 수고조차 하기 싫은지 커튼만 살짝 젖힌 채 문간에서 소리를 질렀다. "마님께서 들어오시랍니다."

방은 작고 어둠침침했다. 바람이 드는 쪽으로 난 두 창문을 덧문으로 견고하게 막아놓은 데다, 벽에 걸린 낡은 장식 융단들도 매우 어두운 색상이었다. 벽난로 대신 실내 깊숙한 구석에 놓인 돌 난로 속에서 석탄이 타고 있었다. 난로와 빛이 드는 창문 사이, 검은 옷을 입은 한 여인이 자수틀을 앞에 두고 쿠션을 댄 의자에 앉아 있었다. 햇살을 등진 그 윤곽으로 보아 키가 크고 아주 꼿꼿한 체격인 듯했다. 난로의 불길이 구릿빛을 내며 그 얼굴을 어스름하게 비추었다. 바늘은 팽팽하게 당겨진 천에 찔러놓은 상태였다. 그녀는 의자 팔걸이를 꽉 움켜쥔 채 문간을 주시하고 있었다. 할루인 수사가 목발을 짚은 채 고통스레 몸을 웅크렸다. 한쪽 발을 쓸 수는 있으나 걸음을 뗄 때마다 통증이 따랐고, 마비된 왼쪽 발은 발끝을 바닥에 대어 간신히 몸의 균형을 유지하는 정도이니 그럴 만도 했다. 쉬지 않고 목발에 몸을 의지해온 탓에 그의 어깨는 잔뜩 움츠러들었고, 곧았던 등도 굽어 있었다. 그의 이름을 들었을 때 부인은 오래전 자신이 내쫓았던 그 팔팔하고 준수한 청년의 모습을 기대했을 것이다. 지금 이처럼 엉망으로 부서져버린 사람을 보며 그녀는 과연 무슨 생각을 하고 있을까?

할루인이 어렵사리 방 안으로 들어서는 순간, 부인이 벌떡 일어나 창처럼 꼿꼿하게 서서는 몸종을 향해 말했다. "나가 있거라!"

방과 홀 사이에 처진 가죽 커튼이 다시 무겁게 늘어지자, 애들레이즈 드 클리어리는 할루인에게 물었다. "이게 어찌 된 일인가? 그들이 자넬 어떻게 한 거지?"

4

 시간이 조금 지나자 실내를 채운 빛과 어둠의 유희에 눈이 익었다. 캐드펠은 부인이 자신보다 열 살 이상 많지 않으리라 추측했다. 머리 양쪽으로 무겁게 꼬아 올린 검은 머리 타래 사이로 듬성듬성 잿빛 가닥이 눈에 띄고 얼굴도 시들어 약간 늘어지긴 했으나 그녀는 나이에 비해 젊어 보였고, 우아하게 형태가 잡힌 잘생긴 뼈대도 과거의 모습을 잃지 않은 듯했다. 하지만 청춘의 즙이 다 말라버린 듯 앙상하게 여윈 몸, 여전히 아름답긴 해도 마디가 불거지고 혈관이 튀어나온 손은 나이를 속이지 못했다. 한때 세련된 청춘의 광택이 돌았을 목과 손목 부위의 하얀 살결에도 이제는 침체의 빛이 돌았다. 그럼에도, 그 달걀형 얼굴과 길고 의연한 입술, 깊숙이 박힌 큼직한 눈에서 캐드펠은 빼어난 아름다움이 남긴 재를 보았다. 아니, 그것은 재가 아니라 아직 살아 있는, 저 난로 속에서 타고 있는 석탄 못지않게 뜨거운 불꽃이었다.

"가까이 와보게!" 부인의 말에 할루인이 앞으로 나아갔다. 창으로 들어오는 엷고 차가운 햇살 속에 드러난 그의 얼굴은 난로의 불빛 때문에 붉어져 있었다. "틀림없는 자네로군!" 그녀가 말을 이었다. "긴가민가했는데…… 어쩌다 이 꼴이 됐나?" 낮지만 성량이 풍부하고 위압적인 목소리였다. 실망과 우려의 흔적은 느껴지지 않았다. 그를 바라보는 그녀의 눈길엔 동정심도 냉정함도 없었으니, 그저 초연한 무관심, 혹은 가벼운 호기심 같은 것이 깃들어 있을 뿐이었다.

"누구의 탓도 아닌 저의 과오 때문입니다." 할루인이 대답했다. "제 몸은 신경 쓰지 마십시오! 제가 뿌린 대로 거둔 셈이니까요. 아주 높은 곳에서 떨어져 죽은 목숨이나 다름없었는데 하느님의 은총으로 이렇게 살아났습니다. 당시 하느님과 고해신부님께 묵은 죄를 전부 털어놓고 제 영혼의 짐을 덜었지요. 그리고 부인께도 용서를 빌기 위해 이렇게 왔습니다."

"그럴 필요가 있었나?" 그녀가 놀라 물었다. "이렇게 오랜 세월이 흐른 뒤에, 여기까지 와서?"

"그렇습니다. 해야만 했어요. 지난날 제가 저지른 잘못과 부인께서 저로 인해 겪으신 슬픔을 제대로 대면하고 용서를 구하고자 합니다. 인생이라는 책장에 남겨진 얼룩의 마지막 한 점까지 다 씻어내기 전에는 저에게 휴식이란 있을 수 없습니다."

"그럼 그 해묵은 일들을 모조리 발설했다는 말이군." 애들레이즈가 원망 섞인 투로 말을 이었다. "아무도 알지 못하는 그 부끄러운 일을, 자네의 고해신부에게 말이지! 그래, 또 얼마나 많은 사람들이 알고 있나? 자네와 함께 온 이 수사님? 자네 수도원의 온갖 식구들? 무덤에서 잘 자고 있는 내 딸의 이름을 천하에 발설하다니, 속죄받지 못한 죄인으로 조용히 남을 순 없었나? 내가 자네였다면 차라리 죄를 짊어지고 연옥으로 뛰어들었을 걸세!"

"저도 그러고 싶었습니다!" 할루인이 고통에 짓눌린 목소리로 절규했다. "하지만 그럴 수 없었죠. 걱정 마십시오. 캐드펠 수사님이 저와 동행하게 된 건, 제 고백을 들어준 라둘푸스 수도원장님 외에 그 모든 내막을 아는 유일한 분이기 때문입니다. 앞으로도 우리의 입에서 이 얘기가 새어 나가는 일은 결코 없을 겁니다. 그리고 캐드펠 수사님도 제 과오에 관련되어 있으니, 이분에게는 모든 것을 알 권리가 있습니다. 제가 부인께 전해드린 그 약은 바로 캐드펠 수사님의 약재실에서 빼낸 것이었으니까요."

부인은 고개를 돌려 흔들림 없는 눈길로 캐드펠을 바라보았다. 캐드펠은 처음으로 애들레이즈를 제대로 볼 수 있었다. 의지로 무장된 평온한 얼굴이었다. 이윽고 조금 전의 무심한 표정으로 돌아가며 그녀가 말했다. "그건 이미 오래전 일일세. 이제 와서 들추어낼 필요가 없어. 그리고 난 아직 정정하다네. 내가 무슨 말을 하겠나? 물론 나도 언젠가는 사제를 모셔 와야 될 입장이 될 테고, 그때라면 자네한테 더 나은 대답을 줄 수도 있겠지.

그래, 이제 그만 마무리 짓기 위해 왔다 이거지…… 그럼 자네가 원하는 것을 가지게! 자넬 용서하네. 자네에게 고통을 주고 싶진 않아. 그러니 편안한 마음으로 수도원으로 돌아가게. 나 역시 용서를 바라는 사람이야."

부인의 말과 표정에는 아무런 격정도 담겨 있지 않았다. 잠시 불붙었던 분노도 이미 사그라들고 없었다. 그녀는 아무렇지 않게 그를 사면했다. 마치 제삼자인 양, 거지에게 음식을 건네주듯 별다른 감정 없이 내뱉은 말이었다. 그녀와 같은 귀족층 부인들에게 누군가의 동냥은 너무도 익숙한 것이었으며, 자선 또한 부조의 한 형태로서 영주의 관례를 충실히 지키는 일에 불과했다. 그러나 그녀가 더없이 가볍게 내뱉은 그 말이 할루인에게는 구원의 은총으로 다가왔다. 굽은 그의 어깨와 꽉 움켜쥔 손에서 팽팽하던 긴장감이 빠져나갔다. 그는 겸손하게 고개를 숙인 채, 얼빠진 사람처럼 더듬더듬 낮은 목소리로 감사를 표했다.

"부인, 당신의 자비로 제 짐이 덜어졌으니, 진심으로 감사드리는 바입니다."

"이제 자네가 택한 삶으로 되돌아가 맡은 책무를 다하게." 부인은 다시 의자에 앉더니 바늘을 들지 않은 채 말을 이었다. "예전 일은 더 이상 생각하지 말고. 자네의 인생은 덤으로 주어졌다 했지. 그렇다면 그것을 최대한 활용하도록 하게. 나도 그럴 테니."

그만 물러가라는 얘기였다. 할루인은 깊은 경의를 표한 뒤 목발에 몸을 의지해 조심조심 돌아섰다. 캐드펠이 손을 뻗어 그를 도왔다. 너무도 갑작스럽고 놀라운 방문이라 경황이 없었던지 자리조차 권하지 않았던 그녀가, 두 사람이 문간에 당도할 즈음 불쑥 소리쳤다.

"생각이 있거든 내 집에 머물면서 휴식과 음식을 취하게나. 필요한 건 하인들이 다 챙겨줄 테니."

"정말 고마운 말씀입니다." 할루인이 말했다. "하지만 저희는 잠시 허락을 얻어 나온 처지라서요. 여기 볼일이 끝나는 대로 돌아가기로 했습니다."

"그렇다면 무사히 잘 돌아가길 비네." 애들레이즈 드 클리어리는 이렇게 말하고 안정된 손길로 다시 바늘을 집어 들었다.

*

교회는 영지에서 조금 떨어진 곳, 두 개의 소로가 교차하는 지점에 자리 잡고 있었다. 담장 근처에 마을 가옥들이 옹기종기 모여 있었다.

"묘는 이 안에 있습니다." 정문으로 들어서며 할루인이 말했다. "제가 여기 있던 시절에는 개방이 안 되었지만, 버트런드의 부친이 여기에 묻혀 있었으니 버트레이드의 묘도 분명 있을 겁니다. 틀림없어요. 죄송합니다, 수사님. 제가 부인의 호의를 거절하는 바람에 수사님도 불편하게 되었군요. 그 생각을 미처 못 했네요. 저는 오늘 밤 잠자리가 따로 필요하지 않아서……."

"하지만 무덤에 온다는 얘긴 부인에게 하지 않았군." 캐드펠이 말했다.

"왜 그랬는지는 저도 잘 모르겠어요. 부인을 다시 보는 순간 가슴이 떨렸습니다. 괜히 찾아와 해묵은 고통을 다시 불러일으키지나 않을까, 저를 보는 것만으로도 화가 치밀지 않을까 하는 생각에…… 그런데 그분은 저를 용서했어요. 저로선 다행스럽지만 부인 입장에선 더할 수 없이 힘들었을 겁니다. 어쨌든 수사님은 편하게 하룻밤 주무실 수 있었는데, 정말 죄송해요. 두 사람이나 밤을 새울 필요는 없는데 말입니다."

"무릎 꿇고 밤을 새우자면 자네보다야 내가 더 나은 조건이지." 캐드펠이 말했다. "게다가 그 집에서 잔다 한들 과연 따뜻하게 환대받았을지도 의문이야. 부인은 우리가 얼른 가주길 바라는 것 같았거든. 그러니 차라리 잘됐네. 그분은 지금쯤 우리가 되돌아가고 있는 줄 알 거야. 자기네 땅에서 그리고 자신의 인생에서 떠나갔으리라 생각하겠지."

할루인은 교회 문에 걸린 육중한 쇠고리 빗장에 손을 얹은 채 잠시 그늘 속에 서 있었다. 곧 삐걱대는 소리와 함께 문이 열렸다. 그는 목발을 꽉 움켜잡고 본당으로 이어지는 두 개의 넓고 야트막한 계단을 내려가기 시작했다. 어두운 실내는 돌에서 나오는 냉기로 가득했다. 캐드펠은 눈이 어둠에 익을 때까지 계단 위에서 잠시 기다렸다. 그러나 할루인은 어느새 본당의 회중석을 지나 제단을 향해 나아가고 있었다. 이곳은 18년 전과 크게 달라진 게 없었다. 바닥에 깔린 타일의 거친 모서리까지도 그는 또렷이 기억하고 있었다. 그가 한쪽으로 방향을 틀어 오른편으로 걸어갔다. 목발 소리가 공허하게 울렸다. 뒤따라가던 캐드펠은 그가 기둥들 사이, 어느 묘 앞에서 멈추는 것을 보았다. 슬레이트로 된 묘석에는 거친 쇠사슬 갑옷 차림으로 칼자루에 한 손을 얹은 채 다리를 꼬고 있는 무사의 모습이 새겨져 있었다. 또 하나의 십자군 전사. 버트런드의 부친이었다. 부자가 연달아 성지로 출정했던 것이다. 부친 쪽은 내가 예루살렘 탈환전에 출정했을 당시 노르망디군의 로베르와 함께했겠군, 캐드펠은 생각했다. 드 클리어리 가문의 남자들은 동방의 성전에 참가했다는 사실에 크나큰 자부심을 느끼는 듯했다.

그때 교회 성구실에서 한 사람이 나왔다. 빛바랜 검정 성직복을 입은 그 중년의 남자는 베네딕토회 수사복 차림의 두 사람을 보고 환영의 미소를 머금은 채 다가왔다. 나지막한 발소리에 할루인은 반가이 몸을 돌렸다가 낯선 얼굴을 보고 놀란 듯 한 발짝 뒤로 물러섰다.

"안녕하시오, 수사님들! 하느님이 함께하시길!" 헤일스의 성직자가 말했다. "하느님의 집이 모두 그렇듯 이곳도 수사복 차림의 길손에게는 언제든 열려 있습니다. 어디 멀리서 오셨나요?"

"슈루즈베리에서 왔습니다." 할루인이 침착함을 되찾고 얼른 대답했다. "제가 신부님을 보고 움찔했다면 용서하십시오. 울프노스 신부님을 뵙게 될 줄 알았거든요. 어리석은 생각이지요. 아주 오래된 일인데…… 당시 그분 머리가 벌써 희끗희끗해지고 있었지요. 그래도 젊은 제 눈에는 영원히 여기 계실 것만 같았습니다!"

"올프노스 신부님은 영면에 드셨습니다." 신부가 말했다. "7년쯤 되었죠. 제가 여기 온 건 10년 전, 그분이 뇌중풍으로 병상에 눕고 나서였습니다. 그 뒤로 돌아가실 때까지 3년간 돌봐드렸어요. 당시 저는 서품을 받은 지 얼마 안 된 상태라 올프노스 신부님으로부터 많은 것을 배웠습니다. 비록 그분의 육신은 쇠약했지만 정신만은 맑고 또렷했지요." 선량하게 생긴 그의 둥그런 얼굴에 연민이 깃든 호기심이 스쳤다. "그런데 올프노스 신부님을 언급하시는 걸 보니 수사님께서는 이 교회와 영지에 대해 잘 아시는 모양입니다. 헤일스 출신이신가요?"

"아뇨, 그렇진 않습니다. 이 영지의 애들레이즈 부인 밑에서 몇 년간 일한 적이 있지요. 슈루즈베리에서 수사복을 입기 전까지는 이곳 교회와 마을에 대해 잘 알았어요." 할루인이 대답했다. 상대의 눈길 때문인지, 여기 다시 오게 된 경위를 설명할 필요가 있다고 느낀 모양이었다. "근래에 저는 하마터면 목숨을 잃을 뻔한 사고를 당했는데 다행히도 이렇게 살아남았답니다. 그래서 할 수 있을 때 양심에 진 빚을 모두 청산해야겠다고 생각하게 되었지요. 그 빚 중 하나를 갚기 위해 이 묘까지 오게 되었습니다. 옛날에 드 클리어리 가문에 제가 존경했던 숙녀가 한 분 있었는데…… 요절했습니다. 지금으로부터 18년 전이니 신부님이 오시기 훨씬 전 일이지요. 여기 그분이 묻힌 곳에서 기도하며 하룻밤을 지내고 싶습니다. 그래도 방해가 되지 않을런지요?"

"물론 괜찮습니다. 기꺼이 환영하는 바입니다." 신부가 진심으로 말했다. "화톳불을 밝혀드리지요. 한기를 막는 데 다소나마 도움이 될 것입니다. 그런데 수사님, 무언가 잘못 알고 계신 것 같습니다. 이 교회와 영지에 대해서는 저도 울프노스 신부님께 꽤 많은 얘기를 들었답니다. 그분은 평생 헤일스의 영주들을 모셨지요. 신부님께 신앙을 공부하게 하고 이곳 사제가 되도록 도와준 게 바로 그분들이었거든요. 여기 이 슬레이트에 조각된 분은 두 세대 전의 영주로, 이분이 돌아가신 이후 30년이 넘도록 여기 묻힌 사람은 아무도 없었습니다. 지금은 이분의 손자 되는 분이 영지를 다스리고 있지요. 그 집안 숙녀분의 묘를 찾는다 하셨나요? 젊어서 죽었다고요?"

"네." 할루인이 떨리는 낮은 음성으로 말했다. 그의 눈길은 30년 넘게 열린 적이 없다는 그 슬레이트에 붙박여 있었다. "이곳 헤일스에서 사망했습니다. 그래서 당연히 여기에 묻혀 있는 줄 알았는데요." 그는 이 친절한 사람에게조차도 그녀의 이름을 밝히지 않았다. 캐드펠은 뒤에 선 채 말없이 두 사람을 지켜보고 있었다.

"18년 전이라고 하셨지요? 그렇다면 확실합니다, 수사님. 그분은 여기에 없어요. 울프노스 신부님을 아신다니 말씀이지만,

그분의 얘기라면 믿어도 좋을 겁니다. 돌아가시는 당일까지도 정신이 또렷하셨던 분이죠."

"그러셨을 겁니다." 떨리는 목소리로 할루인이 말을 이었다. "그분이 잘못 아셨을 리 없지요. 그렇다면…… 그녀는 여기 없는 거군요!"

"사실 드 클리어리 가문의 본거지는 이곳이 아니라……" 신부가 친절하게 일러주었다. "스태퍼드셔의 엘퍼드입니다. 현재의 영주인 오데마 나리는 그곳에 부친을 모셨죠. 거기 그 가문 소유의 대형 지하 납골당이 있거든요. 집안 인척 모두 그곳에 모시니, 수사님이 말씀하시는 숙녀분도 친척들과 같이 거기 누워 있을 거예요."

할루인은 갈망하듯 그 말에 매달렸다. "아, 그렇군요. 분명 그럴 겁니다. 그리로 가면 그녀가 묻힌 곳을 찾을 수 있겠지요."

"하지만 걸어서 가기엔 먼 길입니다." 그는 이 수사에게 무언가 절박한 사정이 있음을 눈치채고 어떻게든 그를 진정시키려 최선을 다하고 있었다. "반드시 가야 한다면 말을 타는 편이 좋을 거예요. 아니면 일정을 좀 미루었다가 날씨가 좋아진 뒤 가시든가요. 자, 일단 안으로 들어가시지요. 제 집에서 함께 식사를 하고 하룻밤 쉬었다 떠나세요."

하지만 할루인은 거절하겠지, 캐드펠 수사는 이미 훤히 짐작하고 있었다. 단 한 시간이라도 창가에 햇살이 남아 있는 한, 1킬로미터라도 더 갈 힘이 있는 한, 그는 지체하지 않을 거야. 아니나 다를까, 할루인은 미안한 기색으로 감사의 말을 중얼거리며 이 선량한 신부에게 작별을 고했다. 신부는 사정이 궁금한 듯 호기심 어린 눈길로 그들이 층계로 올라가 문을 닫고 나갈 때까지 지켜보았다.

*

"안 될 말일세!" 교회 마당을 벗어나 마을 가옥들 사이 소로로 접어들자 캐드펠이 단호하게 입을 열었다. "그곳에 간다니, 불가능한 일이야!"
"할 수 있습니다. 가야만 해요!" 할루인 수사도 캐드펠 못지않게 결연한 투로 대꾸했다. "대체 왜 안 된다는 겁니까?"
"왜 안 되냐고? 먼저, 엘퍼드까지 거리가 어느 정도나 되는지 자넨 알지도 못하잖나. 우리가 여태 온 것만큼 가고도 그 절반을 더 가야 하는 길일세. 자네가 이미 얼마나 무리했는지는 스스로도 잘 알 걸세. 그리고 둘째로, 자네는 이곳에서 볼일을 끝낸 뒤 돌아가겠다는 전제로 이 여행의 허락을 받아냈네. 그러니 우린 여기서 그만 돌아가야 해. 아니, 내 말을 거역하려 들지 말게. 원장님도 그 이상 생각하진 않으셨네. 더한 요구였다면 결코 허락하지 않으셨을 거야. 그러니 여기서 이만 돌아가세."
"어떻게 그럴 수 있겠습니까?" 할루인이 반문했다. 이성적일 뿐 아니라 평온함마저 느껴지는 목소리였다. 그는 이미 결심을 굳힌 듯 침착하고 끈기 있게 말을 이었다. "만일 제가 이대로 돌아간다면 맹세를 어긴 몸이 됩니다. 제가 한 맹세를 지키지 못했으니 자책 속에 스스로를 경멸하며 돌아가야 합니다. 원장님도 그런 일은 바라지 않으실 겁니다. 이처럼 긴 회개가 될 줄은 그분도 저도 전혀 예상하지 못했지만 말입니다. 원장님께서는 제가 맹세한 바를 다 이룰 때까지 휴가를 주셨습니다. 그분이 지금 이 자리에 계셔서 제 청원을 받았다면 계속 가라고 하시지 않았을까요? 저는 버트레이드가 묻혀 있는 무덤까지 제 발로 가서 밤샘 기도를 올리기 전에는 결코 쉬지 않겠다고 약속했습니다. 그 약속을 아직 지키지 못했고요."

"자네 탓이 아니잖나." 캐드펠도 굽히지 않았다.

"그게 저한테 구실이 될 수 있을까요? 지금보다 두 배나 되는 길을 가야 한대도, 그것은 제게 정당한 판결입니다. 말씀드렸듯이 이번 일을 이루지 못한다면 전 맹세를 어긴 몸으로 용서받지 못한 채 죽게 돼요. 성 위니프리드의 축복받은 성골 위에 손을 얹고 맹세했는데 이제 와 어떻게 그냥 돌아갈 수 있단 말입니까? 제 신념과 명예를 포기하고 수치 속에 돌아가느니 차라리 길에서 죽는 편이 낫습니다. 적어도 자신의 서약을 이행하고자 노력했다는 소리는 들을 테니까요."

지금 이렇게 이야기를 쏟아내고 있는 사람은 과연 누구인가? 캐드펠은 의문스러웠다. 충실한 수도사일까? 아니, 이는 노르만 혈통 가문의 상속자가 하는 말이었다. 정복자 윌리엄[12]이 잉글랜드의 왕관을 차지하러 왔던 시절까지 거슬러 올라가는 유서 깊은 가문, 적법치 못한 서출 하나 내지 않았을 가문……. 이와 같은 오만함은 죄악이나 다름없었다. 베네딕토회 수사에겐 어울리지 않는 것이다. 하지만 귀족의 작위와 칭호를 지닌 사람이 그러한 태도를 벗어던지기란 쉽지 않은 법이다.

할루인 역시 자신이 잠시 오만하게 굴었다는 것을 깨닫고 얼굴을 붉혔으나 뜻을 굽힐 생각은 없었다. 그는 불쑥 걸음을 멈추고 목발에 의지한 몸을 돌리더니 다급하게 캐드펠의 손목을 붙들었다. "절 나무라지 마십시오! 그럴 생각이셨다는 것 잘 압니다. 너는 꾸중을 들어도 싸다고 수사님 얼굴에 쓰여 있으니까요. 하지만 제발 참아주세요. 저로선 달리 방도가 없습니다. 캐드펠 수사님, 수사님이 절 어떤 말로 비난하실지 속속들이 압니다. 저 또한 스스로를 수없이 비난했으니까요. 그렇지만 전 지금 얽매여 있어요. 절대 저버리고 싶지 않은, 아니 감히 저버릴 수 없는 맹세에 구속되어 있단 말입니다. 비록 원장님께서 절 반역자, 불복종자로 규정하신다 하더라도, 제가 수도원에서 쫓겨나는 한이 있더라도, 그 모든 걸 감수하겠습니다. 다만 버트레이드에게 한 맹세를 철회하라는 명령, 그것만은 결코 받아들일 수 없습니다."

그의 창백한 뺨을 뒤덮고 있던 붉은 핏기가 온몸으로 뜨겁게 번지며 파리하고 수척했던 환자의 모습은 온데간데없어졌다. 의지가 고통까지 앗아간 듯, 그는 굽었던 등을 곧게 편 채 잠시 말없이 서 있었다. 어떤 말로도 그를 설득할 수 없을 것 같았다. 차라리 받아들이는 것이 나을지 모른다.

"하지만 수사님," 여전히 캐드펠의 손목을 붙든 채 그가 말을 이었다. "수사님은 그러한 맹세를 한 적이 없으니 얽매인 몸이 아닙니다. 그러니 더 이상 저와 함께 가실 필요가 없어요. 수사님은 하실 바를 다하셨습니다. 지금 이대로 돌아가셔서 원장님께 제 얘기를 전해주십시오."

"이보게." 연민과 분노를 동시에 느끼며 캐드펠이 말했다. "나도 자네 못지않게 매여 있는 몸이라는 것을 어찌 모르는가. 자네가 쓰러질 경우에 대비해 함께 가주라는 것이 내가 받은 명일세. 만일 자네에게 무슨 일이 생기면 내가 돌봐야 해. 자네가 자네 볼일을 보듯이 나는 원장님의 일을 보고 있네. 자네와 함께 돌아갈 수 없다면 나도 가지 않겠네."

할루인은 실망스러운 기색으로 따지듯 말했다. "하지만 직무가 있잖습니까. 제 일이야 급하지 않지만 수사님의 일은 그렇지 못합니다. 수사님이 그처럼 오래 자리를 비우시면 다른 형제들은 어떻게 하라고요!"

"각자 나름대로 최선책을 쓰겠지. 내가 없어도 다 길이 있을 터." 캐드펠이 꿋꿋하게 말했다. "내가 있든 없든, 사람 목숨은 신께서 정하시는 거니까. 자, 이제 그만하세. 자네가 마음을 정했다면 나 역시 그러하네. 자네가 어디로 가든 나도 갈 생각이야. 한 시간 안에 해가 떨어질 것 같군. 자넨 이곳 헤일스에서 잠자리를 구할 생각이 없는 모양이니 슬슬 떠나는 게 좋겠네. 가는 도중에 쉴 곳을 찾아봐야지."

*

이튿날 아침 애들레이즈 드 클리어리는 오랜 습관에 따라 미사에 참석했다. 드 클리어리 부인은 종교 행사 참석과 자선이라는 남편 가문의 관습을 철저히 지켰다. 때로 차갑고 거리감이 느껴질지언정 그녀의 자선은 늘 변함없고 믿을 만한 것이었으니, 특별한 구호가 필요한 경우 교구신부는 서슴없이 그녀에게 도움을 요청하곤 했다.

미사가 끝난 뒤, 신부는 문간까지 함께 나와 부인을 배웅했다. "어제 베네딕토회 수사 두 사람이 찾아왔었습니다." 상큼한 3월의 바람에 대비해 망토를 두르는 부인에게 신부가 말했다. "슈루즈베리에서 왔다고요."

"그랬군요!" 애들레이즈가 말했다. "신부님께 뭘 원합디까?"

"그중 한 사람은 다리가 불편하여 목발에 의지하고 있었는데, 수사복을 입기 전에 부인 밑에서 일했다더군요. 울프노스 신부님을 기억하고 있었어요. 보아하니 부인께 인사를 드리러 온 모양이던데, 못 만나셨나요?"

그 말에는 대답도 않은 채 먼 곳을 바라보는 모습이, 그녀는 신부의 말을 듣는 둥 마는 둥 하는 것 같았다. "만났어요. 한때 우리 집에서 서기로 일하다가 슈루즈베리 수도원으로 들어갔지요.

교회엔 무슨 볼일로 들렀죠?"

"그 사람 말로는, 최근 죽을 고비를 넘긴 뒤 마음의 빚을 청산하기로 했답니다. 더 나은 준비를 위해서겠지요. 저와 마주쳤을 때 두 사람은 부인 시어른의 묘 앞에 서 있었습니다. 18년 전 자기가 부인 집안의 어떤 여인에게 잘못을 저질렀는데, 그 여인이 거기 묻혀 있다고 여긴 모양이에요. 다리를 저는 수사는 거기서 그 여인을 위해 밤샘 기도를 할 작정이었습니다."

"뭘 잘못 알고 있었네요." 변함없이 무심한 투로 애들레이즈가 말했다. "그래, 그 사람한테 제대로 이야기해주었나요?"

"그럼요. 물론 당시엔 제가 이곳에 없었지만, 그 묘가 오랫동안 열린 적이 없다는 건 저도 울프노스 신부님께 들어 알고 있거든요. 그래서 그 젊은 수사에게 부인 집안의 사람들은 모두 주요 영지가 있는 엘퍼드에 묻혀 있다고 일러주었습니다."

"워낙 먼 곳이라 다리가 성치 못한 사람에겐 아주 힘든 여정이 되겠군요." 가벼운 동정을 표하며 애들레이즈가 말을 이었다. "만일 그가 거기까지 가겠다 결심했다면 말이죠. 그래, 그 사람은 어떻게 하던가요?"

"아마도 떠났을 겁니다, 부인. 제가 여기서 하룻밤 쉬고 가라 했지만 마다하고 금세 나서더군요. 젊은 수사가 특히 강경했어요. 그래요, 아마 대로로 나가서 동쪽으로 걸음을 돌렸을 겁니다. 말씀대로 길고 힘든 여행이 되겠지요. 하지만 의지가 워낙 강하니 아마 해낼 겁니다." 애들레이즈 부인과 편안하고 스스럼없는 관계를 유지해온 신부는 별다른 거리낌 없이 질문을 던졌다. "엘퍼드에 가면 젊은이가 그 여인의 묘를 찾아낼 수 있겠지요?"

"아마도요." 조용히 걸음을 옮기며 애들레이즈가 대답했다. "18년이나 지난 터라 지금 그 사람이 무슨 생각을 하는지 나로서는 알 길이 없군요. 당시 난 젊은 나이였고, 지금보다 훨씬 큰 집안을 보살펴야 했어요. 재산을 물려받지 못한 사촌들까지 몇몇 있어서…… 남편이 자기 피붙이들을 모두 자식처럼 살뜰히 거두었거든요. 그 양반이 나가고 없을 땐 내가 그 일을 대신했고요."

그들은 정문에 이르러 걸음을 멈추었다. 아직은 날이 온화했지만 아침 하늘에 구름이 무겁게 걸려 있었다.

"눈이 더 내리겠군요. 아니면 비가 오든지요" 신부가 말하고는 불쑥 화제를 돌렸다. "18년이라! 그 수사가 부인 밑에서 일할 때 집안 사촌들 중 한 여인에게 이끌렸던 모양입니다. 젊을 땐 그런 일이 일어나곤 하지요. 그러다 그 여인이 요절했고, 그게 그 사람에겐 커다란 한이 된 거예요. 감히 부인께는 그런 내색을 하지 못한 듯하지만 말입니다."

"그럴지도 모르죠." 애들레이즈는 냉담하게 대답하고 망토에 달린 두건을 끌어 올렸다. 어느새 가느다란 진눈깨비가 흩날려 그녀의 뺨에 닿은 터였다. "그럼 이만 가보겠습니다, 신부님!"

"이번 여행이 그 사람에게 평안을 주고 그의 삶과 죽은 여인에게 도움이 되도록 기도드리겠습니다."

"그러세요." 애들레이즈는 돌아보지도 않은 채 말을 이었다.

"저와 우리 집안의 모든 여자들을 위한 기도도 잊지 마시고요. 지난 시간이 우리에게 큰 짐이 되지 않도록 말이에요."

*

잠에서 깬 캐드펠은 길동무의 규칙적인 숨소리에 귀를 기울였다. 그들은 체넷의 국왕 소유 산림지에 자리한 어느 삼림 감독관의 거처, 정확히는 곳간 위층 건초 더미에서 밤을 보냈다. 할루인은 잠든 사람답지 않게 일정하고 긴장된 숨소리를 내고 있었다. 헤일스에서 출발한 뒤 두 번째로 맞이하는 밤이었다. 첫째 날 밤은 웨스턴의 작은 마을 너머 2킬로미터쯤 떨어진 곳에서 외로이 사는 한 소작인 부부와 함께 보냈다. 그 이튿날인 오늘은 아침부터 저녁까지 길고 힘든 시간을 보낸 터라 숲 언저리에서 마주친 이 쉼터가 더할 수 없이 포근하고 감사하게 여겨졌다. 전날 밤 그들은 일찌감치 곳간 위층의 잠자리에 들었다. 할루인은 무척 기진해 있었는데, 그 자신이 고집을 피워 날이 저물 때까지 쉬지 않고 길을 재촉한 결과였다. 그는 금세 평온한 잠으로 빠져들었다. 깨어 있는 내내 극심하게 애쓰고 고생해야 하는 영혼에게는 잠이야말로 고마운 회복제가 되어주지, 캐드펠은 생각했다. 하느님은 참 여러 가지 방법으로 우리의 짐을 덜어주시는군. 내일 아침이면 할루인도 다시 새로운 기력과 의지를 느끼며 깨어날 것이었다.

빛이 들지 않는 것으로 보아 새벽까지는 아직 한 시간쯤 남은 듯했다. 할루인이 누운 구석에서는 아무 움직임이 없었고 건초 바스락대는 소리도 나지 않았지만, 캐드펠은 그가 지금 깨어 있다는 걸 알았다. 조용하다는 것은 좋은 징조였다. 정신은 비록 방황할지언정, 적어도 몸은 편안하게 늘어져 쉬고 있다는 뜻이니까.

"캐드펠 수사님?" 어둠 속에서 평온하고 아득한 목소리가 들려왔다. "깨셨나요?"

"그래." 그가 나직하게 대답했다.

"수사님은 아무것도 묻지 않으셨죠. 제가 한 짓, 그리고 그녀에 관해서도……."

"물을 필요가 없어서지." 캐드펠이 말했다. "자네가 말하고자 하는 게 있다면 묻지 않아도 듣게 될 것 아닌가."

"그녀에 대해 함부로 말하고 싶지 않았어요." 그가 말했다. "하지만 이제 수사님께만은 얘기하고 싶습니다." 잠시 침묵이 흘렀다. 그러다가 수줍음 많고 고독한 사람들이 그러듯, 할루인은 느릿느릿 힘겹게, 그러면서도 부드럽게 단어들을 토해내었다. "자기 어머니만큼 아름답지는 않았습니다. 그래요, 그녀에게 신비함이나 은밀함 같은 건 없었지요. 그렇지만 훨씬 더 다정한 구석이 있었어요. 매사에 솔직하고 밝은 것이 마치 한 떨기 꽃 같았죠. 그녀는 어떤 것도 두려워하지 않았어요…… 모든 사람을 믿었고 배신당해본 적도 없었습니다…… 그때까지는 말이에요. 그러다 단 한 번의 배신 때문에 죽고 만 겁니다." 다시 한번, 아까보다 조금 긴 침묵이 흘렀다. 한숨이라도 토해낸 듯 건초가 살짝 흔들렸다. 이윽고 그가 다소 주저하는 목소리로 물었다. "수사님, 수사님은 생의 절반을 속세에서 보내셨죠…… 혹시 여자를 사랑해본 적이 있습니까?"

"그럼," 캐드펠이 대답했다. "있고말고."

"아, 그렇다면 우리가 어떠했는지도 잘 아시겠군요. 그녀와 저는 서로 사랑했습니다. 사람이 젊을 때는……" 체념과 의구심이 깃든 아픔 속에 과거를 회상하며 할루인이 말을 이었다. "그게 제일 힘든 일이죠. 그것으로부터 숨을 곳도, 둘 사이를 막아볼 방패도 없어요. 매일같이 그녀와 마주치면서…… 게다가 그녀도 나와 같은 감정을 느끼고 있다는 사실을 알고 나서는……."

그 후로 지금까지 오랜 세월, 스스로의 뜻에 따라 극단적이다 싶을 정도로 사랑을 멀리한 채 살며 손과 머리와 마음을 다해 맡은 바 일에 충실하려 노력해왔건만, 할루인은 여전히 그녀를 잊지 못하고 있었다. 잠들었던 불길이 문이 열리는 순간 벌떡 일어나듯, 그의 내면에는 한 가닥 산들바람만 닿아도 소생할 태세를 갖춘 감정이 도사리고 있었다. 하지만 동시에 그는 최소한 그것을 공중으로, 다른 이들의 세계로 날려 보낼 수 있는 경지에 있기도 했다. 그것으로 타인의 고통을 어루만지고 연민의 정을 건넬 수 있었다. 캐드펠로서는 뭐라 말을 덧붙이고 싶지 않았다. 다만 동병상련의 마음으로 열심히 들어줄밖에.

기나긴 침묵 후에, 들리지도 않을 만큼 작은 소리로 무어라 웅얼거리며 할루인은 잠으로 빠져들었다. 그녀의 이름인 '버트레이드Bertrade'였을까, 아니면 '묻혔다buried'라는 말이었을까? 그게 무엇이든 무슨 상관이랴! 중요한 건, 그가 잠결에나마 모든 걸 털어놓고 다시 달콤한 잠에 빠져들었다는 점이었다. 전날 하루 종일 육신을 가혹하게 몰아붙였으니 해가 뜬 후에도 한참 더 잘지 몰랐다. 오래 잘수록 좋지! 캐드펠은 생각했다. 하루 더 지체하면 그의 조급한 마음이야 괴로울지 몰라도 고생한 육체에는 좋을 게 틀림없으니.

그는 소리 나지 않게 조심조심 일어난 뒤 깊이 잠든 동반자를 두고 내려왔다. 할루인이 일어나 사다리를 타고 내려오자면 도움이 필요할 터이니 사실상 그는 곳간에 갇힌 신세나 다름없었다. 축 늘어진 몸과 평온한 여윈 얼굴로 보아 한동안은 깨어나지 않을 듯했지만, 혹시라도 부스럭대면 아래층에서 들을 수 있도록 캐드펠은 뚜껑 문을 열어두었다.

바깥으로 나가 맑고 강렬한 아침 풍경 속으로 들어선 캐드펠은 고요한 공기를 훅 들이마셨다. 아직 잠이 덜 깬 삼림지대를 맴도는 겨울의 냄새가 코끝에 와 닿았다. 삼림 감독관의 자그만 개간지에 조성된 늙은 나무들 사이로 재색 오솔길이 얼핏 보였다. 덤불 없이 깨끗하게 이어진 그 길을 따라 손수레 하나가 지난가을에 쓰러진 죽은 나무들에서 채취한 땔감을 실은 채 굴러가고 있었다. 그 소리에 놀란 새들이 지지배배 지저귀며 퍼덕이는 나뭇

가지들과 떠다니는 잎사귀들을 헤치고 눈부신 햇살 속으로 날아올랐다. 삼림 감독관은 일찌감치 일어나 이리저리 돌아다니며 아침 업무를 보느라 바빴다. 암소를 우리로 들이자 개 한 마리가 그 뒤를 쫓아 바쁘게 걸음을 놀렸다. 하늘에 구름이 끼긴 했지만 높이 떠 있는 것으로 보아 비가 올 것 같진 않았고, 햇살도 좋았다. 길을 가기엔 그만인 날씨였다. 어둠이 내릴 무렵엔 아마도 체넷 본토에 들어서 왕의 소유지에 당도할 수 있겠군, 캐드펠은 생각했다. 그리고 다음 날이면 리치필드에 이를 테고. 그곳에서 하룻밤 더 푹 쉬면 될 거야. 거기서 엘퍼드까지 몇 킬로미터 되지 않으니 할루인은 그냥 내처 가자고 조르겠지만 캐드펠은 뜻을 굽히지 않을 작정이었다. 적당히 잠을 자두어야 다음 날 밤에 버트레이드의 무덤에서 올리기로 한 밤샘 기도를 견뎌내고 곧바로 시작될 귀환 길에 대비할 수 있을 것이다. 돌아갈 때는 급할 것이 없으니 그도 무리한 여정을 삼가리라.

오솔길 쪽에서 단단히 굳은 땅바닥을 때리는 소리가 나직하게 들려왔다. 캐드펠은 그 소리에 앞서 이미 말발굽의 진동을 느낀 터였다. 서쪽에서 말들이 힘차게 달려오고 있었다. 울려오는 리듬으로 보아 아마도 두 필인 듯했는데, 밤새 푹 쉬면서 달릴 채비를 했는지 팔팔하고 생기 넘치는 걸음이었다. 길에서 3킬로미터 뒤쪽에 위치한 스트레턴 영지에서 밤을 보내고 리치필드 쪽으로 향하는 길손들 같았다. 캐드펠은 그대로 서서 그들이 지나가는 것을 지켜보았다.

칙칙한 가죽옷 차림의 두 남자가 편안하게 안장에 걸터앉아 있었다. 그들의 앉음새나 말 다루는 품새에 대단히 유사점이 많은 것으로 보아 어릴 때부터 함께 승마를 배운 친구 사이 아니면 한 사람이 다른 사람에게 승마를 가르쳐준 것이 분명했다. 아닌 게 아니라, 한 사람이 다른 사람보다 나이가 두 배쯤 많아 보였다. 아마 그가 한 세대 위의 연장자이리라. 거리가 그리 가깝지 않아 자세히 볼 수는 없어도 전체적인 분위기를 통해 그 두 사람이 친족 간임을 짐작할 수 있었다. 어느 귀족 집안의 마부들일까? 그들의 뒷자리에는 여자들이 한 명씩 앉아 있었다. 여행에 대비해 두툼한 망토로 몸을 감싸고 있어 얼핏 서로 구분할 수 없을 만큼 흡사한 모습이었다. 캐드펠은 문득 앞서가는 여자에게 주목하여 일행이 사라질 때까지 눈으로 그녀를 좇았다. 이윽고 나직한 말발굽 소리도 멀리 잦아들었다.

건초 곳간으로 되돌아가면서도 그의 눈에는 그녀가 들어와 있었다. 어리석은 생각이라며 떨쳐버리려 하는데도 무언가 자꾸만 다급하게 그의 기억을 자극했다. 틀림없이 그가 본 적이 있는 여자였다. 심지어 어디서 그녀를 보았는지도 생생히 떠올랐다.

그러나 기억이 옳든 그르든, 그리고 그것이 무엇의 징조이든, 그로서는 달리 손쓸 수 있는 것이 없었다. 캐드펠은 어깨를 으쓱인 뒤 생각을 접어버리고 곳간으로 들어갔다. 그러곤 할루인이 깨어나 자신의 도움을 필요로 할 순간에 대비해 귀를 기울였다.

*

 수목 우거진 숲을 지나 그들은 넓고 평탄하게 펼쳐진 목초지에 들어섰다. 쌀쌀한 대기 아래 아직 희끗희끗한 잿빛이 돌긴 했지만 잘 경작된 비옥한 땅이었다. 평화조약이 맺어진 지 50여 년이 지난 지금도 여전히 버려진 폐허의 분위기가 감도는 지역에서 이곳은 작으나마 풍요한 섬과도 같았다. 눈앞에는 매끄러운 곡선을 자랑하는 테임강이 흐르고, 그 너머로 가파른 지붕의 제분소와 가옥들이 옹기종기 밀집한 엘퍼드가 펼쳐져 있었다.
 두 사람은 전날 밤 리치필드 성직자들의 따뜻하고 반가운 환대 속에 푹 쉬며 기력을 보충한 뒤였다. 그곳 사람들이 엘퍼드로 가는 제일 편한 길도 상세히 알려주었다. 이날 새벽 첫 햇살이 들자마자 그들은 길을 나섰다. 마지막 6킬로미터 정도만 더 가면 길었던 회개의 여행도 끝날 터였다. 그리고 마침내, 그들은 이 순례여행의 목적지를 바로 코앞에 두고 있었다. 평화롭게 펼쳐진 벌판과 나무로 만들어진 다리 하나만 지나면 할루인은 사면을 얻을 것이었다. 영토의 수많은 지역이 메말라버린 상황에서 이곳은 그나마 풍성한 행운의 고장이었다. 강변 제분소도 둘이나 되어서, 강 상류 저 멀리 널따란 목초지를 낀 두 번째 제분소가 눈에 들어왔다. 땅도 경작하기 좋은 토양으로 이루어져, 고된 노동과 고통을 겪은 이들에게 축복과 평화를 약속하고 있었다.
 앞쪽에 뻗은 좁은 소로 너머, 나무와 수풀 사이로 솟은 엘퍼드의 가옥 지붕들이 보였다. 벌거벗은 수목들은 칙칙한 빛깔을 띠었는데, 여리고 아스라한 봄날의 푸름을 보여주기엔 아직 새싹이 많이 돋지 않은 탓이었다. 두 사람은 다리를 건넜다. 울퉁불퉁한 널빤지로 만들어진 다리라 할루인은 줄곧 발밑을 살피며 조심스레 목발을 짚어야 했다. 이윽고 그들은 가옥들 사이로 난 길로 접어들었다. 깔끔한 마을이었다. 쾌활하고 흥겨운 태도로 일과를 보고 있던 남정네들과 아낙들은 경계 어린 기색으로 고개를 돌렸다가도 이내 베네딕토회 수사복을 보고는 공손하고 반갑게 맞아주었다. 두 사람은 길을 따라가며 사람들과 인사를 나누었다. 이 여행이 성공적으로 마무리될 것 같다는 예감이 들었는지 할루인도 꽤나 명랑했다. 사람들의 환대를 일종의 긍정적인 징조로 받아들인 듯 그의 얼굴은 기쁨으로 상기되어 있었다.

  교회의 위치를 물어볼 필요도 없었다. 다리를 건너자 정면으로 예배당의 낮은 탑이 눈에 들어왔다. 노르만인들이 들어온 이후 지어진, 재색 돌로 튼튼하게 건축된 건물이었다. 만일의 경우에 대비해 성역을 보호할 요량으로 든든하게 방책을 쳐놓은 널찍한 교회 마당에는 미끈한 고목들이 가득 들어서 있었다. 둥그런 아치형의 주랑 현관을 통과한 그들은 낯설지 않은 서늘함이 느껴지는 실내로 들어섰다. 돌로만 지어진 교회가 그렇듯 안은 어두컴컴하고 소리의 울림이 컸다. 약간의 먼지 냄새와 밀랍 냄새가 풍겨와 그들은 마치 슈루즈베리의 안식처로 돌아온 듯한 착각에 빠졌다.

할루인이 타일 깔린 본당 회중석에서 잠시 걸음을 멈추고 주위를 살폈다. 이곳에는 제단 사이에 후원자의 묘를 안치하는 공간이 보이지 않았다. 엘퍼드의 영주들은 저 한구석, 자신들이 세운 돌벽 안쪽에 모셔져 있는 듯했다. 제단에 놓인 등불이 빨간 눈을 빛내며 오른쪽 벽감을 꽉 채우고 있는 대형 슬레이트를 밝혔다. 드 클리어리 가문의 고인들이었다. 아마도 윌리엄 왕과 함께 이곳으로 건너왔고 훗날에야 그 공로를 인정받았을 사람이, 여기 봉인된 돌 위에 새겨진 채 잠들어 있었다. 그때, 걸음을 옮기던 할루인이 무언가를 보았는지 발자국의 울림이 가시기도 전에 뒤로 물러섰다. 무덤 옆에 웬 여자가 꿇어앉아 있었다.

빛이 워낙 희미한 데다 실내의 돌처럼 짙은 재색 망토를 두른 터라 언뜻 그림자인가 싶기도 했지만, 뒤로 젖혀진 두건 위에 드러난 머리칼로 보아 틀림없이 여자의 모습이었다. 그 머리칼에는 아마포 장식과 얇은 거즈로 된 베일이 덮여 있었다. 두 사람은 그녀가 편안하게 기도를 마칠 수 있도록 조금 물러나 있기로 했다. 그러나 타일 바닥을 울리는 목발 소리에 그녀가 홱 고개를 돌려 이쪽을 바라보더니 우아한 동작으로 불쑥 자리에서 일어나 그들 쪽으로 다가왔다. 이내 창가의 빛 속으로 들어서자 당당하고 아름다운 그 얼굴이 드러났다. 애들레이즈 드 클리어리였다.

5

"당신들……." 이 뜻밖의 방문과 관련해 무언가 논리를 찾으려는 듯, 부인은 두 사람의 얼굴을 번갈아 쳐다보며 입을 열었다. 환영도 거부도 느낄 수 없는, 그저 무덤덤한 목소리였다. "이렇게 빨리 자네를 다시 보게 될 줄은 몰랐구먼, 할루인. 나한테 더 할 말이라도 있는가? 여기까지 쫓아오다니. 자네는 내게 부탁만 하려 드는군. 이미 용서한다고 말했잖은가."

"부인……." 예기치 못한 장소에서 옛 주인을 만난 할루인이 놀라움에 떨리는 목소리로 말했다. "우린 부인을 따라온 게 아닙니다. 여기서 뵙게 될 줄은 생각도 못 했어요. 부인의 관용에 대해서는 감사하게 생각하고 있습니다. 부인을 더 괴롭히려는 생각은 전혀 없어요. 제가 여기 온 건 스스로 한 맹세를 이행하기 위해서입니다. 본래 헤일스에서 하룻밤 밤샘 기도를 드릴 생각이었지요. 부인의 따님이 거기에 묻혀 있는 줄 알았으니까요. 하지만 그곳 신부로부터 내막을 전해 들었지요. 그녀는 엘퍼드, 조상들의 묘에 묻혀 있을 거라 하더군요. 그래서 여기까지 오게 되었습니다. 제가 부인께 더 부탁드리고 싶은 게 있다면, 맹세한 바를 이룰 수 있도록 오늘 밤 이곳에서 밤샘 기도를 올릴 수 있도록 해주십사 하는 것뿐입니다. 그 일만 끝나면 더 이상 부인을 괴롭히지 않고 여길 떠나겠습니다."

"나로선 자네가 사라져주었으면 하는 게 사실이네. 부정하지 않겠어." 부인은 다소 부드러워진 목소리로 말했다. "아니, 나쁜 뜻은 없어. 단지 상처가 아물 때까지 눈에 띄지 않도록 꽁꽁 싸매두고 싶은 심정일세. 자네가 내게 와서 다시 벌려놓은 상처 말이야. 자네의 얼굴이 그동안 묻혀 있던 상처를 벌리고 피를 쏟게 만들었잖은가. 그 해묵은 회한이 다시 떠오르지 않았다면 내가 말을 타고 서둘러 여기까지 올 이유도 없었을 텐데."

"부인," 할루인은 여전히 떨리는 목소리로 낮게 말했다. "저는 이번 속죄를 통해 그동안의 상처가 치유되리라 믿습니다. 부인의 상처도 편안하고 완벽하게 치유되길 바라고요."

"자네 자신을 위해서 말이지?" 그녀가 날카롭게 대꾸하더니 시선을 돌리며 대답할 필요 없다는 뜻으로 손을 내저었다. "치유되길 바란다고? 편안하고 완벽하게? 자네, 하느님께 너무 많은 것을 바라는군. 내게는 더 많은 것을 바라고 말이야." 창으로 비스듬히 새어 드는 햇살에 드러난 그녀의 얼굴은 사납고도 서글퍼 보였다. "그동안 머리만 수도사의 길을 걸어왔나 보군. 그래, 긴 세월이야! 한때 그렇게 가벼웠던 자네의 목소리와 발걸음마저 변해버릴 정도로 말이지. 참으로 큰 대가를 치른 셈이야. 내가 자네한테 해주고 싶은 말은 그것뿐이네. 그리고 이번엔 내가 제공하는 휴식과 음식을 거절하지 말아줬으면 하네. 이 고장, 아들의 영지에 내 거처가 있다네. 굳이 여기 돌 위에 앉아 밤을 지새우며 자네 육신을 벌해야겠다면, 우선 내 집으로 가서 저녁기도 시간까지만이라도 쉬게나."

"그럼 제가 여기서 밤샘을 해도 좋다는 말씀이신가요?" 할루인이 다급한 마음으로 물었다.

"안 될 게 뭐 있겠나?" 그녀가 말을 이었다. "자네의 괴로운 마음은 잘 알겠네. 자네가 맹세를 어긴 몸이 되는 건 나도 원하지 않아. 회개의 밤샘 기도를 허락하네. 그러나 먼저 내 집에 가서 식사를 하게나. 마부들을 보내줄 테니 잠시 여기서 기도나 드리며 기다리게."

할루인이 머뭇머뭇 감사를 표하는 사이, 부인은 그에게 시선도 주지 않은 채 어느새 문간으로 다가가고 있었다. 그러나 다음 순간 갑자기 걸음을 멈추곤 몸을 돌려 그들을 바라보았다.

"자네가 여기 온 목적에 대해선 아무한테도 말하지 말게." 아주 진지한 어조였다. "내 딸의 이름과 명예는 그 돌 밑에서 안전하게 지켜지고 있으니 거기 그대로 조용히 내버려두란 얘기야.

나처럼 다른 누군가가 그 일을 다시 기억해내는 일은 결코 없어야 하네. 우리 둘, 그리고 자네와 함께 온 저 선량한 수사님만 알고 있어야 해."

"부인, 우리 세 사람 외에 다른 누군가 이 일에 대해 알게 되는 일은 없을 것입니다. 지금은 물론 앞으로도, 이곳에서는 물론 다른 어떤 곳에서도 말이지요."

"이제야 마음이 놓이는군." 그녀는 이렇게 내뱉은 뒤 순식간에 사라졌다. 조용히 문이 닫혔다.

*

할루인은 혼자서 무릎을 꿇을 수 없는 처지라 캐드펠이 한 팔로 그의 몸을 감싸 무게를 덜어주었다. 두 사람은 그렇게 제단 앞에 나란히 앉아 충실하게 기도를 드렸다. 눈을 뜨고 있던 캐드펠은 곁에 선 젊은 얼굴에 그려진 노고의 주름살을 찬찬히 바라보았다. 어려운 여정을 기어코 마쳤군, 그는 생각했다. 하지만 아직 치러야 할 대가가 남아 있지. 차가운 돌 위에 앉아 긴 밤을 지내자면 춥고 다리도 저릴 테지만 할루인은 고집스레 이 최후의 극형을 자신에게 가할 것이다. 그런 다음에는 또 긴 귀환 길이 기다리고 있다. 부인이 그를 설득해 하룻밤 쉬고 가게 한다면 좋을 텐데. 게다가 누가 알랴? 양보하는 셈치고 부인의 호의를 받아들이는 과정에서 어쩌면 두 사람은 서로가 함께했던 그 악몽 같은 과거와 화해하게 될지.

할루인의 갑작스러운 방문에 그녀 자신도 지난 상처를 떠올리고 그 해묵은 비극에서 자신이 담당했던 역할을 직면하기 위해 순례 길에 올랐다고 했지. 물론 그게 사실일지도 모른다. 아니나 다를까, 캐드펠이 체넷 부근 삼림 감독관의 개간지에서 본 사람, 하녀 하나와 마부 둘을 이끌고 지나가며 한순간 캐드펠의 눈길을 사로잡은 여인은 바로 그녀였다. 하지만…… 무언가 다른 이유가 있지 않고서야 그렇게 서둘러야 할 필요가 있었을까? 캐드펠은 이른 아침 말 두 필에 나누어 타고 달려가던 사람들의 모습을 다시금 떠올려보았다. 그들은 무언가 중대한 목적이 있는 듯 부지런히 달리고 있었다. 기억에서 지워지다시피 한 애정과 자책의 빚을 갚기 위해 그처럼 서두른 게 사실일까? 그게 아니라면, 다른 사람보다 먼저 도착하여 만반의 준비를 한 다음 방문객을 맞이하기 위해서였을까? 부인은 두 수사가 한시라도 빨리 떠나주기를 바랐다. 충분히 자연스러운 바람이다. 그녀의 영역에 침범해 마음의 평화를 짓밟고 그 아름다운 면전에 낡고 금간 거울을 들이민 것이 바로 그들이니까.

"수사님, 저 좀 도와주세요!" 할루인이 아이처럼 팔을 든 채 일으켜주기를 기다리고 있었다. 그가 도움을 요청하기는 이번이 처음이었다. 지금까지는 늘 상대가 먼저 도움을 제의했고, 그러면 그는 고마워하기보다 그저 체념한 듯 겸손한 태도로 받아들이곤 했다.

"내내 한마디도 하지 않으시는군요." 교회 문 쪽으로 돌아섰을 때 그가 불쑥 말했다.

"말을 하는 대신 많이 들었지." 캐드펠은 대답했다. "말 사이 사이의 침묵도 내게는 단순한 침묵으로 들리지 않았다네."

*

약속대로 애들레이즈 드 클리어리의 마부가 현관에서 그들을 기다리고 있었다. 그는 문설주에 한쪽 어깨를 기댄 채 비스듬히 서 있었는데, 보아하니 한동안 그렇게 꼼짝도 않은 듯했다. 그의 외모는 그날 아침 캐드펠이 나무들 사이로 얼핏 보았던 모습과 정확히 일치했다. 말을 탄 두 남자 중 젊은 쪽. 나이가 서른쯤 되었을까? 굵은 목과 억세고 땅딸막한 체격으로 미루어 틀림없는 노르만 혈통이었다. 아마도 드 클리어리 1세와 함께 무장하고 이 땅으로 건너온 선조의 후손일 터였다. 그동안 잉글랜드 여자들과 혼인이 이루어지면서 금발이 밀짚 빛깔에 가까운 갈색으로 변하고 거친 얼굴 골격이 다소 부드러워지긴 했지만 노르만 혈통의 강한 특징들은 아직 그대로 남아 있었다. 특히 이 마부는 짧게 깎은 머리 위에 꽉 조이는 모자를 쓰는 제 민족의 풍속을 따른 데다, 깨끗이 면도한 굳센 턱과 밝고 가벼운 빛깔의 눈 때문에 북부인의 풍취가 고스란히 느껴졌다. 두 수사가 밖으로 나오자 그가 튕기듯 몸을 움직여 꼿꼿이 섰다. 쉬는 것보다 움직이는 것이 더

편한 사람인 것 같았다.

"마님께서 수사님들을 모셔 오라 하셨습니다." 무미건조하고 딱딱하게 내뱉더니 그는 대답도 기다리지 않고 성큼성큼 앞장서서 교회 마당을 빠져나갔다. 할루인으로선 따라잡기 힘든 걸음이었다. 정문에 이르러서야 마부는 몸을 돌려 두 사람을 기다렸다. 거기부터는 속도를 좀 늦추어 걸었지만 느릿느릿 움직이는 게 싫은 눈치였다. 그는 자기 얘기를 일절 하지 않았다. 인사나 간단한 질문에도 예의를 차려 짧게 대꾸할 뿐이었다. 예, 엘퍼드는 아주 멋진 곳이죠. 좋은 땅과 좋은 영주가 있으니까요. 오데마 님께서 가문의 영예를 잘 이어가고 있다는 평판이 자자합니다. 하지만 그 젊은이가 모시는 사람은 영주가 아니라 그 모친인 애들레이즈였다. 아마 젊은이의 아버지도 같은 일을 했을 것이고, 아버지의 아버지도 그랬으리라. 두 사람에게 약간의 호기심을 느낄 법도 했지만 마부는 이들에게 아무런 관심도 드러내지 않았다. 그 이국적인 옅은 잿빛 눈 속에는 수많은 생각이 잘 감춰져 있든가, 그게 아니라면 아예 아무 생각도 없는 듯했다.

그는 풀밭을 지나 긴 담장에 난 널찍한 영지의 대문으로 그들을 데려갔다. 오데마 드 클리어리의 저택은 장원 한가운데 자리 잡고 있었다. 돌 위에 든든하게 받쳐 올린 저택이었다. 지붕 밑의 자그만 창들로 보건대 위층에 방이 두 개는 있는 듯했다. 둥그렇고 광대한 뜰 가장자리에는 마구간, 병기고, 제빵소, 양조장, 저장소, 작업장과 별채들이 늘어서 있었고, 큰 집안답게 가솔들이 분주하게 이곳저곳 오가며 일을 하고 있었다.

마부는 그들을 자그마한 통나무 별채로 안내했다.

"마님께서 두 분을 위해 준비하신 방입니다. 내 집처럼 쓰시라고 하셨어요. 문지기가 봐드릴 테니 교회에 가시려면 언제든 자유롭게 출입하시지요."

세심한 대접이었으나 무언가 냉담함이 느껴졌다. 그녀는 씻을 물과 편안한 이부자리는 물론 음식까지 보내왔다. 필요한 게 있거나 미처 챙겨주지 못한 것 중에 원하는 바가 있으면 무엇이든 청하라는 지시까지 곁들여서. 그러나 그들을 자신의 거처로 들이지는 않았다. 용서한다고는 했지만 양심의 가책에 시달리는 할루인을 마주 볼 수 있을 정도는 아닌 모양이었다. 또한 그들을 시중드는 사람은 집안 하인들이 아니라 그녀가 헤일스에서 데려온 마부였다. 고기와 빵, 치즈, 식품 저장실에서 가져온 자그만 에일을 들고 들어온 사람은 두 마부 중 연장자 쪽이었다. 캐드펠이 추측했던 대로 그는 젊은 마부의 아버지로, 강인하고 다부져 보이는 체격의 50대 남자였다. 어깨가 넓고 오랜 세월 말을 탄 듯 다리가 굽어 있는 그는 자기 아들처럼 말이 없었다. 차갑고 속내를 드러내지 않는 눈과 깨끗이 면도된 강인한 턱도 아들과 똑같았지만 피부가 볕에 그을려 구릿빛으로 변해 있었다. 캐드펠 자신의 과거에 비추어보건대, 아마 잉글랜드 바깥 머나먼 곳에서 태운 피부인 듯했다. 주인이 십자군 전사였으니 이 사람도 주인과 함께 성지에 나가 있었을 것이다. 그곳 성지의 작열하는 태양이 이렇게 윤기 나는 몸을 만들었으리라.
 오후 늦게 나이 든 마부가 전갈을 가지고 다시 왔다. 그러나 할루인이 아니라 캐드펠에게 온 전갈이었다. 할루인이 침상에서 잠들어 있던 터라 마부는 그를 깨우지 않으려고 그 큰 덩치를 조심스레 놀려 고양이처럼 살그머니 들어섰다. 캐드펠로서는 고마운 일이었다. 이제 길고 힘든 밤이 기다리고 있었기 때문이다. 그는 마부에게 손짓을 해 보인 뒤 조용히 문을 닫고 마당으로 나갔다.
 "저 사람은 자게 내버려두시오. 나중에 깰 테니까."
 "저분이 오늘 밤에 무엇을 하실 것인지는 마님께 들어 알고 있습니다." 마부가 말했다. "마님께서 뵙고자 하는 분은 바로 수사님입니다. 지금 저와 함께 가실 수 있다면 말이지요. 다른 수사님은 몸이 편찮으니 쉬게 두라고 하셨습죠. 정말이지 대단한 분입니다. 저 발로 그 먼 길을 오시다니. 자, 이쪽으로 가시지요, 수사님!"
 부인의 거처는 거센 바람으로부터 안전한 칸막이벽 모퉁이에 자리 잡고 있었는데, 다소 좁긴 하나 이따금 아들 집에 다니러 와 쓰는 거처로는 부족함이 없어 보였다. 좁은 홀과 내실, 주방이 벽 바깥쪽으로 기대어 지어져 있었다. 마부는 다소 오만한 태도로 성큼성큼 홀을 지났다. 집안사람들 못지않게 빈번히 내실 출입을 했을 그는 여주인과 서로 믿고 신뢰하는 관계인 듯했다. 애들레이즈 드 클리어리는 아첨하지 않는 충직한 하인을 두었군, 캐드펠은 생각했다.

"마님, 슈루즈베리에서 온 캐드펠 수사님을 모셔 왔습니다. 다른 한 분은 주무시고 계시고요."

애들레이즈는 짙은 청색 모사가 걸린 물레에 앉아 왼손으로 물렛가락을 돌리고 있었다. 그들이 들어서자 그녀는 동작을 멈추고 실이 꼬이지 않도록 조심하면서 물렛가락을 물레의 발치에 기대어 놓았다.

"잘됐군! 그 사람은 좀 자둬야지. 로테르, 자넨 이제 그만 물러가게나. 손님은 볼일을 마친 뒤 혼자서 돌아가실 거야. 아들은 아직 집에 없는가?"

"아직 안 오셨습니다. 들어오시면 말씀드리겠습니다."

"아마 로셀린과 사냥개들을 데리고 나가 있을 걸세. 그들이 돌아와 개와 말을 모두 제집에 넣거든 자네도 들어가 쉬게나. 수고 많았네."

마부는 목례를 해 보인 뒤 물러갔다. 늘 그렇게 과묵하고 감정을 내비치지 않는 모양이었다. 그럼에도 두 사람에게서는 마치 뿌리 내린 바위와도 같은 안정감이라고나 할까, 서로를 깊이 신뢰하는 듯한 분위기가 느껴졌다. 그가 문을 닫고 나갈 때까지 애들레이즈는 아무 말 없이 그저 엷은 미소를 띤 채 캐드펠을 바라볼 뿐이었다.

"그렇습니다." 캐드펠의 마음을 읽기라도 한 양 부인이 불쑥 입을 열었다. "그저 늙은 하인이라고만 할 수는 없죠. 우리 바깥양반이 팔레스타인에 나가 싸우는 동안 내내 나와 함께해준 사람이니까. 그뿐 아니라 버트런드의 목숨을 지켜준 게 한두 번이 아니었으니, 아랫사람으로서의 의무를 넘어선 충절이었지요. 주인을 대군주로 모신 이래 줄곧 변함없이 충성심을 보여주었고, 그 양반이 세상을 떠난 뒤로는 내 사람이 되었습니다. 이름은 로테르라고 해요. 그의 아들은 뤼크인데, 제 아비와 똑같이 생긴 젊은이지요. 부자가 얼마나 닮았는지, 수사님도 척 보면 그들의 관계를 알 수 있을 겁니다."

"이미 알고 있소." 캐드펠이 말했다. "로테르가 어디서 몸을 그렇게 구릿빛으로 태웠는지도 알고."

"그래요?" 그제야 그녀는 처음으로 깊은 관심을 가지고 그를 뜯어보았다.

"나도 한때 성지에 나가 있었소. 저 사람보다는 앞선 시기지만. 오래 지내다 보면 그의 갈색 피부도 지금의 내 살빛처럼 바랠 거요."

"아하! 그럼 수사님은 어릴 때부터 수도원에 계셨던 게 아니군요. 어쩐지, 어릴 때 입문한 순결한 사람들 같지 않은 구석이 있다 했더니……."

"때가 되어 의지로 들어갔소." 캐드펠이 말했다.

"자신의 의지에 따랐다…… 할루인도 그랬죠. 아니, 사실 내가 볼 땐 그게 아니지만." 그녀가 고개를 내젓고는 한숨을 지었다. "다름이 아니라, 뭐 불편하신 건 없나 여쭤보려고 모셨습니다. 내 사람들이 시중을 잘 드는지 모르겠군요."

"아주 좋소. 그들과 부인의 친절에 깊이 감사하고 있소."

"또 한 가지, 그 사람, 할루인에 대해 궁금한 게 있습니다. 아주 비참한 몰골이던데 앞으로 나아질 가망은 없나요?"

"예전처럼 걸을 순 없을 거요." 캐드펠이 대답했다. "그래도 시간이 지날수록 근육이 힘을 얻고 있으니 지금보다 나아지긴 하겠지. 본인도 죽는 줄 알았고 우리 모두 그렇게 생각했는데 이렇게 소생했으니, 앞으로 감사한 마음으로 살아가면서 좋은 것을 많이 발견할 거요…… 마음의 평정만 찾는다면."

"오늘 밤이 지나면 그의 마음이 평온해진다는 뜻인가요? 그가 원하는 게 그겁니까?"

"아마 그럴 거요. 나는 그렇게 믿고 있소."

"그렇게만 된다면야 저도 축복해줘야겠군요." 부인이 말을 이었다. "볼일을 마치면 수사님이 그를 슈루즈베리까지 데리고 가시지요? 돌아가실 땐 말을 제공해드릴 수 있습니다. 헤일스로 돌아간 뒤 로테르를 시켜 다시 말을 찾아오게 하면 되니까요."

"고마운 말씀이긴 하지만 아마 할루인 형제가 거절할 거요." 캐드펠이 말했다. "그는 자기 발로 걸어서 회개의 벌을 치르겠다 맹세했으니까."

알 만하다는 듯 그녀가 고개를 끄덕였다. "그렇더라도 한번 물어는 봐야겠지요. 그가 거절하면 저로서도 더는 도리가 없겠지만요…… 아, 해야 할 일이 하나 더 있군요! 오늘 저녁기도에 나가서 신부님께 미리 얘기해두겠습니다. 아무도 그의 밤샘 기도에 대해 묻거나 방해하는 일이 없게끔 단속해주십사 말이에요. 그 이유는 수사님도 이해하실 테지요. 내막을 아는 우리들 외에는 다른 누구에게도 말이 새어 나가선 안 되니까요. 그렇게 단속해 두면, 나머지는 그 사람과 하느님 사이의 일이지요."

*

캐드펠이 처소로 되돌아갈 때, 마침 집주인이 대문으로 들어서고 있었다. 마구 쩔렁대는 소리와 말발굽 소리, 활기찬 사람들 목소리가 일행보다 먼저 들어와 여기저기서 마부와 하인들을 끌어모았다. 막 들어온 주인의 시중을 드느라 다들 우르르 모여드는 것이 마치 벌집을 쑤셔놓은 듯한 모양새였다. 곧 체격 건장한 오데마 드 클리어리가 위풍당당한 밤색 말을 타고 들어섰다. 그의 복장에서 이곳의 영주임을 나타내는 표식은 전혀 찾을 수 없었다. 그는 일꾼처럼 아무 장식도 없는 수수한 검은색 승마복 차림에 짧은 망토의 두건을 어깨 위로 젖힌 채 맨머리로 말을 타고 들어왔다. 흐트러진 곱슬머리는 모친의 머리칼과 같은 검은색이었으나 강렬한 안면 골격과 높은 콧대, 공격적으로 보이는 광대뼈, 높은 이마는 분명 십자군 전사였던 부친에게서 물려받았을 터였다.

캐드펠이 보아하니 그는 아직 마흔 살도 안 된 듯했다. 말에서 내려오는 힘찬 동작과 땅을 딛는 가벼운 걸음, 장갑을 벗어던지는 손동작이 틀림없는 젊은이의 것이었다. 그러나 만만찮은 얼굴 생김새와 풍채에서 엿보이는 우월함이 그에게 권위를 부여했다. 그는 이 고장의 영주로서 자신이 원하는 건 무엇이든 신속하고 능력 있게 제공하는 아랫사람들을 뒀으며, 스무 살도 되기 전에 일찌감치 가장이 되어 여기저기 흩어진 방대한 영지를 다스리며 아버지의 공백을 메워왔다. 어쨌거나 그는 제 임무를 제대로 수행하고 있는 셈이었다. 게다가 쉽게 거역할 수 있는 사람이 아님에도 불구하고 이곳 일꾼들은 두려운 기색 없이 쾌활하게 그에게 다가가 대담하게 이야기를 주고받았다. 물론 그가 화를 내면 몹시 두려운, 심지어 위험한 상황이 펼쳐질지도 모르지만, 아마 이유 없이 그런 일이 생기지는 않으리라.

그의 옆에 한 젊은이가 바짝 붙어 말을 타고 있었는데, 시동인지 기사 종자(기사가 되기 위해 수련 중인 소년—옮긴이)인지는 알 수 없었다. 열일고여덟쯤 되어 보이는 맑은 얼굴의 청년으로, 야외에서 움직이다 돌아와 양 볼이 발그레하니 상기되어 있었다. 이어 사냥개를 돌보는 일꾼 두 명이 달려왔고, 가죽끈에 묶인 사냥개들이 그 뒤를 따랐다. 뛰어온 마부에게 고삐를 건네준 오데마는 청년이 망토를 벗겨주는 동안 장화 신은 발을 쿵쿵대며 서 있었다. 잠시 다들 분주히 움직이며 말들은 마당을 지나 마구간으로, 개들은 개집으로 들여보냈다. 젊은 마부 뤼크가 마구간 뜰에서 나오더니 오데마에게 무어라 이야기를 했다. 곧 오데마가 노부인의 거처 쪽을 한번 둘러보는 것으로 미루어 아마도 애들레이즈의 전갈을 받은 모양이었다. 그가 알겠다는 뜻으로 고개를 끄덕이더니 모친의 거처 쪽으로 성큼성큼 나아갔다. 그러던 중, 다소 떨어진 곳에 비켜서 있었던 캐드펠 쪽으로 오데마의 눈길이 쏠렸다. 한순간 그는 걸음을 멈추고 무언가 말을 하려는 듯했지만, 이내 마음이 바뀌었는지 그대로 지나쳐 노부인 거처의 깊숙한 문간으로 사라졌다.

애들레이즈 일행은 이틀 전, 그러니까 숲을 지나간 바로 그날 이곳에 당도했겠지, 캐드펠은 생각했다. 말을 타고 왔으니 중간에서 하룻밤 쉴 필요도 없었을 거야. 따라서 그녀는 이미 아들과 만나 대화를 나누었을 게 틀림없어. 그렇다면 지금, 아들이 외출했다가 돌아오자마자 전해야 할 얘기는 무엇일까? 그거야 뻔했다. 오늘 엘퍼드 영지에 새로 들어온 소식, 슈루즈베리에서 온 두 수도사가 여기까지 오게 된 사정이 아니면 달리 무엇이겠는가. 그 사정에 대해 그녀는 다소 애매하게 설명했으리라. 오데마는 제 누이가 죽었을 때 이곳 엘퍼드에 있었고, 따라서 그 사건을 단순한 참사로 알고 있을 테니까. 어느 가정에나 발생할 수 있는, 꽃다운 청춘에도 닥칠 수 있는 비극 정도로 말이다. 그래, 그 강인하고 의연한 여인이 아들에게 비밀을 알렸을 리 없어. 속내를 터놓을 정도로 신뢰했던, 아마도 지금은 죽고 없을 늙은 하녀에게라면 모를까, 자신의 어린 자기 아들에게? 아니, 절대로 말했을 리가 없지.

그렇다면 애들레이즈가 할루인의 속죄를 도와주고자 애를 쓰는 것도 당연한 일이었다. 그녀로선 가능한 한 빨리 할루인을 쫓아버려야 하니 말이다. 신부는 물론 그 누구도 의구심을 품게 두어서는 안 되었다. 그래서 그들에게 기꺼이 말과 숙소를 제공하겠다고 나선 것이다. 게다가 분명히 못 박지 않았는가. 다른 누구에게도 과거에 대해 누설하지 말라고, 여기까지 온 이유에 대해 입도 뻥긋하지 말라고, 버트레이드란 이름조차 입에 올리지 말라고.

적어도 한 가지는 분명해, 캐드펠은 생각을 이어갔다. 어디를 돌아보든 우리와 다른 사람들 사이엔 애들레이즈가 서 있는 셈이야. 부인은 우리에게 거처와 식사를 제공하지만, 정작 가까이 와 시중을 드는 사람은 부인의 가장 충직한 하인들이고 아들 집의 식솔은 얼씬도 하지 않으니. "내 딸의 이름과 명예는 그 돌 밑에서 안전하게 지켜지고 있으니 거기 그대로 조용히 내버려두란 얘기야." 부인은 그렇게 말했다. 매사를 확실히 하기 위한 당부이니 이를 두고 그녀를 비난할 수는 없었으며, 그토록 서둘러 엘퍼드에 먼저 당도하여 그들을 맞을 채비를 한 것도 놀라운 일이 아니었다.

내일 아침까지 큰 문제 없이 지나가고 두 사람이 떠나면 마침내 그녀는 마음을 놓을 수 있을 것이다. 사정에 따라 두 수사는 근처 마을에서 더 머물게 될 수도 있지만, 어쨌든 이후로 부인은 두 번 다시 할루인을 보거나 그에 대해 생각할 필요가 없으리라.

어린 종자는 오데마의 망토를 어깨에 걸친 채 그대로 서서 노부인의 거처로 향하는 제 주인을 지켜보고 있었다. 아무것도 쓰지 않아 그대로 드러난 아맛빛 머리칼이 검은 옷과 대조를 이루었다. 이제 한두 해만 지나면 단단하고 맵시 있는 육체의 틀을 갖추어 어떤 동작이든 유연하게 통제할 수 있게 될 테지만, 아직은 가냘프고 불안정한 사춘기 소년의 몸매가 두드러졌다. 제 나름대로 무언가를 추측하듯 오데마를 바라보던 소년의 눈길이 캐드펠에게 와 멈추었다. 그는 호기심을 감추지 않은 채 한동안 늙은 수사를 바라보다가, 곧 천천히 오데마 저택의 홀 쪽으로 걸음을 돌렸다.

저 소년이 바로 애들레이즈가 말한 로셀린인가 보군, 멀어져 가는 그를 지켜보며 캐드펠이 생각했다. 생김새나 혈색으로 보아 이 집안 자식은 아닌 듯했다. 하인의 자식인 것 같지도 않았다. 아마 오데마를 받드는 집안의 아이로, 보다 넓은 세상으로 나가기 전 대군주에게 보내졌으리라. 무사 교육도 받고, 소궁정과 다를 바 없는 이곳에서 제 재주를 찾으며 이것저것 경험해보도록 말이다. 소귀족을 견습시키는 그러한 풍속이 내로라하는 가문들 사이에서 급속히 번져가는 중이었다. 드 클리어리 가문쯤 되면 한두 집안 정도는 후원하고 있을 터였다.

저녁나절이 되자 날이 쌀쌀해지며 매서운 바람과 함께 가느다란 바늘 같은 진눈깨비가 흩날리기 시작했다. 곧 저녁기도 시간이었다. 냉기를 뒤로하고 감사한 마음으로 별채에 들어선 캐드펠은 할루인 수사가 깨어나 있음을 알았다. 그는 말없이, 긴장된 표정으로 자신의 서원을 이룰 시간을 기다리고 있었다.

*

애들레이즈가 집안 일꾼들을 제대로 단속한 모양이었다. 캐드펠과 할루인에게 관심을 갖는 사람도, 질문을 하거나 호기심을 보이는 사람도 없었다. 아니, 애들레이즈가 아니더라도 애초에 그들이 두 수사의 방문에 대해 흥미를 느끼기나 했을까? 베네딕토회 수사 두 사람이 밤샘 기도를 하러 왔다는데 무슨 질문이 더 필요하겠는가? 게다가 이곳 식솔들은 수시로 찾아드는 온갖 부류의 방문객들에 이미 익숙해져 있었다. 저녁기도 시간이 다가올 무렵, 젊은 마부 뤼크가 음식을 가져주었다. 식사를 마치고 집안이 조용해진 뒤, 그들은 마침내 교회로 가 밤샘 기도를 시작했다.

어쨌거나 할루인 수사는 맹세를 이행하겠다는 소원을 이루는 셈이었다. 캐드펠은 딱딱한 돌바닥에 깔 담요나 한밤의 추위를 막을 망토를 건네고 싶었지만 그가 받아들이지 않으리라 생각했다. 할루인은 회개의 혹독함을 덜어줄 만한 어떤 것도 거부할 것이다. 캐드펠은 그의 몸을 부축해 묘를 받치는 단단한 제단에 무릎을 기대게끔 했다. 그렇게 해두면 혹시라도 실신하거나 현기증이 덮치더라도 쓰러지지 않을 터였다. 그의 목발은 묘 발치에 내려놓았다. 이제 남은 일은 오로지 할루인 자신의 몫이었다. 캐드펠은 그를 죽은 버트레이드의 곁에 내버려둔 채 어둠 속으로 물러나 무릎을 꿇었다. 하느님도 그를 측은히 여겨 귀를 기울여주시리라.
　춥고 긴 밤이었다. 제단 위의 등불이, 비록 온기는 없었으나 불꽃처럼 환하게 타오르고 있었다. 한 시간 두 시간, 고요 속에 시간이 흐르면서 할루인의 숨소리가 점차 거칠어졌다. 그의 입에서 흘러나오는 기도 소리가, 마치 고요 속에 떨리는 미세한 파문인 양 귀가 아닌 피부와 오장육부로 느껴지는 것 같았다. 죽은 버트레이드를 위해 어쩌면 그렇게 많은 이야기를 할 수 있는지, 그의 내부 어디에 고갈되지 않는 그런 말들이 축적되어 있었는지 놀라울 따름이었다. 자정도 되기 전에 이미 빠른 속도로 엄습하여 한 순간도 떠나지 않는 고통에도 불구하고, 기도에 담긴 긴장과 열정의 힘으로 할루인은 꼿꼿이 자리를 지켰다. 마침내 첫 햇살이 비칠 즈음에야 할루인의 황홀경과 시련도 끝이 났다.
　그가 눈을 떴을 땐 차가운 아침 햇살이 쏟아져 들어오고 있었다. 할루인은 차갑게 굳어버린 양손을 부지런히 풀었다. 바깥세상에서는 벌써 매일 반복되는 이른 아침의 움직임이 시작되었는지 이런저런 소음이 들려왔다. 아주 깊고 먼 내면의 어딘가에서 돌아온 사람처럼, 그는 멍한 눈길로 잠에서 깨어나는 하루를 응시했다. 이어 슬레이트 가장자리를 붙잡고 움직여보려 했으나, 손가락이 감각도 없을 정도로 심하게 마비되고 양팔도 완전히 굳은 채였다. 캐드펠이 한 팔로 그를 부축하려 했지만 할루인은 뻣뻣한 무릎을 펴지 못해 마치 시체처럼 캐드펠의 팔에 매달렸다.

그때 갑자기 가벼운 발소리가 들리는가 싶더니, 어느새 젊고 힘 있는 또 다른 팔 하나가 반대쪽에서 할루인의 맥 빠진 몸을 감쌌다. 할루인의 어깨 너머 푹 떨군 금빛 머리칼이 보였다. 두 사람의 부축을 받아 똑바로 서게 된 할루인은 그제야 마비된 양 다리에 찌르르 다시 피가 도는 것을 느꼈다.
"맙소사, 성한 사람도 하기 힘든 일을 하시다니……." 청년 로셀린이 입을 열었다. "이렇게까지 가혹한 고행을 감당할 필요가 있었던 겁니까?"
여전히 정신이 멍해 있던 할루인은 놀란 나머지 대답은커녕 방금 무슨 소리를 들었는지조차 파악하지 못한 터였다. 이 청년의 등장에 캐드펠도 내심 놀랐으나, 눈앞의 상황이 상황인지라 얼른 끼어들었다. "내가 목발을 집는 사이 팔을 꽉 붙들고 있게. 어쨌거나 때맞춰 나타나주어 고맙구먼. 하지만 이 형제를 타박해봐야 자네 힘만 빠질 거야. 그는 지금 맹세를 이행하는 중이거든."
"참 어리석은 맹세도 있군요!" 그 나이 특유의 오만함이 느껴지는 말투였다. "이런다고 누구한테 득이 된단 말입니까?" 그러나 제 말과 달리 그는 할루인을 다정하고 힘 있게 잘 붙들고 있었다. 화가 치민 듯 찌푸린 얼굴로 그를 곁눈질하면서도 걱정하는 기색이 역력했다.
"이 사람 자신한테 득이 되지." 목발을 할루인의 겨드랑이에 끼워준 뒤, 캐드펠은 아직 아무것도 붙잡지 못하는 그의 차가운 손을 주무르며 말을 이었다. "자네로서는 이해가 안 가겠지만 그냥 받아들이는 게 좋을 걸세. 자, 이제 그의 몸을 목발에 기대주게. 아직 손을 놓지는 말고. 그건 그렇고, 자네 나이 땐 후회할 것도 용서를 구할 것도 없으니 잠도 잘 자기 마련인데, 어찌 이런 시각에 여기 와 있나?" 새삼스레 흥미가 발동해, 그는 바짝 다가서서 젊은이에게 예리한 눈길을 던졌다. "누가 자네를 이리로 보냈지?"

애들레이즈가 보낸 것 같지는 않았다. 거추장스러운 손님들의 감시 임무를 맡기기엔 너무 어리고 둔감하고 순진한 청년이었다. "누가 보내서 온 게 아닙니다." 로셀린이 짤막하게 대답하더니 다소 누그러진 태도로 덧붙였다. "그냥 제가 궁금해서요."

"흠, 호기심이라는 게 그렇지." 자신 역시 그 죄악에 끊임없이 휘둘리기는 마찬가지라고 생각하며 캐드펠이 고개를 끄덕였다.

"그리고 오늘 아침엔 오데마 나리가 급하게 저를 찾을 일이 없거든요. 나리는 지금 집사와 볼일을 보느라 바쁘시죠. 이 수사님을 어서 숙소로 모셔 가는 게 좋지 않을까요? 거기가 더 따뜻할 겁니다. 이분을 말에 태울 수만 있다면 제가 가서 말을 한 필 가져오지요."

얼이 빠져 있던 할루인이 그제야 정신을 차리고 상황을 파악했다. 마치 자신이 아무 생각도 없고 사정 돌아가는 것도 모르는 사람인 양 둘이서 자신에 대한 이야기를 나누는 모습에 그는 다소 불쾌함을 느꼈다.

"괜찮소." 그가 말했다. "고맙긴 하지만 난 혼자 걸을 수 있소.

더 이상 당신한테 폐를 끼칠 이유가 없지." 그는 양손을 구부려 목발을 꽉 붙들고 조심스레 첫발을 내디뎠다.

캐드펠과 청년은 그가 발을 헛디딜 경우에 대비해 양옆으로 바짝 붙어섰다. 낮은 층계를 오르고 문간을 통과하는 동안 혹시라도 발부리가 걸리지 않도록 로셀린이 앞서가고, 캐드펠은 뒤에서 따라갔다. 맹세를 이행했다는 생각에 새로운 힘이 솟구치는지 할루인은 한사코 혼자 힘으로 걸으려 애썼다. 이제는 서두를 필요도 없으니 휴식이 필요할 때마다 목발에 기대어 숨을 고르면 될 것이었다. 그렇게 세 차례나 쉬어간 끝에 마침내 그들은 오데마의 저택에 당도했다. 벌써 많은 사람들이 마당으로 나와 제빵소와 마구간, 우물가 주변에서 바삐 움직이고 있었다. 거참, 참으로 민첩하고 배려 깊은 청년이군, 로셀린을 바라보며 캐드펠은 생각했다. 한 번씩 쉴 때마다 그는 불평이나 안달의 기색 없이 기다려 주었을 뿐 아니라, 요청을 받기 전에 함부로 도움의 손을 내미는 일도 삼갔다. 할루인은 본인의 희망대로 성치 않은 발을 움직여 숙소까지 무사히 왔으니 잠시나마 침상의 편안함을 마음껏 누릴 터였다.

그들을 따라 안으로 들어온 로셀린은 아직도 뭔가 궁금한 게 남았는지 얼른 나가지 않고 문간에서 미적거렸다. "이제 다 된 건가요?" 감사한 마음으로 굳은 사지를 쭉 펴고 이불을 끌어 덮는 할루인을 지켜보며 로셀린이 물었다. "이제 어디로 가십니까? 언제 떠나시죠? 설마 오늘 출발하시진 않겠지요?"

"우린 슈루즈베리로 돌아가야 하네." 캐드펠이 말했다. "오늘 떠날 거야. 그게 가능할지는 의문이지만 말이지. 하루쯤 푹 쉬고 가는 편이 낫긴 할 텐데……." 피로에 지쳐 쉬고 있는 할루인의 얼굴과 자꾸 감기는 눈으로 보건대 얼마 있지 않아 잠으로 빠져들 듯했다. 그에게는 고해성사 이후 처음으로 맛보는 편안한 잠이 되리라.

"어제 자네가 오데마와 말을 타고 들어오는 것을 보았네." 캐드펠이 앞에 있는 앳된 얼굴을 유심히 바라보며 말을 이었다. "부인에게서 자네 이름을 들었지. 드 클리어리 가문의 친척인가?"

청년은 고개를 가로저었다. "아닙니다. 제 부친이 나리의 소작인이자 가신이지요. 두 분은 늘 좋은 벗처럼 지내신답니다. 한참 전 일이긴 하지만 집안끼리 혼인의 연도 맺었어요. 저는 부친의 지시에 따라 오데마 님을 섬기기 위해 이곳으로 보내졌습니다."

"본인의 뜻은 아니었던 모양이군." 청년의 어조에서 캐드펠은 이를 느꼈다.

"맞습니다! 제 뜻과는 한참 멀고말고요!" 로셀린이 퉁명스럽게 내뱉고는 제 발치를 노려보았다.

"하지만 그는 어느 모로 보나 훌륭한 군주 같던데, 그런 어른을 섬겨보는 것도 괜찮지 않겠나?" 캐드펠이 슬쩍 떠보았다.

"어르신이야 좋은 분이시죠." 청년이 수긍하듯 고개를 끄덕였다. "그분에 대해서는 불만 없습니다. 다만, 제 부친이 절 집에서 쫓아내기 위해 여기까지 보냈다는 사실이 유감스러울 뿐이에요."

"설마 그럴 리가." 캐드펠이 놀라 말했다. 호기심이 일긴 했지만 어떤 사정인지 직접적으로 캐물을 수는 없는 노릇이었다. "대체 어느 아버지가 자네 같은 아들을 내쫓고 싶어 하겠는가?"

아닌 게 아니라, 그는 자랑할 만한 아들이었다. 품행이 방정할 뿐 아니라 늘씬하고 탄탄한 체격에 금발 머리칼에 매끈매끈한 뺨을 가진, 심지어 뚱한 얼굴을 하고 있어도 보기 싫지 않은 미남이라 보통 아버지라면 여러 사람 앞에 내보여 과시하고 싶어 할 터였다. 하지만 그의 표정으로 보아 지금의 생활이 만족스럽지 못한 것은 틀림없는 사실이었다.

"물론 아버님에게도 당신 나름의 이유가 있지요." 로셀린이 시무룩하게 말했다. "아까 그 젊은 수사님처럼 말입니다. 저로선 아버지와 소원한 사이도 아니니 그분 말씀에 순종해야죠. 그래서 이곳으로 와 어르신과 아버님이 떠나도 좋다고 허락하실 때까지 머물기로 약속했답니다. 게다가 반드시 어딘가로 가 다른 사람 밑에서 일을 배워야 한다면 이곳이 제일 나을 테니까요. 일단 이 집에 있는 동안 얻어낼 건 다 얻어 갈 생각입니다."

말을 마친 그는 무언가 더 심각한 생각을 하는 듯 이마를 찌푸린 채 깍지 낀 제 손만 내려다보며 한동안 조용히 앉아 있었다. 그러다 고개를 들어 캐드펠을 빤히 쳐다보았는데, 검은 수사복과 삭발한 머리에 오래도록 그 눈길이 머물렀다.

"수사님," 그가 불쑥 다시 입을 열었다. "이따금 궁금하더라고요…… 수도사의 삶 말입니다. 개중에는 영원히 불가능한 것, 금지된 것을 지극히 소망한 끝에 결국 수도원으로 들어간 사람들도 분명 있겠죠? 정말 그렇게 살면 새로운 삶을 얻을 수 있나요? 만일…… 만일 자기가 간절히 원하는 인생이 손닿지 않는 곳에 있다면 말입니다."

"그렇소." 할루인 수사의 목소리였다. 그는 잠이 덜 깬 목소리로 부드럽고 조용히 말을 이었다. "얻을 수 있지!"

"차선책으로 이 길을 택하는 건 권하고 싶지 않네." 캐드펠이 얼른 끼어들어 단호하게 말했다. 하지만 오래전에 할루인 자신이 바로 그런 선택을 하지 않았던가. 이 순간, 그는 잠으로 무겁게 가라앉았을지언정 내면의 눈을 크게 뜬 채 계시의 기록자로서 말하고 있었다.

"비록 오랜 시간이 필요하고 치러야 할 대가도 크지만……" 할루인은 부드럽지만 확신에 찬 목소리로 덧붙였다. "결국에는 그 삶이 차선책에 그치지는 않을 거요."

이어 그는 긴 숨을 들이켰다가 크게 내쉬고는 베개에 얹힌 머리를 그들에게서 돌려버렸다. 의구심과 놀라움 속에 그 모습을 바라보느라 두 사람은 바깥에서 다가오는 가벼운 발소리를 알아채지 못하다가 불쑥 문이 열리면서 로테르가 들어서자 놀라 돌아보았다. 로테르는 손님들에게 대접할 음식과 자그마한 에일 주전자가 담긴 광주리를 들고 서 있었다. 수사들과 친해진 듯 캐드펠의 잠자리 위에 스스럼없이 앉아 있는 로셀린의 모습을 보는 순간 풍상에 찌든 마부의 얼굴이 험악하게 굳고 그의 밝은색 눈에 한순간 짙은 불꽃이 번득였다.

"자네 여기서 뭘 하고 있는 건가?" 같은 신분의 연장자로서 확고한 권위를 실어 그가 퉁명스레 따지듯 물었다. "로저가 자네를 찾고 있네. 게다가 나리께서 조반을 마치시면 얼른 붙어 시중을 들어야 하잖나. 지금 당장 나가보는 게 좋을 거야."

로셸린은 마부의 말이나 그 어투에서 느껴지는 분노에 놀라는 기미가 전혀 없었다. 아니, 오히려 그러한 태도를 다소 재미있어 하는 눈치였다. 어쨌든 청년은 즉시 자리에서 일어나 간단한 목례로 작별 인사를 건넨 뒤 서두름 없이 고분고분 밖으로 나갔다. 로테르는 안쪽으로 들어오지도 않고 광주리를 든 채 문간에 서서 내내 실눈을 하고 그가 완전히 나갈 때까지 가만 지켜보았다.

감시견이 지시를 받은 게로군, 캐드펠은 생각했다. 누구든 우리에게 지나치게 접근하는 자가 있으면 차단하라고 했나 보지? 어린 로셸린까지 신경 써야 할 줄은 미처 몰랐던 모양이야. 그렇다면, 이 잠깐의 만남에 질겁할 만한 어떤 이유가 있단 말인가? 저 친구의 냉혹한 눈에 불꽃이 튀는 모습을 본 건 이번이 처음 아닌가!

6

 미사가 끝난 뒤, 애들레이즈가 친절하게도 몸소 수도원 손님들을 찾아왔다. 그녀는 염려스러운 표정으로 할루인의 건강 상태와 안부를 물었다. 로테르에게 이미 보고를 받은 모양이었다. 거추장스럽고 바람직하지 못하게도, 그녀가 은밀히 덮어두고자 하는 보호구역에 청년 로셀린이 침입했다고 말이다. 그녀는 기도서를 든 채 혼자서 방 문간에 모습을 드러냈다. 하녀는 먼저 처소로 보낸 듯했다. 마침 깨어 있던 할루인이 예의를 차리느라 침상에서 몸을 일으켜 황급히 목발을 집으려 했지만 그녀는 손을 내저어 만류했다.
 "아닐세, 그대로 있게나!" 부인이 말했다. "우리끼리니 격식 따위 필요 없네. 그래, 맹세한 바를 달성한 지금 기분은 좀 어떤

가? 은총을 얻고 마음 편히 수도원으로 돌아갔으면 하네. 자네에게 자비가 함께하기를 기도하지. 아울러 편안히 여행을 마치고 무사히 슈루즈베리에 당도하길!"

무엇보다도 일찌감치 떠나주길 기도하겠지, 캐드펠은 생각했다. 하지만 그녀를 비난할 마음은 없었다. 그 자신이 원하는 바도, 또 할루인의 의무도 바로 그것이니까. 이제 서로를 용서하고 어떤 이에게도 더는 해를 끼치는 일 없이 이 문제를 깨끗하게 마무리해야 하며, 그런 뒤에는 침묵해야 했다.

"별로 쉬지도 못하고 슈루즈베리까지 긴 여행을 해야겠군." 부인이 말을 이었다. "가면서 먹을 것은 우리가 챙겨주지. 말도 내줄 테니 내 호의를 꼭 받아주었으면 하네. 캐드펠 수사께 이미 말씀드렸지만, 이곳에는 말이 넉넉해 얼마든지 제공할 수 있거든. 말들은 내가 헤일스로 돌아가서 찾아오게 하면 되니까 그 먼 길을 걸어서 갈 생각일랑 아예 하지 말게."

"부인의 호의와 친절에 대해서는 깊이 감사드리는 바입니다." 할루인은 즉시 대답했다. "하지만 전 받아들일 수 없습니다. 올 때 그랬듯 갈 때도 전 제 발로 움직일 겁니다. 맹세를 충실히 지키려면 그래야지요. 더하여 그것은 저 자신이 앞으로 하느님께나 인간들에게나 아무 쓸모도 없고 무익한 존재가 되지는 않으리라는 결심의 보증이기도 합니다. 부인께서도 제가 맹세를 지키지 못한 수치스러운 몸으로 돌아가길 바라시진 않겠지요."

그 고집에 부인도 포기한 듯 고개를 내저었다. "그래, 여기 계신 자네의 동료 수사님도 아마 자네가 반대할 거라고 하시더군. 하지만 보다 분별을 가지는 게 좋지 않겠나? 최대한 빨리 수도원의 직무로 돌아가겠다는 맹세도 했을 줄 아네만, 왜 그 맹세는 충실히 지키려 하지 않는 건가? 걸어서 가겠다고 고집한다면 적어도 내일까지는 출발하기 힘들 텐데. 돌바닥에서 그처럼 힘든 밤을 보냈으니 말이야."

할루인은 그 말을 진심 어린 염려로, 충분히 휴식을 취할 때까지는 출발을 연기하라는 뜻으로 받아들이는 듯했으나 캐드펠에겐 그저 얼른 이곳을 떠나라는 소리로만 들렸다.

"맹세를 쉽게 이행할 수 있으리라고는 생각지 않았습니다." 할루인이 말했다. "그래서도 안 되고요. 이 모든 일이 가치를 얻으려면 고난을 견뎌내고 회개의 벌을 온전히 받아야 합니다. 저는 그렇게 할 수 있고 또 할 겁니다. 예, 잘 보셨습니다. 저는 최대한 빨리 제 직무로 돌아가 우리 수도원장님과 형제들에게 진 빚을 갚아야 해요. 우린 오늘 출발할 겁니다. 아직 해가 몇 시간 남아 있으니 허비해선 안 되겠지요."

드러낸 바 없는 자신의 희망에 따라 할루인이 순순히 움직여주자 부인은 깜짝 놀란 눈치였다. 비록 따뜻한 어조는 아니었지만, 그녀는 좀 더 쉬어야 한다며 다시금 만류하다가 이내 못 이기는 척 할루인의 고집을 받아들였다. 일이 어찌나 술술 풀렸는지, 마지막 순간에는 잠시 동정과 연민이 뒤섞인 감정이 일 정도였다.

"그게 자네가 바라는 바다 이거지?" 그녀가 물었다. "그렇다면 뜻대로 하게. 출발하기 전에 뤼크가 음식과 음료를 가져와 보따리에 챙겨줄 거야. 그럼 난 이것으로 자네와 헤어져야겠군. 앞으로도 잘 지내길 빌겠네."

그녀가 방을 나서자 마침내 일이 끝났다는 생각에, 할루인은 전율하며 한동안 말없이 앉아 있었다. 그에게도 모든 것이 원하던 대로 된 셈이었다.

"제가 괜히 수사님까지 힘들게 만들어버렸군요." 그가 미안한 얼굴로 말했다. "저 못지않게 기력이 없으실 텐데 이렇게 잠도 못 주무신 채 출발하게 되셨으니…… 부인은 우리가 얼른 사라져주길 바랐어요. 저 또한 진심으로 바라는 바였고요. 한시라도 빨리 헤어지는 것이 우리 모두에게 좋으니까요."

"자네 말이 옳아." 캐드펠이 말했다. "일단 이곳을 벗어나면 굳이 멀리 갈 필요 없네. 자네의 몸이 당장 여행을 시작할 만한 상태가 아닌 건 사실이니까. 어쨌거나 일단은 여기서 떠나는 게 좋겠지."

*

그들은 오후 중반쯤 오데마 드 클리어리의 영지에서 나왔다. 무겁게 걸린 잿빛 구름 아래, 두 사람은 방심할 수 없는 쌀쌀한 바람을 정면으로 맞으며 엘퍼드 마을을 관통하는 소로를 따라 서쪽으로 방향을 틀었다. 이제 끝났다. 지금부터 내딛는 한 걸음 한 걸음은 모두 일상과 안전으로 되돌아가기 위한 것이다. 곧 수도원의 시간으로, 작업과 예배와 기도로 이어지는 축복받은 나날들로 돌아갈 것이었다.

대로로 올라선 캐드펠은 한 차례 뒤를 돌아보았다. 대문간에 두 마부가 서서 떠나는 손님들을 지켜보고 있었다. 과묵하여 도무지 속을 헤아리기 힘든, 충실하고 튼튼한 두 사람. 그들은 엷지만 사나운 북구인의 눈으로 퇴각하는 침입자들을 바라보고 있었다. 부인의 평온을 깨뜨린 우리가 정말로 흔적 없이 떠나가는지 확인하려는 게야, 캐드펠은 생각했다.

그들은 두 번 다시 뒤돌아보지 않았다. 이제부터는 엘퍼드에서 안전하게, 1킬로미터라도 더 멀리 가는 일만 남아 있었다. 날이 저물기 전에 하룻밤 묵을 거처를 찾아야 했다. 할루인은 이미 피로에 절어 수척한 얼굴이 잿빛으로 변해가고 있었으니, 무리하다가는 언제 쓰러질지 모를 일이었다. 착실하게 걸음을 옮기긴 했지만 그는 고통을 참느라 잔뜩 굳은 표정에 거무스름해진 눈 주위는 푹 꺼져 있었다. 버트레이드의 무덤에서 맛보았을 평안을 과연 지금 이 순간에도 즐길 수 있을지 의심스러울 정도였다. 아니, 어쩌면 더는 버트레이드 생각에 매달려 있지 않을지도 모른다.

"이제 다시 그녀 앞에 설 일은 없겠지요." 그의 생각을 읽어내기라도 한 양, 할루인이 입을 열었다. 캐드펠이라기보다는 하느님에게, 그 자신에게, 그리고 짙어가는 어스름에 대고 말하는 것 같았다. 그 목소리에 깃든 감정이 안도인지 아니면 회한인지, 캐드펠로서는 가늠할 수 없었다.

*

엘퍼드에서 3킬로미터쯤 멀어졌을 때 험악한 하늘에서 변덕스러운 3월의 눈발이 갑자기 쏟아지기 시작했다. 한파가 물러가는 시점이니 흠뻑 퍼붓거나 장시간 계속되지는 않겠지만 앞이 보이지 않을 정도로 눈발이 굵었다. 그와 함께 때 이른 어스름이 내려 짙은 어둠 속에 하얀 눈구름이 소용돌이치면서 어지러이 그들을 휘감았으니, 방풍벽도 없이 벌거벗은 도로에 서 있는 이정표가 그들의 눈에 보일 리 없었다.

몰아치는 눈발 속에서 할루인이 비틀거렸다. 그는 목발을 쥔 터라 급습에 맞서 옷자락을 끌어당길 수도 없었다. 게다가 한쪽 목발을 잘못 짚는 바람에 쓰러질 뻔한 게 두 차례나 되었다. 캐드펠은 할루인에게 바짝 다가가 등으로 바람을 막고 섰다. 할루인에게 잠시나마 숨 쉴 여유를 주는 한편 여기가 어디쯤 되는지, 옆길 주변에 마을이 있는지 살펴보기 위해서였다. 이 광풍이 잦아들 때까지만이라도 몸을 피할 곳이 없을까? 보잘것없더라도 사람 사는 곳이기만 하면 반갑겠는데. 기억을 더듬어보건대 이 부근 어딘가에 북쪽으로 난 샛길이 있었던 것 같았다. 그리로 따라가면 마을 비슷한 곳이 나올 터였다. 어디선가 긴 울타리가 보이면, 그것이 바로 영지를 에워싼 방책이리라.
그의 기억은 정확했다. 할루인을 등 뒤에 바짝 붙인 채 조심조심 앞으로 나아가자니 외딴곳에 수풀과 작은 관목들로 이루어진 숲이 나타났다. 워낙 나무가 드문 평원이라 그 숲만큼은 기억에 분명히 남아 있었다. 거기서 조금 더 가자 마침내 길이 열렸다. 저만치 횃불 빛 하나가 눈보라 속에서도 또렷하게 깜박이며 그들을 마을 오솔길에 자리한 가옥으로 인도하고 있었다. 만일 그곳 주인이 날 저물어 헤매는 나그네들을 위해 불을 걸어놓은 것이라면, 두 수사의 방문을 반기며 따뜻하게 맞아줄 터였다.
마을에 이르기까지는 예상보다 오랜 시간이 걸렸다. 할루인의 기력이 많이 떨어진 탓에 손을 뒤로 뻗어 그를 붙든 채 걷자니 움직임이 매우 더딜 수밖에 없었다. 빙빙 도는 눈발 속에, 군데군데 홀로 선 나무들이 좌우에서 희미한 모습을 불쑥 드러냈다가는 불쑥 사라지곤 했다. 눈발이 점점 거세어지며 몸이 축축이 젖어들기 시작했지만 계절이 계절인 만큼 눈이 아침까지 쌓여 있진 않을 것이다. 머리 위에서 이는 바람에 구름들이 갈래갈래 찢어지면서 틈틈이 별들의 모습을 드러내었다.
횃불 빛이 영지 울타리 뒤로 숨는가 싶더니, 곧 어둠 속에 견고한 통나무로 된 문기둥과 그 왼편으로 쭉 뻗은 울타리가 나타났다. 오른쪽에는 넓은 통로가 만들어져 있었다. 그때 갑자기 뜰 저편 처마 밑에 횃불이 다시 나타나더니 홀 문으로 이어지는 계단을 밝혔다. 울타리를 따라 평범한 작업장들이 죽 늘어서 있었다.

캐드펠은 입구로 들어서기 전에 먼저 사람을 부르며 방문을 알렸다. 곧 마구간 문으로 한 사내가 나와 쏟아지는 눈발을 뚫고 다가오며 무어라 고함을 치자 현관 계단 머리의 홀 문이 열리면서 반가운 난로 불빛이 얼핏 드러났다.

캐드펠이 비틀거리는 할루인을 한 팔로 감싸 안은 채 대문으로 들어서자 눈발 속에서 팔이 불쑥 나타나 함께 그를 부축해 힘차게 끌어당겼다. 한 남자의 목소리가 이어졌다. "수사님들, 이런 밤에 노상에 계시다니요. 이제 됐습니다, 고생 끝입니다. 우린 수사복 입은 손님들을 절대 그냥 보내는 법이 없으니까요."

그즈음 객들을 맞이하기 위해 다른 사람들도 바깥으로 쏟아져 나왔다. 지하실에서는 머리와 어깨 위로 두건을 뒤집어쓴 젊은이가 튀어나왔고, 홀에서는 가운 차림에 턱수염을 기른 노인이 나와 계단 중간께로 내려섰다. 할루인은 반쯤 들린 채 계단을 올라가 홀로 들어섰다. 이 뜻밖의 손님들을 맞이하기 위해 집주인이 방에서 성큼성큼 걸어 나오고 있었다.

마른 편에 살결이 희고 뼈대가 긴 남자로, 짧게 손질된 밀짚 빛깔 턱수염과 같은 색의 무성한 머리칼이 돋보였다. 나이는 30대 후반쯤 되었을까. 혈색 좋고 관대해 보이는 용모에 색슨족 특유의 푸른 눈을 가진 사람인데, 놀라우리만큼 반짝이는 눈빛에서 진솔함이 느껴졌다.

"어서, 어서 들어오시지요, 수사님들! 저희 집을 찾아내 정말 다행입니다! 여기, 그분을 얼른 불 곁으로 데려오세요." 그는 베네딕토회 수사복을 한눈에 알아보았다. 홀 중앙에 놓인 난로에서 전해지는 불기운에 수사복 위로 겹겹이 내려앉았던 눈이 녹아내리고 있었다. 다리를 저는 젊은 방문객은 이제 기력이 다 빠져 잿빛 얼굴이었다. "에지타, 끝 방에 잠자리를 준비하고 에드윈한테 멀(mull. 포도주에 설탕, 향료, 달걀노른자 등을 넣어 데운 음료—옮긴이)을 많이 준비하라고 전하게."

우렁차면서도 따뜻한 그 목소리에는 진심 어린 걱정과 염려의 마음이 배어 있었다. 이어 그는 서두르는 기색 없이 하인들에게 이런저런 지시를 내리곤, 벽 앞 불기가 닿는 곳에 놓인 장의자에 앉은 할루인을 살펴보았다.

"이 젊은 수사님은 상태가 매우 나빠 보이는군요." 그가 곁에 있던 캐드펠에게 말했다. "이런 몸으로 여행을 하시다니…… 이 근방에 베네딕토회 수도원이라고는 주교님이 새로 창건하신 페어웰 수도원뿐이라 여행 중인 수사님들은 금방 구분해낼 수 있지요. 두 분은 어디서 오셨습니까?"

"슈루즈베리에서 왔소." 목발을 할루인의 손이 닿는 곳에 기대놓으며 캐드펠이 대답했다. 할루인은 몸을 뒤로 젖힌 채 눈을 감고 있었는데, 온기와 휴식 덕에 잿빛 뺨에 미약하나마 서서히 혈색이 돌기 시작했다.

"그렇게 멀리서요? 수도원장님께서 다른 주로 파견하셨나 보죠? 그렇다면 건강한 사람을 보내실 것이지 왜 하필……."

"여기 할루인 수사의 개인적인 용무를 보러 왔소." 캐드펠이 설명했다. "다른 사람은 대신할 수 없는 일이었소. 이제 우린 볼일을 마치고 집으로 돌아가는 중이오. 더디긴 하겠지만 어찌어찌 당도하겠지. 주인장처럼 자비로운 사람들이 늘 나타나 도와주니 말이오. 그나저나, 좀 물어봅시다. 여긴 대체 어디요? 내가 이 지역은 잘 알지 못하는 터라."

"제 이름은 센러드 비버스입니다. 이 영지의 이름과 같지요. 이 젊은 수사님 성함은 할루인이라고요? 그럼 수사님은요?"

"난 캐드펠이라 하오. 웨일스 출신이지만 국경 부근에서 자라 양다리를 걸쳤지. 스무 해도 더 전에 슈루즈베리에서 수사복을 입었고, 여전히 그곳에 머물고 있소. 이번 여행에 나서게 된 건, 할루인과 동행하여 그가 목표하는 곳까지 무사히 갔다가 돌아올 수 있도록 돕기 위해서요."

"쉬운 일이 아니었겠군요." 할루인의 비틀린 발을 안쓰러운 듯 바라보며 센러드가 낮은 목소리로 말을 이었다. "저런 상태로 말입니다. 하지만 이제 볼일을 마치고 돌아가는 일만 남았으니 틀림없이 여행을 무사히 마무리하실 수 있을 겁니다. 저 수사님은 어쩌다 저런 부상을 입은 겁니까?"

"지붕에서 떨어졌소. 성탄절을 앞둔 추운 날씨에 수도원에 보수할 자리가 생기는 바람에…… 저 사람 위로 슬레이트들이 떨어져서 양발이 절단되다시피 했소. 살아난 것만 해도 다행이지."

그들이 약간 떨어진 곳에서 나직이 이야기를 나누는 동안, 할루인은 마치 잠든 사람처럼 두 눈을 감고 길고 검은 속눈썹으로 움푹한 뺨에 그림자를 드리운 채 편안하게 뒤로 기대어 있었다. 집안 일꾼들의 움직임으로 부산하던 홀도 어느덧 조용해졌으니, 아마 다들 자리를 옮겨 베개와 이불을 준비하고 부엌에서 손님 대접할 것들을 만드느라 바쁠 터였다.

"포도주를 데우는 데 시간이 좀 걸리는 모양이군요." 센러드가 말했다. "두 분 다 따뜻한 걸 좀 드셔야죠. 실례가 되지 않는다면 부엌에 나가 한마디 재촉하고 오겠습니다."

그가 몸을 돌려 지나가면서 바람이라도 일으킨 듯 할루인의 속눈썹이 바르르 떨리더니, 다음 순간 눈꺼풀이 열리고 그 속의 멍한 눈길이 천천히 주변을 둘러보기 시작했다. 높다란 지붕 아래 따뜻하고 어둑한 홀, 난로의 불길, 공동 공간에서 떨어진 두 개의 골방 앞에 무겁게 늘어진 휘장…… . 조금 전에 센러드가 그들을 맞이하러 나온 방의 반쯤 열린 문틈으로 희미한 촛불 빛이 꾸준히 새어 나오고 있었다.

"제가 꿈을 꾼 걸까요?" 할루인이 의아한 듯 캐드펠을 바라보았다. "우리가 어떻게 이런 데 와 있지요? 여긴 어딥니까?"

"마음 놓게." 캐드펠이 말했다. "자넨 그 두 발로 걸어서 여기까지 왔으니까. 집 안으로 들어오는 계단에서 누군가의 도움을 잠깐 받긴 했지만 말이야. 이곳은 비버스라는 곳일세. 센러드라는 이의 영지지. 우리가 좋은 사람들을 만난 것 같아."

할루인이 깊게 숨을 들이켰다. "전 생각보다 강하지 못한 모양입니다." 너무도 서글픈 목소리였다.

"그런 말 말고 이제 좀 쉬게. 엘퍼드에서 벗어났으니까."

두 사람은 나직한 소리로 이야기를 나누었다. 많은 사람들이 사는 집 안에, 더구나 홀 한가운데 있는데도 이렇게 쥐 죽은 듯 고요하다니 놀라울 정도였다. 그들이 잠시 대화를 멈춘 순간, 반쯤 열려 있던 방문이 활짝 열리며 그 너머의 엷은 금색 촛불 빛이 끼쳐 왔다. 한 여인이 문간에 서 있었다. 실내의 희미한 빛을 등진 터라 실루엣만 보이는데도 호리호리하고 꼿꼿한 체구와 성숙하고 품위 있는 자태가 여실히 드러났다. 이 집의 또 다른 주인이자 센드러의 아내 되는 사람일 터였다. 여자가 가볍고 민첩하게 두세 걸음 걸어 홀로 들어서자 가까이 있던 횃불 빛이 그림자 진 그 얼굴에 떨어졌다. 순간 드러난 것은, 마치 요술이라도 부린 듯 예상과는 전혀 다른 모습이었다. 30대의 우아한 주인이 아니라 동그스름하고 어린 얼굴의 소녀였던 것이다. 열일곱, 많아야 열여덟이나 될까? 달걀형 얼굴에 놀란 토끼의 것처럼 큼직한 두 눈, 그 위로 진주처럼 희고 매끈한 높고 넓은 이마가 솟아 있었다.

할루인의 목구멍에서 헐떡임과 한숨의 중간쯤 되는 묘한 소리가 낮게 튀어나왔다. 그는 유령처럼 불쑥 나타난 소녀를 응시한 채 목발을 움켜잡고 몸을 일으켰다. 갑자기 낯선 사람들 앞에 서게 된 소녀 역시 할루인을 보고 황급히 뒤로 물러난 참이었다. 한순간 두 사람은 그렇게 말없이 꼼짝 않고 서 있었다. 다음 순간 소녀가 몸을 돌려 방으로 다시 달아났고, 이어 방문이 살그머니

닫혔다.

할루인의 손이 축 늘어지면서 목발이 미끄러져 바닥에 떨어졌다. 그의 얼굴과 몸 또한 서서히 아래로 무너져 내리는가 싶더니, 마침내 그는 정신을 잃고 쓰러져버렸다.

*

사람들이 그를 미리 준비해둔 조용한 방으로 옮기고 침상에 뉘었다. 홀에서 쑥 들어간 쪽방이었다. 할루인은 내내 졸도 상태에 빠져 있었다.

"기력이 쇠잔해서 그럴 거요." 캐드펠은 센러드의 걱정을 덜어주고자 담담하게 말했다. "스스로를 워낙 과하게 몰아붙인 터라…… 하지만 이제 다 끝났소. 지금부터는 우리도 시간 여유가 있으니까. 이대로 오늘 밤 내내 쉬게 두면 회복할 테니 염려 마시오. 아, 벌써 정신이 돌아온 모양이군. 눈을 뜨려 하고 있잖소."

아닌 게 아니라, 할루인이 몸을 뒤척이고 있었다. 검은 눈 위로 덮인 눈꺼풀이 파르르 떨리더니 이내 그가 눈을 뜨고 걱정 가득한 주변 사람들의 얼굴을 올려다보았다. 자신이 어디에 와 있는지, 이곳으로 옮겨지기 전에 무슨 일이 있었는지도 또렷이 기억하는 듯했다. 그는 입을 열자마자 미안한 마음을 전했다.

"제 탓입니다! 주제넘게도 과욕을 부렸어요. 하지만 이제는 아무렇지도 않습니다. 전 끄떡없어요!"

그래도 일단은 휴식이 필요했다. 주인이 두 사람을 그 자그만 방에 두고 물러간 뒤, 여러 일꾼들이 드나들며 그들을 보살폈다. 먼저 턱수염 기른 집사가 뜨겁고 향 좋은 포도주를 가져왔고, 이어 에지타라는 나이 든 여인이 들어왔다. 그녀는 손 씻을 물과 음식, 램프를 들고 와서는 뭐든 필요한 게 있으면 편히 이야기하라고 당부했다.

에지타는 60대에 들어선 듯했는데, 워낙 체구가 좋아 아주 강인하고 활동적으로 보였다. 게다가 오랜 세월 주인 내외의 신임을 받아오며 자타가 인정하는 특권까지 누리게 된 하인들에게서 흔히 볼 수 있는, 거리낌 없는 태도와 권위적인 분위기도 느껴졌다. 아마도 젊은 일꾼들의 경의를 한 몸에 받고 있을 터였다. 말쑥한 검은색 가운과 빳빳하게 세운 옷 주름, 허리춤에서 쩔렁대는 열쇠 꾸러미가 그녀의 지위를 드러내고 있었다.

저녁 늦게 에지타가 다시 들어왔다. 이번엔 싹싹하고 우아하며 음성이 부드러운 오동통한 부인과 함께였다. 센러드의 아내였다. 그녀는 존경하는 수사님들께 필요한 것이 모두 제공되었는지, 기절한 수사님은 이제 좀 회복되셨는지 자상하게 물었다. 장미처럼 예쁘장한 얼굴에 갈색 머리와 눈. 초저녁에 홀로 나오다가 낯선 사람들과 마주치고 놀라 다시 자신의 방으로 들어가버린 키 크고 호리호리한 소녀와는 전혀 다른 생김새였다.

"센러드 부부에게 자녀가 있소이까?" 부인이 나간 뒤 캐드펠이 에지타에게 물었다.

이 집안의 가족과 가족의 모든 것을 지켜야 한다고 생각하는 듯, 에지타는 잠시 입을 굳게 다물고 있었다. 수상한 질문이라 여기는 걸까? 그러나 망설임 끝에 결국 그녀는 예의 바르게 대답했다. "나리껜 장성한 아드님이 한 분 계십니다." 그러곤 잠깐이나마 상대의 호기심에 의심을 품었던 태도를 사과하듯 부연 설명을 덧붙였다. "도련님은 나가 계세요. 센러드 나리의 대군주님을 섬기러 가셨지요."

에지타 자신은 결코 눈치채지 못했겠지만, 그 목소리에는 묘한 자제심과 일종의 못마땅함이 배어 있었다. 이에 캐드펠은 잠시 의구심을 느꼈다가 곧 자신이 묻고 싶었던 것을 떠올리곤 다시 입을 열었다.

"따님은 없소? 우리가 홀에서 기다리고 있을 때 웬 젊은 여인이 잠시 나왔었는데. 그 소녀는 이 집 자녀가 아니오?"

에지타는 양 눈썹을 치올리고 입술을 굳게 다문 채 한참 동안 그를 유심히 바라보았다. 수도사라는 사람이 젊은 여자에게 관심을 가진다는 사실이 아주 못마땅한 기색이었다. 하지만 그가 이 집의 손님인 만큼 하녀인 그녀로서는 속내와 상관없이 깍듯이 예의를 지킬 수밖에 없었다.

"그 아씨는 센러드 나리의 여동생입니다." 그녀가 대답했다. "나리의 부친이신 에드릭 나리께서 말년에 재혼을 하셨지요. 나이 차이가 워낙 많이 나서, 나리께는 여동생이라기보다 딸이나 마찬가지예요. 아마 그분을 다시 보실 일은 없을 겁니다. 수사복을 입은 사람들의 은거 생활을 방해하고 싶은 마음은 없을 테니까요. 우리 아씨는 아주 철저하게 교육받고 훌륭하게 자란 분이거든요." 다름 아닌 자신이 아씨를 그렇게 키워냈다는 듯 은근한 자부심을 드러내며 에지타가 말을 맺었다. 또한 그 어조에는, 검은 수사복을 입은 양반이 어쩌다 남의 집에 들어와 젊은 여인을 봤으면 눈을 내리깔았어야 마땅하지 않느냐는 질책도 담겨 있었다.

"아, 물론 그랬겠지." 캐드펠은 자못 능청스레 말을 이었다. "부인이 그 소녀의 교육을 맡았다면 분명 그랬을 거요. 이 집 아드님도 당신이 키웠소?"

"도련님을 애지중지하시는 마님께서 그 어린것을 저 말고 어디 다른 사람 손에 맡기려 하셨겠어요?" 아이들을 떠올리기만 해도 즐거운지 노부인의 목소리는 금세 따뜻하고 다정해졌다. "누구도 저보다 잘 키우지는 못했을 거예요. 전 둘 다 제 자식처럼 사랑한답니다."

*

에지타가 나간 뒤에도 할루인은 한동안 말없이 누워 있었다. 그러나 눈은 초롱초롱 뜬 채였고, 표정도 아주 민첩하고 생생했다.

"소녀와 마주쳤던 게 정말 일어났던 일인가요?" 이미 아련하고 불확실해져버린 순간을 다시 떠올리려 애쓰는 듯 이맛살을 찌푸리며 그가 입을 열었다. "여기 누워 있는 동안 제가 왜 그렇게 쓰러졌는지 기억해보려고 애썼습니다. 목발이 떨어진 것은 생각이 나는데 그것 말고는 거의 떠오르는 게 없어요. 갑자기 따뜻한 곳에 들어와 머리가 어떻게 되었던 모양입니다."

"그래, 한 소녀가 홀로 나왔었지." 캐드펠이 대답했다. "센러드의 이복누이라는데, 스무 살 정도 터울이 지는 것 같더군. 혹시 자네가 꿈을 꾸었나 생각한다면, 아니, 그건 꿈이 아니었어. 홀에 우리가 있는 줄 전혀 모르고 자기 방에서 나오더니 당황해하며 황급히 다시 돌아가 문을 닫아버렸어. 그 일을 아예 기억하지 못하는 건가?"

그는 거의 기억하지 못했다. 정확히 말하자면, 난데없이 떠올랐다가 눈 깜박하는 사이 꿈속의 한 장면 정도로 여기고 있었다. 할루인은 생각에 골몰하여 줄곧 이마를 찌푸리고 있다가 이내 피로로 흐려진 눈을 씻어내고 싶은 듯 고개를 좌우로 흔들었다. "네…… 잘 모르겠네요. 그 방문이 열렸던 건 분명히 기억납니다. 소녀가 나왔다는 얘기도 맞는 것 같고…… 하지만 어떤 얼굴이었는지는 전혀 떠오르지 않습니다. 뭐, 내일이면 알게 되겠지요."

"다시 그 소녀를 만나는 일은 없을 걸세." 캐드펠이 말했다. "그 헌신적인 수호자가 잘 단속할 테니 말이야. 보아하니 에지타 부인은 수도사들을 그리 좋게 생각하지 않는 것 같더군. 그건 그렇고, 잠은 더 안 잘 생각인가? 램프 불을 꺼줄까?"

할루인에겐 뚜렷한 기억이 없을지 몰라도, 처음엔 촛불 빛을 등진 어두운 그림자였다가 이어 붉은 횃불 빛 속에 드러났던 그 짧은 순간의 모습이 캐드펠의 머릿속에 아주 또렷한 이미지를 각인한 터였다. 램프 불이 꺼지고 잠든 동료 옆에서 어둠 속에 누워 있는 지금 그 이미지는 점점 더 또렷해졌다. 단순한 회상의 차원이 아니었다. 왜인지 아주 특별한 의미를 지니고 있을 것만 같은 기묘하고 불안한 이미지. 그 소녀의 모습이 왜 이렇게 수수께끼처럼 느껴지는 것일까? 캐드펠은 어둠 속에서 잠 못 이룬 채 그 얼굴과 불빛 속으로 들어오던 움직임을 되새겨보았지만 달리 떠오르는 게 없었다. 과거에 만났던 어떤 여자와도 닮지 않은, 그저 보통의 소녀일 뿐이었다. 그럼에도 불구하고, 그녀를 생각하면 무언가 친숙한 감정이 차오르는 것이었다.

가녀린 체구에 비해 키가 꽤 컸어, 그는 생각을 이어갔다. 하지만 이제 막 성숙한 여인으로 변해가는 어린 여인임을 감안하면 아주 큰 키는 아니다. 몸가짐도 꽤나 꼿꼿하고 우아하긴 했지만, 아동기의 취약함이라는 함정이 아직 남아 있었고, 소리와 움직임에 일일이 긴장하는 어린 양 혹은 새끼 사슴의 돌연스러운 태도도 느껴졌어. 그녀는 깜짝 놀라 튕겨 나가듯 그들에게서 물러났다가, 정작 문을 닫을 때는 침착하게 살그머니 움직였다. 그리고 그 얼굴. 청춘과 순결과 용맹이야 항시 아름다운 것이나, 그러한 특징을 제외하면 빼어나게 아름다운 얼굴도 아니었다. 훤한 이마, 미간이 넓은 눈, 단단하고 동그스름한 턱으로 내려가며 점차 가늘어지는 달걀형 얼굴. 머리에는 아무것도 쓰지 않았고, 갈색 머리를 뒤로 땋아 내려 높이 솟은 하얀 이마와 수평의 짙은 눈썹, 긴 속눈썹 밑에 자리한 큼직한 두 눈이 한층 돋보였다. 가히 눈이 얼굴의 절반을 차지한 듯했다. 순수한 갈색은 아니었던 것으로 캐드펠은 기억했다. 짙기는 했지만 투명함과 깊이와 광채가 숨어 있음을 그 짧은 순간에도 느낄 수 있었다. 녹색이 섞인 짙은 개암나무에 가까운 색이라 할 수 있을 그 눈은 너무도 맑고 깊어 풍덩 뛰어들면 잠겨버릴 것만 같았다. 상처받기 쉬워 보이는, 그러나 완벽하게 진솔하며 두려움이라곤 전혀 없는 눈. 사람 손에 잡히거나 상처 입은 적 없는 젊고 거칠고 혈기 왕성한 야생 짐승이 아마 그런 눈을 가졌으리라. 광대뼈는 모난 데 없이 아름다운 선을 이루고 있었으니, 그 얼굴에서 가장 돋보이는 눈 다음으로 매력적이었다.

 캐드펠은 이 모든 것들을 마음속에 정확히 그려보았다. 거기 대체 무엇이 있기에 그를 이렇게 불편하게 만드는 것일까? 무엇이 마치 다른 어느 여인에 대한 아스라한 기억처럼 그의 가슴을 찌른단 말인가? 그는 어느새 자신이 아는 여자들, 파란만장했던 긴 일생을 거쳐 간 사람들의 절반을 차지하는 얼굴들을 하나씩 불러내고 있었다. 혹시라도 그중에 생김새의 특징이나 몸가짐, 손동작, 무엇이든 간에 맞아떨어지는 게 나오지 않을까? 그러나 맞는 짝은커녕 비슷한 것조차 없었다. 센러드의 여동생은 저 혼자, 독특한 고유의 모습으로 이렇게 그를 사로잡고 있었다. 한순간 나타났다 사라졌을 뿐인데, 그리고 어쩌면 두 번 다시 볼 수 없을지도 모르는데.

그럼에도 불구하고, 그가 잠으로 빠져드는 순간 눈꺼풀 밑에서 마지막으로 보인 영상은 바로 그녀의 놀란 얼굴이었다.

*

아침이 되자 대기의 찬 기운은 가시고 없었다. 쌓였던 눈은 벌써 녹기 시작하여 찢어진 레이스처럼 남았거나 담벼락과 나무둥치 밑으로 흔적 없이 사라지고 있었다. 홀 문에 서서 바깥을 내다보던 캐드펠은 차라리 눈이 계속 와주었으면 싶었다. 저 모습을 보면 할루인이 즉각 길을 떠나자고 고집을 부릴 터였다. 하지만 결과적으로 이는 공연한 걱정이었다. 영지 전체가 기상하고 하루일과가 시작되고 얼마 지나지 않아 센러드의 집사가 그를 찾아와, 주인께서 부탁드릴 것이 있다며 조반을 마치면 방에 좀 들러주십사 청했다고 전했다.

바닥 판자를 때리는 할루인의 목발 소리가 공허하게 울리는 가운데 그들이 방으로 들어섰을 때, 센러드는 홀로 앉아 있었다. 길고 좁은 창 두 곳으로 들어오는 햇살이 방을 밝혀주었다. 창가의 안락한 좌석, 한쪽 벽에 붙여놓은 기다란 궤짝 형태의 조각된 탁자, 영주 전용의 기품 있는 의자가 보였다. 커튼과 쿠션 들을 장식한 섬세한 자수, 그리고 한쪽 구석에 놓인 태피스트리 틀과 거기 걸려 있는 밝은 색상의 실들로 미루어보건대 아마 안주인 에마 부인이 살림을 꽤나 세심하게 운영하는 모양이었다. 저 모든 것을 부인이 직접 짜 만들었으리라.

"편히 잘 주무셨습니까, 수사님들?" 센러드가 일어나 그들을 맞이했다. "젊은 수사님은 어젯밤 그 일 이후로 좋아지셨는지요? 혹시 집안사람들이 챙기지 못한 게 있거든 편히 말씀하십시오. 이곳을 두 분의 집이다 생각하고 이용하세요. 그리고 이건 제 희망 사항인데, 만일 오늘 떠나실 생각이었다면 부디 마음을 바꾸어 하루 이틀 더 있다 출발해주셨으면 합니다."

캐드펠도 같은 생각이었지만 할루인이 또 강박에 가까운 그 양심을 내세워 반대하지나 않을까 걱정스러웠다. 아닌 게 아니라 할루인은 얼른 입을 열었는데, 미처 말을 꺼낼 겨를도 없이 센러드가 한발 앞서 이를 막았다.

"사실 두 분께 부탁드릴 게 있어서요…… 두 분 중에 혹시 사제직 서품을 받은 분이 계시는지요?"

7

"네, 제가 사제입니다만." 잠시 어리둥절해져서 침묵을 지키던 할루인이 대답했다. "수도원에 들어오면서부터 성직자 수업을 받아 서른 살 때 신부가 되었습니다. 젊어서 수도원에 들어오는 이들은 그리하도록 장려하는 분위기이기도 하고요. 그런데, 제가 신부로서 뭘 도와드릴 수 있을까요?"

"혼인을 성사시켜주셨으면 합니다." 센러드가 말했다.

이번에는 침묵이 더 길었고, 두 사람은 신중하게 생각에 잠겨 주인을 바라보았다. 집안에서 혼인을 생각하고 있다면 상식적으로 신부를 모셔올 준비도 해두지 않았을까? 게다가 신부는 눈보라를 만나 우연히 밤길에 이곳을 찾은 타지의 베네딕토회 신부가 아니라, 지역 상황에 밝고 양측에 대해서도 잘 아는 사람이어야 마땅할 텐데……. 자신을 유심히 응시하는 할루인의 얼굴에 어린 의구심을 센러드도 읽은 모양이었다.
"무슨 말씀을 하시려는지 잘 압니다. 물론 우리 교구신부께 맡기는 편이 합당하겠지요. 하지만 이곳 비버스엔 교회가 없습니다. 언젠가 제가 지어서 기증할 생각이긴 하지만요. 또 어쩌다 보니 우리 이웃 교구의 교회에도 당장은 신부가 없는 형편이에요. 성직자 추천권이 주교에게 있으니 그분이 적당한 분으로 결정해주실 때까지 기다려야 하지요. 그래서 집안사람 중 교단에 있는 사촌 하나를 불러올까 했는데, 두 분이 도와주신다면 굳이 이런 날씨에 여기까지 여행하게 할 필요가 없으리라는 생각이 들어서 말입니다. 분명히 말씀드리지만 이 일에 다른 내막이 있거나 한 건 아닙니다. 다소 서두르는 감이 있다면, 그만한 이유가 있어서고요. 자, 일단 앉으시지요. 제가 사정을 다 말씀드리겠습니다. 그러니 제 얘기를 들은 뒤 판단해주십시오."
그는 충동적인 천성을 드러내며 성큼성큼 앞으로 다가오더니 할루인을 도와 창가의 푹신한 좌석에 앉혀주었다. 캐드펠도 동료 옆에 가 앉았다. 그 자신은 신부가 아니라 어려운 결정을 내릴 필요가 없었기에 그저 지켜보고 듣는 것에 만족할 참이었다. 무엇보다, 할루인의 상태를 생각하면 출발이 연기되어 다행스러울 뿐이었다.
"제 부친께서는 말년에 재혼을 하셨습니다." 센러드가 찬찬히 말을 꺼냈다. "서른 살 연하의 아내였지요. 저는 당시 이미 혼인한 몸이었는데, 아들이 한 살 되었을 때 여동생 헬리센드가 태어났습니다. 두 아이는 이 집에서 마치 오누이처럼 함께 자랐고, 그래서 아주 가까울 수밖에 없었죠. 우리 어른들도 이를 당연히 여기며 두 아이가 친구처럼 지내는 것을 기뻐했고요. 사실 제 잘못이 큽니다. 그 아이들이 놀이 친구 이상의 관계로 넘어갔다는 사실을 전혀 눈치채지 못했으니까요. 어린 시절의 우정과 애정이 세월이 흐르며 그런 위험하기 짝이 없는 관계로 변하리라고는 상상도 못 했지요. 제 눈으로 직접 두 아이를 지켜보는 동안 그런 기미는 전혀 없었거든요. 수사님들, 그들은 너무도 오랜 시간을 단둘이 보내며 애정을 키웠습니다. 바로 제 코앞에서요. 제가 그 사실을 깨닫게 되었을 땐 이미 너무 늦은 뒤였죠. 그들은 서로 사랑하고 있습니다. 아주 가까운 혈연간이니 이는 파문감이지요. 하지만 다행히도 아직까진 육체의 죄는 범하지 않은 것 같습니다. 정말이지 저로선 그 둘 모두에게 최선이 되는 길을, 둘 다 행복해질 수 있는 길을 찾고 싶을 따름인데, 가증스러운 사랑에 빠져 있는 그들에게 대체 무슨 행복이 있을지 의문이 들긴 합니다. 어쨌든 지금으로선 일단 두 사람을 떼어놓고 시간이 아픔을 날려주겠거니 생각하며 기다리는 수밖에 없어요. 제 아들은 지금 무예나 배우며 수련하라고 대군주께 보내놓은 상태입니다. 그분은 제 절친한 벗이기도 해서 아들을 보낸 연유와 필요성에 대해서도 잘 알고 계시지요. 그렇게 내쫓기듯 떠나게 되어 속이 상했겠지만, 그래도 아들은 내가 허락할 때까진 돌아오지 않겠다고 맹세했습니다. 이러한 조치가 과연 옳았을까요?"
 "다른 방도가 없었을 것 같군요." 할루인이 천천히 말했다. "하지만 일이 그 지경에 이르도록 막지 못한 것은 유감입니다."
 "맞습니다. 그 둘이 워낙 아기 적부터 오누이처럼 자랐으니 결혼까지 생각하는 애정 관계로 발전하리라곤 아예 생각도 못 했어요. 가끔은 에지타가 원망스럽기도 합니다. 제가 미처 눈치채지 못한 부분을 그녀는 알고 있지 않았을까요? 에지타는 늘 아이들이 제멋대로 굴도록 내버려두지요. 그러면서 나나 아내에겐 결코, 단 한 번도 언질을 주지 않고요…… 어쨌거나, 잘한 짓이든 못한 짓이든 전 이대로 계속 밀고 나가야 합니다오."
 이때 캐드펠이 처음으로 입을 열었다. "혹시, 아드님 이름이 로셀린 아니오?"
 센러드가 놀라 번득이는 눈길로 캐드펠의 얼굴을 쳐다보았다. "그렇습니다. 수사님이 그 아이 이름을 어떻게 아십니까?"
 "그리고 당신의 대군주는 오데마 드 클리어리고요. 우린 엘퍼드에서 곧장 이리로 왔소. 거기서 아드님과도 이야기를 나누었지. 여기 이 할루인 수사가 힘들어할 때마다 그가 든든한 팔과 어깨를 내어주었소."
 "그 아이와 이야기를 나누셨다고요! 그래, 어떤 말을 하던가요? 제 아비에 대해 뭐라고 했지요?" 그는 아들의 불평과 부자간의 불화에 대한 이야기가 나오리라는 생각에 가슴 아파하며 얼굴을 일그러뜨렸다.

"별 이야기 않던데. 당신이 편한 마음으로 듣지 못할 내용은 전혀 없었소. 당신 여동생에 대한 얘기도 없었고. 그저 부친의 뜻에 따라 집을 떠나 있다고, 자신은 아들로서 복종의 의무를 저버릴 수 없다고 하더군. 사실 그와 대화를 나눈 시간은 길어야 몇 분에 불과하오. 그것도 아주 우연하게 말이지. 그사이 당신이 아들을 흐뭇해하고 자랑스러워하지 못할 만한 구석은 전혀 발견하지 못했소. 생각해보시오. 그는 여기서 4킬로미터도 채 떨어지지 않은 곳에 가 있고, 게다가 본인의 의지에 반해 그러고 있으면서도 당신과 한 약속을 충실히 지키고 있잖소? 아, 그러고 보니 그와 나눈 이야기 중 생각나는 게 하나 있군." 캐드펠은 갑작스레 예리한 눈길을 던지며 말을 이었다. "당신은 그의 아버지이니 그 내용을 들을 권리가 있겠지. 그가 이런 질문을 했소, 아주 진지하게 말이오. 영원히 불가능한 것, 금지된 것을 지극히 소망한 끝에 결국 수도원으로 들어간 사람들은 그렇게 하여 결국 새로운 삶을 얻게 되느냐고……."

"그건 안 돼!" 센러드가 고함을 질렀다. "말도 안 됩니다! 그 아이가 무기와 명성을 등지고 수도원으로 몸을 숨긴다니, 결코 용납할 수 없는 일입니다. 그 아인 그렇게 살 아이가 아니에요! 앞길이 창창한 청년이라고요! 수사님, 그 말씀을 듣고 보니 제가 마음먹은 일에 대한 확신이 더욱 커지는군요. 기왕 치러야 할 일이라면 미룰 필요가 없죠. 일단 일이 끝나면 그 아이도 받아들일 겁니다. 더는 그런 불가능을 바라고 갈망하지 않을 거예요. 예,

저는 여동생이 결혼해주길, 그리하여 이 집에서 나가주길 간절히 원하고 있습니다. 그래야만 로셀린이 다시 집으로 돌아올 수 있으니까요."

"당신 뜻은 잘 알겠습니다." 할루인이 퀭한 눈을 부릅뜨고 도전적으로 그를 바라보았다. "하지만 동생분이 원하지 않는데 그런 이유로 결혼을 강요하는 것은 온당치 못한 일입니다. 당신이 아무리 큰 곤경에 처해 있다 할지라도, 한 사람을 지키기 위해 다른 한 사람을 희생시킬 수는 없어요."

"아니에요, 수사님께선 상황을 잘못 알고 계십니다." 센러드는 다소 누그러든 목소리로 말을 이었다. "난 어린 여동생을 사랑합니다. 늘 그 아이와 허물없이, 또 동등하게 대화해왔지요. 두 사람이 지금 얼마나 큰 위험 앞에 놓여 있는지 그 아인 잘 알며, 그러한 사랑은 결실을 맺을 수 없다는 점도 인정하고 있어요. 그 끔찍한 매듭이 제대로 풀리길 동생 역시 나 못지않게 진심으로 바라고 있습니다. 그 아인 로셀린이 영예로운 길을 걷길 바랄 뿐이에요. 그만큼 그 아이를 사랑하니까요. 그의 앞길을 망치느니 차라리 다른 남자와 결혼하여 떠나는 길을 택하기로 한 것도 바로 그 아이 자신이었습니다. 강요해서 받아낸 항복이 아니에요. 물론 아무나 닥치는 대로 결혼 상대를 고르지도 않았고요. 저로선 동생을 위해 최선을 다해, 어느 가문이라도 환영할 만한 그런 배필을 구했습니다. 장 드 페로네는 재능도 많고 재산도 많은 좋은 조건의 청년이지요. 오늘 그가 이곳에 오기로 했으니 두 분도 직접 확인하실 수 있을 겁니다. 헬리센드도 이미 그를 알고 있으며, 아직 사랑한다고는 할 수 없지만 꽤 좋게 생각하지요. 그가 내 여동생에게 크게 끌리고 있으니 곧 서로 사랑하게 될 겁니다. 그래요, 그 아인 이 혼인에 완전히 동의했습니다. 드 페로네도 이를 대단히 유익한 혼사로 생각하고요." 이어 그가 우울한 목소리로 덧붙였다. "그의 영지는 아주 멀리 있습니다. 결혼하면 그 애를 자기 고향인 버킹엄으로, 로셀린이 다시는 볼 수 없는 곳으로 데려가겠지요. 못 본다고 쉬 마음이 접히지는 않겠지만 제아무리 깊은 상처도 결국은 치유되는 법, 적어도 세월이 가면 기억 속의 얼굴도 점차 희미해질 테지요."

깊은 불안과 고뇌 때문에 웅변적인 투로 말을 쏟아냈지만, 결국 그는 가족 모두에게 최선이 될 방책을 찾아 애쓰는 유순하고 선량한 사람이었다. 반면 캐드펠은 할루인의 여윈 얼굴이 조금씩 창백해져가고 있음을 눈치챘다. 그는 아플 정도로 입술을 꼭 다문 채 수사복 무릎 위에 마주 잡은 두 손의 뼈가 하얗게 불거질 정도로 잔뜩 힘을 주고 있었다. 센러드에겐 그를 자극하거나 감동시키려는 의도가 전혀 없었지만 그 입에서 나온 말들이 스스로 힘을 얻어 할루인이 지금껏 치유하고자 애써온 해묵은 상처를 활짝 열어젖힌 것이었다. 지금쯤 그의 머릿속에서는 열여덟 해라는 긴 세월을 지나오며 다소 희미해졌을 한 여인의 얼굴이 다시 생생하게 되살아났을 터였다. 속으로 꾸준히 곪아온 상처는 또 한 번 바깥으로 꺼내어 씻어내기 전에는 결코 치료될 수 없는 법. 그리고 그땐, 필요하다면 불이라도 갖다 대야 하리라.

"그러니 두 분도 그렇고 저도 그렇고……" 센러드가 다시 입을 열었다. "혹시라도 아이가 드 페로네한테 박대받거나 무시당하지 않을까 우려할 필요는 없을 겁니다. 드 페로네는 이미 2년 전에 청혼을 해온 바 있지요. 당시 여동생은 그 사람은 물론 어떤 구혼자도 받아들이려 하지 않았고요. 그랬음에도 그는 조용히 물러나 때를 기다려왔습니다."

"당신의 아내도 이 혼사에 동의하시오?" 캐드펠이 물었다.

"우리 셋이 함께 모여 의논하고 동의한 일입니다. 수사님들도 중요한 일을 결정할 때 그렇게 하시지 않나요?" 센러드는 진솔하게 대답했다. "사실, 신랑이 오기로 한 전날 밤 사제분들이 내 집으로 찾아온 걸 보고는 정말이지 이게 축복이구나 싶었습니다. 제발 부탁드립니다. 부디 내일까지 머물면서 그들의 혼인을 주재해주시지요."

마침내 할루인이 뒤틀린 양손을 천천히 풀고는 마치 고통에서 막 깨어난 사람처럼 숨을 들이켰다. 그러곤 낮은 소리로 말했다. "그러지요. 그들을 맺어주겠습니다."

*

"잘한 결정이라 생각합니다." 처소로 돌아오자 할루인이 입을 열었다. 그 판단에 대한 확신을 구하는 말이라기보다는, 자신은 이 혼사에 지지나 공감을 표하고 싶지 않으며 다만 일종의 의무로써 이를 받아들인다는 의미 같았다. "가까이 있는 것이 얼마나 위험한지는 저 자신이 너무도 잘 아니까요. 게다가 그들의 경우는 지난날의 제 경우보다 훨씬 절망적이지요. 수사님, 전 지금 오래전에 사라졌다 믿었던 메아리를 다시 듣고 있는 기분입니다. 그 모든 일이 하나의 목적을 향하고 있었어요. 생각해보십시오, 제가 지붕에서 추락한 이유가 무엇이겠습니까? 그 일로 저는 스스로가 벌써 얼마나 깊은 나락에 빠져 있었는지 깨닫고 새로운 시험의 길에 나설 수 있었지요. 불구자로 다시 태어나 육체와 정신의 순례를 감행하게 된 겁니다. 건강하고 온전한 몸이었을 땐 두려워서 못 했던 일을 말이에요. 결국 주님의 뜻이 작용하신 것으로 봐야 하지 않을까요? 순례를 감행하여 곤궁에 처한 다른 영혼에게 은혜를 베풀라고 말입니다. 우리가 이곳으로 온 것도 결국 주님의 인도하심이 아니었을까요?"

"인도를 받았다기보다는 쫓기듯 들어왔다고 하는 편이 정확하겠지." 시야를 가로막은 눈보라와 어둠 속에서 유혹하듯 깜박이던 작은 횃불 빛을 떠올리며 캐드펠이 대꾸했다.

"어쨌거나 우리가 신랑이 오기 전날 밤 당도했으니 때가 아주 적절했던 건 사실이지요. 저로선 그저 주님께서 올바른 길로 인도해주시리라 믿고 그날그날의 짐을 질밖에요." 그가 말을 이었다. "그나저나 수사님, 늙어서 재혼하는 경우 말입니다. 책임지지 못하는 유감스러운 상황을 낳기 쉬운 것 같군요. 함께 바닥을 뒹굴며 놀던 두 아기가 자신들이 고모와 조카 사이라는 것을 어찌 인지했겠습니까? 결실을 맺을 수 없는 사이라는 걸 어떻게 이해하느냐고요. 그런 결실 없는 곳에 사랑이 싹트다니, 그저 안타까울 따름입니다."

"난 그렇게 보지 않네." 캐드펠이 말했다. "사랑이 들어가 결실을 얻지 못하는 법은 없거든. 생각해보게, 적어도 자넨 평온을 얻고 하루 이틀 더 쉴 수 있게 되지 않았는가. 이게 모두 그 덕이지 뭔가. 어쨌거나 시기가 딱 적절했다는 자네 말은 맞는군."

더하여 이 혼사는 할루인이 귀환 중에 얻은 휴식을 가장 유용하게 쓰는 길이기도 했다. 그는 이미 인내력의 끝에 달해 있던 터였다. 캐드펠은 그를 쉬게 내버려두고 비버스 영지의 햇살을 받으러 밖으로 나섰다. 찬 기운 없이, 바람이 적당히 부는 흐린 날씨였다. 이따금씩 가는 빗발이 공중에 흩날렸지만 오래 지속되지는 않았다.

그는 집 전체를 살펴보려고 울타리가 쳐진 널따란 마당을 가로질러 대문 쪽으로 걸었다. 저 위쪽 가파른 지붕에 창들이 난 것으로 보아, 할루인과 그가 묵고 있는 거처 외에도 비어 있는 방이 두어 곳 있는 듯했다. 그중 한 곳에서는 아마도 지금쯤 새신랑을 맞을 채비가 한창이리라. 그러나 하루 일과가 부산하게 펼쳐지는 마당에는 어디에도 서두름이나 혼란의 기미가 없었으니, 한마디로 질서가 잘 잡혀 있는 곳이었다.

방책 울타리 너머로는 들판과 작은 숲, 나무가 드문드문 들어선 고지대의 부드러운 물결이 펼쳐져 있었다. 푸르러야 할 것들이 아직 하얗게 말라 있긴 했으나, 검은 가지들에 봄의 새싹을 틔울 작은 마디들이 여기저기 솟아나기 시작한 참이었다. 장식처럼 살짝 덮인 눈이 주변의 파인 곳이나 피난처의 윤곽을 드러내었는데, 낮게 걸린 구름들을 비집고 어느새 햇살 한줄기가 새어 드는 것으로 보아 정오쯤 되면 그 잔해마저 모두 사라지고 없을 터였다.

마구간과 새장에는 먹이가 그득했다. 관심 있는 방문객이 언제 들여다보아도 흠결을 찾을 수 없게끔 하인들이 긍지를 가지고 가꾸는 듯했다. 헛간 구석에는 암사냥개 한 마리가 깨끗한 짚 속에 몸을 튼 채 누워 있고, 태어난 지 다섯 주쯤 되어 보이는 강아지 여섯 마리가 그 주위에 붙어 있었다. 캐드펠은 유혹을 이기지 못하고 어두컴컴한 그 헛간으로 들어갔다. 어린것 한 마리를 집어 들었는데도 어미는 태연한 것이, 마치 제 새끼를 예뻐해주어 고마운 기색이었다. 그의 품에 안긴 부드럽고 따뜻한 강아지에게서 갓 구운 빵 비슷한 냄새가 났다. 잠시 뒤, 녀석을 제 형제들 사이에 도로 넣어주려고 막 몸을 굽힐 때였다. 뒤에서 또랑또랑하고 냉담한 목소리가 들려왔다.

"절 혼인시키려고 오신 신부님인가요?"

그녀는 문간에 서 있었는데 이번에도 빛을 등진 채라 그 윤곽만 보였다. 생생하고 가벼운 음성은 제 나이에 속했으나 태도가 너무도 침착하고 자신감에 차 있어 30대의 성숙하고 당당한 여인으로 오인하기에 충분했다. 헬리센드 비버스는 아직 신랑을 맞을 준비도 시작하지 않아 수수한 진청색 모직 가운 차림이었다. 한쪽 손에는 개들에게 줄 고기와 음식이 담긴, 모락모락 김이 피어오르는 들통이 들려 있었다.

"혼사를 위해 오신 신부님 맞죠?" 그녀가 거듭 물었다.

"아니," 캐드펠이 개들 쪽으로 굽혔던 상체를 천천히 들며 대답했다. "신부는 할루인 수사요. 난 성직 공부를 한 바 없소이다. 나 자신을 잘 알거든."

"그럼, 다리를 저는 그분이 신부군요." 그 목소리에는 사심 없는 연민이 담겨 있었다. "그분도 참 안됐네요. 집안 식솔들이 편안하게 모셔야 할 텐데. 어쨌든 수사님도 제 혼인에 대해 아시겠지요. 오늘 장이 이곳으로 오게 되어 있다는 것도."

"당신 오라버니한테 들었소." 문득 그림자가 옆으로 비켜나며 그 달걀형 얼굴의 이목구비를 드러냈다. 꾸밈없고 가냘픈 선 하나하나가 그녀의 젊음을 말해주고 있었다. "하지만 그가 말하지 않은 것도 있겠지. 아마 소문으로나 들을 수 있을 법한 것들 말이오." 캐드펠은 그녀를 유심히 관찰하며 말을 이었다. "이 혼인이 정말 당신의 동의하에 진행되는 게 맞소? 그건 오직 당신만이 말해줄 수 있소."

그녀는 잠시 침묵을 지켰다. 대답을 주저한다기보다는 그와 같은 질문을 제기하는 이에게 흥미를 느껴서인 것 같았다. 굽히지 않는 정직성이 배어나는 커다란 두 눈이 상대의 의중을 간파하려는 듯 날카롭게 그를 향했다. 만일 자신의 필요와 곤경을 털어놓기엔 캐드펠이 너무 낯선 사람이라 판단한다면 아마 적당히 예의나 표하고 그쯤에서 대화를 마무리할 것이다. 불쑥 끼어든 호기심에 불과할지 모를 그의 질문을 못 들은 척 대답 없이 넘겨버리리라. 그러나 그녀는 그렇게 하지 않았다.

"한 사람의 성인으로서 자유로이 행동한 것이냐 물으시는 거라면……" 헬리센드가 입을 열었다. "그렇습니다. 제 의사에 따라 결정했어요. 세상에는 지켜야 할 규칙이 있지요. 권리와 필요를 지닌 다른 사람들과 더불어 세상을 사는 우리는 결국 서로서로 얽매여 있는 셈입니다. 수사님께서 할루인 수사님께—아니, 할루인 신부님이라 해야겠지요—전해주시면 좋겠군요. 저 때문에 염려하실 것 없다고요. 제가 하고 있는 일은 저 자신이 잘 압니다. 아무도 제 손을 잡아끌지 않았어요."

"알겠소." 캐드펠이 말했다. "하지만 내가 보기에 그 행동은 당신 자신을 위한 것이 아니라 남들을 위한 것인 듯하군."

"그렇게 전하셔도 상관없습니다. 제가 남들을 위해 그렇게 하기로, 자유로운 의지로써 결정을 내렸다고요."

"그렇다면 장 드 페로네는 뭐가 된단 말이오?"

이 질문에 그녀의 굳어 있던 입술이 파르르 떨렸다. 단호한 결심 속에 침착한 척하고 있지만 그 한 가지, 남편 될 사람에게 공정한 짓이 못 된다는 사실이 여전히 마음을 흔드는 모양이었다. 센러드가 새신랑에게 내막을 알려주었을 리는 만무했다. 당신은 싸늘하게 식은 가슴으로 남겨진 비참한 잔류자를 거둬 가는 것일 뿐이라고 털어놓을 수는 없지 않겠는가. 이 혼인의 비밀은 오직 가족들만 품고 살 것이다. 결국 불운한 한 쌍 앞에 남은 유일한 희망은 시간과 함께 사랑이, 아니 사랑 비슷한 것이라도 싹트는 것뿐이었으니, 그렇게만 된다면야 다른 수많은 혼인들보다 더 나은 결합이 될 수도 있겠지만 아직은 요원한 일이었다.

"제가 노력해야죠." 그녀가 흔들림 없이 말했다. "그가 요구하는 것, 바라고 기대하는 모든 것을 줄 수 있도록 노력할 겁니다. 그는 충분한 자격을 갖춘 사람이에요. 저한테서 최선의 것들을 받게 될 겁니다."

그것으로 다 됐다고 할 수는 없지 않느냐 되물을 필요도 없었다. 그녀 자신이 이미 잘 알며, 다른 도리 없이 속임수를 써야 할 입장으로서 마음이 편치 않은 상태였다. 아니, 어쩌면 다 봉합했다고 여겼던 깊은 불안의 심연이 이 어두컴컴한 헛간에서 오간 얘기들 때문에 다시 벌어진 것일까? 사정이야 어떻든, 그 짐을 덜어줄 방도가 없을 바에야 그대로 두는 편이 나으리라.

"당신의 모든 일에 축복이 있길 바라오." 캐드펠은 이렇게 말한 뒤 한 걸음 물러나 길을 터주었다. 새끼들에 둘러싸여 있던 암캐가 몸을 털고 일어나서는 기다렸다는 듯 꼬리를 흔들며 들통에 코를 들이밀었다. 출생과 결혼, 죽음, 축제 속에서도 이런 평범한 하루하루가 이어지는 법이다. 문간에서 뒤를 돌아보니 헬리센드가 몸을 구부려 개의 밥그릇을 채워주고 있었다. 앞 다투어 달려

드는 강아지들 사이로 그녀의 땋은 갈색 머리채가 무겁게 흔들렸다. 그녀는 뒤돌아보지 않았다. 그러나 자신이 마침내 돌아서서 조용히 사라질 때까지 그를 예민하게 의식하고 있음을 캐드펠은 느낄 수 있었다.

*

"애지중지 길렀으니 보고 싶겠군." 정오 무렵 음식을 가지고 들어온 에지타에게 캐드펠이 말했다. "아니지, 그녀가 결혼하면 당신도 같이 남쪽으로 가는 거요?"

천성이 과묵한 노부인은 잠시 우물쭈물했지만, 아끼는 사람을 잃는다는 생각에 도무지 가라앉힐 수 없는 마음의 짐을 덜고 싶어 하는 기색이 역력했다. 빳빳한 옷깃 사이로 그녀의 시든 뺨이 떨리고 있었다.

"이 나이에 낯선 곳에 가서 뭘 하겠어요? 난 이제 너무 늙어서 별 가치가 없답니다. 이 집에 계속 있을 거예요. 그래도 여기서는 뭐가 어찌 돌아가는지 알고, 다른 사람들도 다 저를 아니까요. 낯선 집안에서 지금처럼 존경이나 받을 수 있겠어요? 하지만…… 예, 아가씨는 떠나겠죠. 가고말고요! 그분은 가야만 하기 때문에 가요. 상대 젊은이도 그만하면 훌륭하고…… 정말 안타까운 일이에요. 그 어린 양의 눈과 가슴에 다른 사람이 자리 잡지만 않았어도……!"

"그래서 그 사람과 닿지 못할 먼 곳으로 떠나게 되었죠." 할루인이 부드러운 목소리로 중얼거렸다. 그러나 그의 얼굴은 파리했고, 고개를 돌려 말없이 응시하는 에지타의 시선에 금세 눈길을 피해버렸다.

에지타는 시든 블루벨 꽃처럼 옅은 담청색 눈을 가지고 있었다. 늙어 듬성해진 속눈썹이 빈약한 그늘을 드리운 그 눈도 한때는 일일초 빛깔에 가까웠으리라.

"우리 나리께서 다 말씀하신 모양이네요." 그녀가 말했다. "예, 그래요. 사실 그러지 않으면 그분의 상황은 더 나빠질 거예요. 저도 잘 알아요! 그 옛날 전 그분 어머님을 모시고 이리로 왔습죠. 그때도 사랑으로 맺어진 혼사는 아니었어요. 신부는 너무 어렸고, 신랑은 그보다 세 곱절이나 더 나이를 먹었으니까요. 그분도 점잖고 자상한 어른이긴 했지만, 너무 늙은 신랑이었어요! 가엾은 우리 아씨에겐 가까운 집안사람이 절실히 필요했지요. 자기를 잘 아는, 믿을 수 있는 사람 말이에요. 그래서 제가 온 거예요. 뭐, 그래도 이번 경우엔 신랑이 젊기라도 하잖아요."

"헬리센드의 모친은 돌아가셨소?" 캐드펠은 이곳에 와 잠깐이긴 하지만 마음이 쓰였던 점에 대해 물었다. 그 부분에 대해선 여전히 아무 설명도 듣지 못한 터였다.

"아뇨, 살아 계세요. 하지만 부군이 사망하자 폴스워스 수녀원[13]으로 가 수녀복을 입으셨지요. 올해로 8년쯤 되었을 겁니다. 수사님들과 같은 베네딕토회 소속이시죠. 평소에도 종교에 관심이 많으셨는데, 마침내 부군이 돌아가시고 얼마 안 되어 마침내 그런 선택을 하시더군요. 왜 그렇잖아요, 젊은 나이에 남편을 잃으면 사람들 입에 오르내리기 시작하고 저울질당하고……. 그러다 재혼을 독촉받게 되자 차라리 속세를 등지는 쪽을 택하신 거예요. 그것이 그분께는 유일한 탈출구였죠." 여기까지 말하고 에지타는 입을 다물었다.

"그래서 자기 친딸을 어미 없는 아이로 만들었단 말이오?" 할루인이 물었다. 의도와 달리, 그 말은 비난의 기미가 섞인 높은 음성으로 튀어나왔다.

"그분은 따님에게 더없이 좋은 어머니들을 남기고 떠나셨어요! 에마 부인과 제게 맡기셨으니까!" 한순간 에지타는 감정이 북받치는 듯 울컥했지만 곧 눈을 내리뜨며 눈동자에 타오른 불꽃을 억눌렀다. "아씨에겐 어머니가 셋이고 셋 다 좋은 사람이에요. 지금 이 집 안주인인 에마 마님은 결코 어린아이에게 엄격한 분이 아니죠. 사실 지나칠 정도로 관대해서 늘 도련님과 아씨 뜻을 들어주셨어요. 그리고…… 사실 아씨의 친어머니는 외롭고 우울한 생활을 하셨죠. 그러다 재혼 이야기가 나오자 결코 그럴 수는 없다 하시며 흔쾌히 수녀복을 입으셨고요."

"헬리센드는 그런 탈출구에 대해 생각해본 적이 없고?" 캐드펠이 물었다.

"그건 말도 안 될 얘기예요! 우리 아씨가 그런 생각을 품는다니…… 본인의 의지로 택한다면야 그곳도 축복의 피난처가 되겠지만, 떠밀려서 마지못해 들어선 사람들에겐 지상의 지옥이나 마찬가지 아닙니까! 이런, 못된 혀를 함부로 놀려 죄송하네요, 수사님들. 두 분이야 물론 자신의 소명을 깨닫고 가장 합당한 이유로써 수사복을 입으셨겠지요. 하지만 헬리센드는…… 안 돼요, 그분이 그런 길을 가는 것, 전 바라지 않아요. 차선책이 필요하다면 차라리 페로네 쪽이 훨씬 낫지요." 그녀는 그들이 비운 크고 작은 접시들을 주워 모은 뒤 주전자를 들어 두 사람의 잔을 채웠다. "듣자 하니 수사님들은 엘퍼드에 다녀오시는 길이라던데, 거기서 로셀린을 보셨다고요?"

"그렇소." 캐드펠이 대답했다. "바로 어제 엘퍼드에서 떠나왔지. 우연히 그 청년과 잠시 얘기를 나누긴 했소만, 바로 이웃해 있는 이곳 비버스 영지 사람이라는 건 오늘 아침에야 알았소."

"그래, 우리 도련님은 어때 보이던가요?" 에지타의 목소리에서는 간절함이 묻어 나왔다. "잘 지내고 있는지요? 의기소침해 있진 않던가요? 못 본 지가 한 달이 넘었어요. 마치 죄 짓고 쫓겨나는 시동처럼 자기 집에서 그렇게 떠나갔으니 얼마나 억울하고 서러운 심정이었을지…… 아무 잘못도 하지 않았고 나쁜 생각도 품지 않았는데 말이에요. 정말 얼마나 착한 청년인지 몰라요! 그래, 그가 뭐라던가요?"

"글쎄, 어쨌든 건강에는 아무 탈이 없어 보였소." 캐드펠은 조심스레 말을 이었다. "기분도 썩 괜찮은 것 같았고…… 뭐, 자기가 쫓겨나듯 집을 떠나게 된 것에 불만을 품고 있는 것 같긴 하더군. 그 내막에 대해선 입을 다물었지만 말이오. 그의 입장에서 우리는 우연히 만난 낯선 방문객에 불과하지 않았겠소? 자신의 일과 관계없는 이들에게 굳이 많은 얘기를 할 사람이 아닌 것 같소만. 그러나 부친의 지시에 따르기로 한 약속은 지키겠다고 분명히 말했소. 허락이 떨어지기 전에는 집으로 돌아가지 않겠다고."

"하지만 그는 전혀 모르고 있어요." 분노와 무력감을 드러내며 에지타가 말했다. "이곳에서 지금 무슨 일이 꾸며지고 있는지 말예요. 아, 헬리센드가 이 집을 떠나 새신랑의 영지가 있는 저 먼 남쪽으로 가게 되면 그 즉시 로셀린에게 돌아와도 좋다는 허락이 떨어지겠지요. 가엾은 것…… 그때 가서 돌아온다고 뭐 좋을 것이 있겠어요! 그의 등 뒤에서 일을 이렇게 처리해버리다니, 정말 부끄러운 짓이에요!"

"모두들 그것이 최선이라 생각하고 있소." 마음이 아픈지 할루인 역시 우울한 얼굴로 말했다. "심지어 그에게도 가장 이로운 일일 수 있고…… 이건 가족들에게도 어려운 문제요. 혼사가 마무리될 때까지 그에게 이 모든 일을 숨기는 게 잘못이라 해도, 결국은 용서받을 수 있는 잘못일 거요."

"아뇨, 결코 용서받지 못할 사람들도 있어요." 에지타가 우울하게 말하고는 커다란 쟁반을 받쳐 들었다. 그녀가 문 쪽으로 걸음을 옮기자 허리춤에 매달린 열쇠들이 나직하게 짤랑거렸다. "전 이 일이 공개적으로 처리되었으면 해요. 그에게도 알리기를 바란다고요. 그녀와 맺어지느냐 마느냐를 떠나, 그에겐 알 권리가 있어요. 그래야 축복을 하든 반대를 하든 할 것 아녜요?" 그녀가 말을 이었다. "그나저나, 거기 계실 때 두 분은 어쩌다가 그를 만나게 되셨죠? 이름자라도 알고 계셨나요?"

"그의 이름은 그 댁 마님에게 들었소. 로셀린이라고만 하시더군." 캐드펠이 대답했다. "그러고서 잠시 후에 드 클리어리가 승마에서 돌아왔는데 그때 그가 함께 있었소. 우리가 그와 얘기를 나누게 된 건 나중 일이고. 여기 있는 이 형제가 꿇어앉은 채 밤을 지새워 몸이 굳어 있었는데, 그가 와서 부축해주었소."

"역시 우리 도련님이야!" 그녀가 따뜻한 음성으로 말했다. "도움이 필요한 사람을 보면 누구에게든 그런다니까요. 그런데 마님이라고 하셨나요? 오데마 마님 말씀이세요?"

"아니. 우린 그 댁 주인에게 용무가 있어 간 게 아니었기 때문에 그의 아내나 자식들은 보지도 못했소. 로셀린 얘길 한 사람은 주인의 모친, 애들레이즈 드 클리어리였소."

쟁반에 놓여 있던 접시들이 한순간 쨍그랑 소리를 냈다. 에지타는 문고리를 잡아 조심스레 균형을 되찾았다. "그분이 거기 계세요? 엘퍼드에?"

"어제 우리가 그곳을 떠날 때까진 그랬소. 그런 뒤 얼마 안 되어 눈이 오기 시작했으니까 아마 아직 계시겠지."

"그 마님이 거기 방문하시는 건 아주 드문 일인데." 에지타가 어깨를 으쓱여 보였다. "며느님과 사이가 좋지 않다고 들었거든요. 하긴, 그런 거야 놀라운 일도 아니죠. 그래서 다들 그렇게 떨어져 사나 봐요." 그녀가 한쪽 팔꿈치로 능숙하게 문을 밀고는 큼직한 쟁반을 문틈으로 밀어 넣었다. "저기, 바깥에서 말발굽 소리 나는 거 들리세요? 장 드 페로네 쪽 사람들이 도착했나 보네요."

*

장 드 페로네의 방문은 대단한 격식이나 과시의 인상을 보이지 않았으나 그렇다고 은밀하거나 비밀스럽다는 느낌도 주지 않았다. 그는 몸종 하나와 마부 둘을 대동한 채, 신부와 그녀의 시중꾼을 태워 갈 말 두 필과 짐말들을 끌고 왔다. 전반적으로 실용과 효율을 강조하는 분위기였고, 드 페로네 자신의 옷차림과 태도 또한 화려하다기보다는 수수한 편이었다. 하지만 캐드펠은 그의 말들의 체격과 마구에서 풍기는 윤택한 흔적을 놓치지 않았다. 이 젊은이는 때에 따라 적절히 쓰고 아끼는 법을 아는 사람이었다.

사람들이 손님을 맞으러 나가자 할루인과 캐드펠도 밖으로 나와 말에서 짐을 내리고 정리하는 광경을 지켜보았다. 밤에 한기가 끼치려는지 오후 하늘이 다시 맑아지고 있었지만 먼 곳에 작게 뭉쳐 있는 비구름으로 보아 눈이 더 내릴 것 같기도 했다. 어쨌든 먼 여행을 마친 그들은 이제 차가운 바람을 피해 든든한 지붕 밑에서 만족스레 두 발을 뻗을 수 있을 터였다.

현관 앞에서 드 페로네가 밤색과 회색으로 얼룩진 말을 세우자 센러드가 성큼성큼 층계를 내려가 그를 포옹하더니 손을 잡고 위로 이끌었다. 문간에서 기다리던 에마 부인도 그를 따뜻하게 맞이했다. 캐드펠은 헬리센드의 모습이 보이지 않는다는 것을 알아챘다. 저녁 만찬 시간에는 그녀도 어쩔 수 없이 주빈 자리에 앉아 있어야겠지만 당장은 그녀의 보호자이자 혼주인 오빠 부부가 나서는 편이 적절하리라. 곧 주인 부부와 손님이 대연회실로 들어가자 센러드의 하인들과 드 페로네의 마부들도 짐을 내리고 말들을 마구간으로 데려갔는데, 일이 얼마나 척척 진행되었는지 불과 몇 분 뒤에는 마당이 텅 비어 있었다.

드디어 신랑이 도착했군! 캐드펠은 마당에 서서 조금 전에 본 광경을 되새겨보았다. 에지타의 말마따나 차선책으로 치러지는 혼사라는 사실만 빼면 지금까지는 아무 문제도 없어 보였다. 결국 이 차선책이 신랑이 얻을 수 있는 전부였다. 스물대여섯쯤 되어 보이는 젊은 신랑의 거동에선 이미 몸에 익은 권위와 책임 의식이 묻어났으니, 그가 제 지위에 걸맞은 인물이라는 점은 분명했다. 여기까지 데려온 하인들의 태도로 보면 그의 사람들도 어쨌든 주인과 편안한 관계를 유지하고 있는 것 같았다. 주인은 주인대로, 하인들은 하인들대로 각자의 할 바를 잘 알며 서로 존중하는 분위기가 느껴졌다. 게다가 그는 생김새도 훌륭한 젊은이였다. 큰 키에 보기 좋은 체형, 진솔하고 싹싹해 보이는 얼굴. 결혼

전날을 맞아 한껏 행복에 젖은 듯한 표정이었다. 센러드는 어린 여동생을 위해 최선을 다했고, 이제 그 노력이 좋은 결실을 맺으려는 참이었다. 다만 그것이 여동생의 소망과 다르다는 점이 안타까울 뿐이었다.

"다른 도리가 없지 않습니까?" 할루인은 이렇게 말했지만 그 목소리에는 마음속 깊이 자리한 당혹감과 의혹이 깃들어 있었다.

8

 오후 늦은 시각, 센러드는 베네딕토회의 두 수사에게 집사를
보내 홀에서 있을 가족 만찬 자리에 참석할 의향이 있는지 물어
왔다. 만일 할루인 신부가 조용히 쉬고 싶어 하면 참석하지 않아
도 된다는 말도 덧붙였다. 조금 전부터 음울한 명상에 잠겨 있던
할루인으로선 분명 혼자 있고 싶을 터였으나, 자기만 자꾸 빠지
는 것도 결례라고 생각했는지 어렵사리 수심에 찬 침묵에서 벗어
나 주빈석에 앉은 사람들의 체면을 살려주었다. 혼사를 맡을 사
제라는 점을 고려하여 그에게는 신랑 신부에게서 가까운 자리가
주어졌다. 캐드펠은 약간 떨어진 곳, 그들 모두가 잘 보이는 좌석
에 자리를 잡았다. 주빈석 아래 홀 바닥에는 집안 식솔들이 각자
의 서열에 따라 횃불 빛 아래 모여 있었다.

하느님을 대신하는 이런 중개자 역할을 맡아 불려 나오기는 이번이 처음인 모양이군, 할루인의 긴장 어린 얼굴을 바라보며 캐드펠은 생각했다. 최근 젊은 수사들로 하여금 성직을 취득하도록 장려하는 경향이 과거 어느 때보다 강해진 것은 사실이었다. 그러나 지금껏 할루인이 그랬듯 그들 중 많은 수는 실제적인 업무를 관장하는 일 없이 그저 직분을 유지할 따름이었고, 따라서 세례나 혼례, 장례는 물론, 자신과 같은 길을 걸으려 하는 후배들을 위해 서품식 한번 주관하지 못한 채 평생을 보내곤 했다. 성직에 대한 희망을 품어본 적 없는 캐드펠에겐 하느님의 은총을 인간의 손으로 인도하는 그 일이 끔찍스러운 책임으로 여겨졌다. 다른 이들의 삶에 끼어들어 중요한 역할을 한다는 것은 특권인 동시에 부담이었다. 세례를 통해 구원을 약속하고, 결혼이라는 틀 속에 인생을 얽어 가두고, 그들이 하직할 때는 연옥의 열쇠를 쥐여 주고……. 지난날 캐드펠도 때에 따라, 달리 적격자가 없는 탓에 그렇게 남의 인생에 끼어든 적이 있기는 했다. 그래도 남들을 끌어 올리려 몸을 구부리고 있는 천상의 자작子爵으로서가 아니라 같은 길을 걷는 같은 죄인의 자격으로 그랬을 뿐이라고 그는 스스로를 위안했다. 이 순간에는 할루인이 그 힘든 요청에 당면해 있으니, 저 젊은 동료가 다소 두려움과 긴장을 느끼는 것도 놀라운 일은 아니리라.

캐드펠은 주빈석에 앉은 이들을 죽 훑었다. 횃불 빛이 마치 식탁을 따라 번져가는 잔물결처럼 그 얼굴들 위로 떨어졌다. 넓고 시원스러운 이마를 가졌으나 다소 무딘 구석이 있는 센러드의 얼굴은 긴장으로 약간 굳어 있음에도 불구하고 즐거운 기색이 역력했고, 반대로 그의 아내는 작심한 듯 상냥한 태도로 상차림을 주관하면서도 걱정스러운 미소를 숨기지 못했다. 헬리센드 옆에 앉은 드 페로네는 그녀가 벌써 자신의 사람이 다 된 양 기쁨을 감추지 못하고 마냥 행복에 겨워 얼굴을 빛내는 반면, 헬리센드 자신은 희고 고요한 얼굴로 품위 있게 앉아 곁에 앉은 그의 밝은 표정에 응하느라 최선을 다하고 있었다. 자신의 슬픔은 결코 그의 탓이 아니라고, 또 그는 훌륭한 대접을 받을 자격이 있는 사람이라고 줄곧 되새기는 중이리라. 그들 두 사람을 나란히 두고 보면 그 누구도 신랑의 애정을 의심할 수 없을 것이었다. 물론 그도 아내 될 여인의 기뻐하는 얼굴을 기대했겠지만, 예식은 이제 막 시작되지 않았는가. 애정의 싹이 꽃으로 피어날 때까지 그는 끈기 있게 기다려줄 마음의 준비가 되어 있었다.

할루인으로선 지난밤 홀에서 만난 이후 처음으로 헬리센드와 마주하는 셈이었다. 그때 그는 소스라치듯 놀라 벌떡 일어섰다가, 찬바람과 눈보라를 맞아 정신이 몽롱한 상태로 실신하여 쓰러지고 말았다. 그리고 지금, 금색 횃불 빛 아래 꿋꿋하게 최선을 다하는 여인의 모습은 그에게 생전 처음 보는 낯선 얼굴로 다가왔다. 어쩌다 우연히 그녀의 옆모습이 똑똑히 시야에 들어온 순간, 할루인은 처음으로 맡게 된 책무의 부담에 더하여 모종의 의혹과 당혹감이 깃든 눈길로 그녀를 바라보았다.

주빈 식탁에서 여자들이 모두 물러나고 남자들만 남아 포도주를 마실 즈음엔 이미 늦은 시각이라 다들 그다지 오래 앉아 있을 것 같지 않았다. 할루인은 캐드펠의 눈길을 찾아 주위를 두리번거렸고, 이제 이 집 주객들을 남겨두고 일어설 때라는 그의 신호를 눈치챈 캐드펠도 동의의 눈짓을 보냈다. 할루인이 목발을 잡아 힘겹게 몸을 일으키려는 때, 자기 방으로 물러났던 에마가 다시 나타났다. 수심에 찬 얼굴에 다소 흐트러진 걸음걸이로 들어서는 그녀를 젊은 하녀가 뒤따르고 있었다.

"센러드, 이상한 일도 다 있네요! 에지타가 나가서 돌아오지 않았어요. 다시 눈이 뿌리기 시작했는데 대체 어디 간 걸까요? 아까 내가 평소대로 잠자리를 봐달라고 사람을 보냈거든요. 그런데 아무리 기다려도 나타나지 않네요. 매들린 말로는 에지타가 벌써 몇 시간 전에, 땅거미가 지자마자 나갔대요."

손님 대접에 신경을 쏟던 센러드는 내키지 않는 듯 천천히 대꾸했다. "에지타도 자기 사정이 있어 외출했겠지." 여자들끼리 처리하면 될 사소한 집안 문제로 여긴 듯 그가 가볍게 말을 이었다. "그러다 볼일이 끝났다 싶으면 돌아오는 게고. 그녀는 매인 몸이 아니오. 자기 생각이 있고, 또 자신의 본분을 잊지 않는 사람이잖소. 잠깐 자리를 비운 게 무슨 큰 문제라고. 당신은 참 걱정도 많군."

"하지만 그녀가 아무 말 없이 사라진 적이 언제 있었나요? 그 동안 이런 일은 한 번도 없었다고요! 게다가 눈도 내리는데, 매들린의 말이 사실이라면 벌써 네 시간 넘게 나가 있는 거잖아요. 에지타한테 무슨 일이라도 생겼으면 어떡해요? 자기 뜻으로 그렇게 오래 나가 있을 사람이 아니에요. 내가 그녀를 얼마나 아끼는지 당신도 알면서…… 무슨 화를 당했을지도 모르는데 가만 앉아 기다리고만 있을 순 없다고요."

"에지타를 아끼는 건 나도 마찬가지요." 센러드가 부드럽게 대꾸했다. "우리 식구가 그런 일을 당해선 안 되고말고. 만일 그녀가 밖에서 헤매고 있는 거라면 당연히 찾아 나서야겠지. 하지만 아직 무슨 일인지도 모르는데 미리 안달할 필요는 없잖소. 그래, 매들린, 네가 얘기해봐라. 에지타가 한참 전에 나갔다고?"

"예, 나리!" 매들린도 흥분해서 두 눈을 휘둥그렇게 뜬 채 얼른 앞으로 나섰다. "그러니까, 저희가 만찬 준비를 마쳤을 때였어요. 제가 낙농장에서 돌아오는데 에지타가 망토를 두른 채 부엌에서 나오더군요. 그래서 제가 오늘 밤엔 일이 많을 거라고, 그렇게 나가시면 손이 부족할 거라고 했지요. 그랬더니 에지타는 주인어른들이 찾기 전에 돌아올 거라고 했어요. 그때가 막 어둠이 깔릴 무렵이었는데…… 이토록 오랫동안 돌아오지 않으리라곤 생각도 못 했답니다."

"어디로 가는지 묻지는 않았고?" 센러드가 물었다.

"물어봤지요. 그런데 당최 무슨 소린지 모를 얘기를 하더라고요." 매들린이 정말 영문을 모르겠다는 투로 말했다. "글쎄, 고양이를 찾으러 간다지 뭐예요? 비둘기들 사이에 데려다 놓겠다나 어쩌겠다나 그러면서요."

하녀에겐 아무 의미 없는 말이었는지 몰라도 센러드 부부에겐 그렇지 않은 모양이었다. 에마의 놀란 눈길이 남편의 얼굴로 향했고, 센러드는 급히 자리에서 일어났다. 부부 사이에 오가는 시선의 의미를 캐드펠은 마치 두 귀로 듣듯이 똑똑히 읽어낼 수 있었다. 이미 충분한 단서들이 주어져 있던 터였다. 두 남녀의 유모로서 온갖 응석을 받아주며 친자식들처럼 그들을 사랑해온 에지타에게는 교회의 뜻이 무엇이든, 혈연관계가 어찌 되었든 그저 두 사람이 헤어져 있다는 사실만으로도 분개해 있었다. 그러던 차에 이제 저 불행한 별거마저 종식시킬 이번 혼사에 화가 폭발해, 마지막 순간에라도 사태를 막아보려고 나선 것이다. 그녀는 엘퍼드로 간 게 분명했다. 로셀린을 만나 집에서 무슨 일이 진행되고 있는지 다 고해바칠 작정이었다.

하지만 장 드 페로네의 면전에서 그 일에 관해 한마디라도 꺼낼 수는 없었다. 어느새 드 페로네도 자리에서 일어나 센러드 옆에 선 채 어리둥절한 표정으로 사람들의 얼굴을 훑고 있었다. 비록 자신과는 상관없는 문제이지만 참 난감하고 딱한 상황이라 여기는 눈치였다. 그도 그럴 것이, 나이 든 하녀가 저녁에 사라졌는데 밤은 깊어가고 눈까지 내리지 않는가. 최소한 그녀를 찾아보기는 해야 할 것이었다. 결국 그가 순진한 제안으로 좌중의 침묵을 깨뜨렸으니, 이는 결과적으로 다행스러운 일이 아닐 수 없었다. 까닭 모를 침묵이 계속되다 보면 그로서도 의혹을 느끼고 이 집안에서 벌어지고 있는 일을 엄밀하게 관찰하려 들지 모를 상황이었으니 말이다.

"나간 지 그렇게 오래되었다면 한번 찾아봐야 하지 않을까요? 밤길이 늘 안전하다고 할 수도 없고, 게다가 여자 혼자 몸으로 그렇게……."

"그래야겠군." 센러드가 얼른 대답했다. "그녀가 갔을 만한 길로 수색대를 보내야겠네. 마을에 다니러 갔다가 눈이 와 지체되는 건지도 모르지만…… 어쨌든 자네까지 신경 쓸 건 없네, 장. 우리 집에 온 손님에게 폐를 끼칠 수는 없지. 이 일은 내 사람들에게 맡기게. 집안에 사람은 얼마든지 있으니. 아마 멀리 가지 않았을 테니 마음 편히 쉬게. 금방 찾아내어 무사히 집으로 데려올 걸세."

"저도 함께 나가보겠습니다." 드 페로네가 제의했다.

"아니, 그 제안은 받아들일 수 없네. 여기 일은 모두 당초 계획했던 대로 진행될 거야. 그 어떤 것도 이 경사를 망치지 못하네. 그러니 내 집이다 생각하고 편안한 마음으로 하룻밤을 보내게. 이 작은 소동도 내일이면 다 정리가 되어 있을 테니까."

손님의 제안을 물리치기란 그다지 어렵지 않았다. 애초에 그 제안도 어느 정도는 예의에서 나온 일종의 제스처에 불과했으리라. 집안일은 집주인에게 맡겨두는 편이 제일 좋지 않겠는가. 어쨌든 품위를 손상시키지 않는 선에서 그의 고집을 꺾은 것은 현명한 처사였다. 에지타가 어디로 갔는지, 센러드는 이제 충분히

감을 잡고 있었다. 어느 길로 가야 그녀를 붙들어 올 수 있을지도 손바닥 보듯 뻔했다. 그러나 한편으론 진심으로 염려가 되기도 했으니, 나간 지 네 시간이라면 비록 눈이 온다 해도 엘퍼드에 갔다가 돌아오고도 남을 만한 시간이었던 것이다. 센러드는 짐짓 다정한 말투로 드 페로네에게 잘 자라는 인사를 건넨 뒤 식탁에서 물러섰다. 드 페로네 역시 자연스레 이를 만찬의 끝으로 받아들이는 듯했다. 이제 주인은 함께 수색에 나설 하인들을 문 안쪽으로 불러 모아 이런저런 지시를 내리기 시작했다. 건장한 젊은이 여섯과 이곳의 집사가 선발되어 있었다.

"우린 어떻게 하지요?" 캐드펠과 함께 다소 떨어진 곳에 서 있던 할루인 수사가 속삭이듯 물었다.

"자네에게 지각이 있다면 당연히 잠자리로 가 실컷 자야지. 잠깐 기도를 드리는 것도 나쁘진 않겠군. 난 저들과 함께 나가보겠네."

"아마 엘퍼드로 갔겠죠." 할루인이 무겁게 말했다.

"고양이를 찾아 비둘기들 사이에 넣으려 한다…… 그래, 거기 말고 어디겠나? 하지만 자네는 여기 남아 있게. 내가 못 하는 일을 자네라고 할 수 있는 상황이 아니잖은가."

곧 홀 문이 열리고 수색대가 쿵쾅대며 계단을 지나 마당으로 내려섰다. 그중 두 사람은 횃불을 들고 있었다. 캐드펠도 대열 맨 끝에서 따라가며 눈으로 차가운 어둠 속을 둘러보았다. 바닥이 눈으로 덮이고 여전히 가느다란 눈발이 흩뿌려지고 있었지만 폭설이 내리기엔 너무 차가운 날씨였다. 하늘도 간혹 별이 보일 만큼 개어 있었다. 문간에서 뒤를 돌아보니 집안 여자들이며 하인들 할 것 없이 모두 한쪽 구석에 모여 불안한 심경으로 집을 나서는 남정네들을 바라보고 있었다. 옹기종기 모인 하녀들 사이에서 매끈하고 온화한 얼굴을 일그러뜨린 채 오동통한 손가락들을 초조하게 잡아당기는 에마의 모습이 보였다.

그리고 무리에서 한 걸음 떨어진 곳에, 아무에게도 의지하지 않고 홀로 선 한 여자가 있었다. 헬리센드였다. 벽이 돌출된 곳, 환한 횃불 빛 바로 밑으로 약간 물러난 자리라 그녀의 얼굴은 그림자 한 점 없이 훤히 드러나 있었다. 에마와 매들린의 말을 듣고 헬리센드도 지금쯤은 일이 어떻게 된 것인지 짐작했을 터였다. 에지타가 어디로 갔는지, 무슨 목적으로 갔는지 전부 알고 있으리라. 그녀는 당혹감과 놀라움에 눈을 크게 뜨고서, 이제 자기 힘으로는 예측할 수 없는 미래를 응시하고 있었다. 오늘 밤 수색 작업은 과연 어떻게 귀결될까? 어쩌면 파멸이 기다리고 있을지도 모른다. 제 한 몸 기꺼이 희생하기로 작정한 그녀이지만 앞으로 어떤 무서운 일이 벌어질지 모르는 지금, 헬리센드는 자신이 완전히 무방비 상태임을 깨달았다. 평소와 다름없이 평온하고 침착한 얼굴에도 불구하고 냉정과 확신을 완전히 잃은 상태였다. 그녀의 결심은 무력해지고, 체념은 자포자기로 바뀌어갔다. 자신의 희생으로 모든 것을 지켜내리라 생각하고 여기까지 왔건만, 이제 발밑에서 땅이 흔들리며 갈라지고 있었다. 그녀는 더 이상 스스로의 운명을 통제할 수 없게 되었다. 용맹은 산산이 부서지고 무기조차 없이 운명의 공격 앞에 몸을 맡긴 그 마지막 모습을 뇌리에 담은 채, 캐드펠은 어둠과 추위 속으로 들어갔다.

*

센러드가 망토로 얼굴을 여미 바람을 막았다. 무리는 영지 정문으로 나와 캐드펠에겐 낯선 길에 접어들었다. 지난밤 할루인과 이곳을 찾았을 땐 멀리 있는 대로에서 방향을 틀어 횃불 빛을 향해 똑바로 걸어왔는데, 영지 뒤편에 난 이 경사로를 택하면 엘퍼드에 인접한 길까지 1킬로미터가량은 단축할 수 있을 듯했다. 밤이었지만 간혹 드러나는 별빛과 얕게 쌓인 눈에서 나오는 빛이 희미하게나마 길을 밝혀주는 덕에 그들은 오솔길을 가로질러 걸음을 재촉할 수 있었다. 처음에는 길 양쪽으로 초목이 거의 보이지 않는 탁 트인 들판만 이어지다가 이내 숲과 잡목림이 나타났다. 들리는 것이라곤 수색대의 발소리와 숨소리, 그리고 수풀 사이로 흐느끼는 가녀린 바람 소리뿐이었다. 센러드가 두어 차례 사람들의 걸음을 멈추게 하고 어둠을 향해 크게 외쳐보았지만 아무 대답도 들려오지 않았다.

길을 잘 아는 사람에게는 엘퍼드까지의 거리가 대충 3킬로미터쯤 되겠군, 캐드펠은 생각했다. 그렇다면 에지타는 벌써 한참 전에 비버스 영지로 돌아와 있어야 했다. 그녀가 매들린이라는 하녀에게 했던 얘기로 미루어보건대, 당초 시간을 넉넉히 두고 되돌아와서 만찬 이후 여주인의 시중을 들 생각이었던 게 틀림없었다. 눈도 뿌리는 듯 마는 듯한 이 훤한 밤에 평소 잘 아는 길에서 엉뚱한 곳으로 방향을 잡았을 리는 없었다. 결국 무슨 일이 생긴 게 분명해, 캐드펠은 그쪽으로 심증을 굳히고 있었다. 그래서 마음먹은 일을 하지 못했거나, 아니면 볼일을 본 뒤 돌아오다 변을 당한 게지. 이는 혹독한 자연이나 변덕스러운 우연이 아닌, 사람의 손에 의한 짓이리라. 하지만 근처 산야에 길 가는 이를 노리는 부랑자들이 있다 쳐도 이런 밤에 나와 음험한 짓을 할 가능성은 별로 없었다. 추운 날에는 감히 밤길을 지나가는 먹이가 드물다는 것을 그들 또한 잘 알고 있을 테니까. 그렇다면…… 누군가 의도를 가지고 개입한 것이라면…… 그는 에지타의 목적을 방해하려 한 것이 틀림없었다. 물론 그녀가 무사히 로셀린에게 당도했고, 그가 그녀를 설득하여 머물게 했을 가능성도 있었다. 돌아가지 말고 엘퍼드에 머무는 것이 안전하다고, 나머지 일은 자신에게 맡기라고 말이다. 하지만 만일 그랬다면 집에서 에지타를 찾아 법석을 떨기 전에 벌써 분개한 로셀린이 씩씩대며 비버스 영지에 모습을 드러내지 않았을까?

캐드펠은 센러드 옆에 바짝 붙어 섰다. 수색 대열 중간에 자리잡고 초조하게 앞으로 전진하던 센러드가 옆을 힐끔 보더니 눈짓으로 인사를 건넸는데 크게 놀라는 표정은 아니었다.

"괜한 걸음을 하시는군요, 수사님." 그가 무뚝뚝하게 입을 열었다. "제 집 사람들만으로도 충분한데 말입니다."

"한 사람 더 있다고 나쁠 건 없겠지요." 캐드펠이 대꾸했다.

물론 나쁠 건 없겠지만 결코 달가운 일도 아닐 터였다. 이 일은 비버스 집안 사람들만 아는 엄중한 비밀로 남는 것이 좋을 테니까. 그럼에도 불구하고 센러드는 우연히 알게 된 베네딕토회 수도사가 자신의 수색대에 끼어 있다는 사실에 크게 신경 쓰지 않는 듯했다. 그의 관심은 오로지 에지타를 찾는 데 가 있었다. 아마 전적으로 그녀의 안위가 염려되어서는 아닐 것이다. 만일 화를 입었더라도 엘퍼드에 당도하기 전에 그랬기를 빌고 있으리라. 혹은 이렇게 길을 가다가, 자신의 마지막 헛된 희망마저 무산시키려 하는 이 혼사를 막아보고자 황급히 달려오는 아들과 마주치기를 기다리고 있는 건 아닐까? 그러나 수색대가 1킬로미터 넘게 이동할 때까지도 어둠 속에서는 아무것도 나타나지 않았다.

일행은 나무가 드문드문한 널따란 숲 지대를 통과했다. 발밑에 얕게 쌓인 눈 위로 풀들이 들쭉날쭉 솟아 있었다. 길 오른편에 동그마니 솟은 언덕이 나타났는데, 겨울철 풀밭의 바랜 갈색보다 더 짙은 어둠으로 덮여 있어 하얗게 쌓인 눈이 아니었다면 아마 캐드펠로서는 보지 못한 채 지나쳤을 터였다. 그런데 그 곁을 지나갔던 센러드가 다시금 고개를 돌려 그쪽을 주의 깊게 살폈고, 이에 캐드펠도 걸음을 멈추어 그의 시선이 미치는 곳을 바라보았다.

"어서, 횃불을 이리로 가져오너라!"

노란 불빛을 받자 하얀 눈을 껍질처럼 뒤집어쓴 사람 몸의 윤곽이 뚜렷하게 드러났다. 그 사람은 고개를 길 반대편으로 돌린 채 사지를 뻗고 쓰러져 있었다. 캐드펠이 몸을 굽혀, 베일처럼 얼굴을 덮은 눈의 막을 쓸어내렸다. 느닷없이 닥친 공포로 뒤틀린 표정, 부릅뜬 두 눈. 쓰러지면서 두건이 벗겨졌는지 회색 머리칼이 드러난 채였다. 등을 바닥에 대고 누운 자세였지만 몸이 오른쪽으로 약간 기울었고, 공격을 막아보려 한 듯 양팔은 위쪽으로 아무렇게나 뻗어 있었다. 상체에 덮인 하얀 눈 밑으로 검은색 망토가 살짝 드러나 보였다. 가슴께에는 자그만 반점 하나가 눈의 베일에 오점을 남기고 있었으니, 피가 흐르면서 눈송이들이 녹은 지점이었다. 그 모습만으로는 그녀가 변을 당한 것이 엘퍼드로 가던 길이었는지 아니면 오던 길이었는지 금세 판단하기가 어려웠다. 어쨌든 그녀는 마지막 순간 누군가 몰래 뒤따라오고 있음을 깨닫고 양손을 들어 머리를 막으며 몸을 돌렸을 것이다. 상대는 단검을 들고 따라오다가 뒤에서 그녀의 늑골 중간을 찌르려 했으나 빗나가면서 가슴으로 파고든 것 같았다. 그녀는 숨이 멎어 싸늘해진 상태였는데, 차가운 눈 때문에 정확한 사망 시각을 추측하기가 도무지 불가능했다.

"하느님 맙소사!" 센러드가 숨죽인 소리로 신음을 내뱉었다. "이런 꼴을 보게 되리라곤 생각도 못 했는데…… 대체 무엇 때문에 그녀를 이렇게까지……."

"늑대들은 서릿발 속에서도 사냥을 하는 법이지요." 집사가 무겁게 말했다. "하지만 이런 길로 무슨 대단한 부자가 지나간다고! 보십시오, 가져간 것도 없군요. 망토도 그대로고. 아마 어중이떠중이들이 덮친 모양입니다."

"이 근방에는 그런 놈들이 없네." 센러드가 고개를 가로저었다. "그래, 이건 그냥 강도의 짓이 아니야. 도대체 이해가 안 가는군. 습격당할 때 그녀는 어디로 향하던 길이었을지……."

"일단 시신을 옮기는 게 좋겠군요." 캐드펠이 말했다. "당장 그녀를 위해 할 수 있는 일이 아무것도 없잖소. 두 번 손댈 필요도 없이 단칼에 처리한 걸 보면, 칼을 쓴 자는 살의를 품고 달려든 게 분명하오. 설사 그자가 발자국을 남겼더라도, 또 그게 눈에 묻혀버리지 않았다 해도, 바닥이 워낙 딱딱해 우리 눈에는 드러나지 않을 거요."

"예, 그녀를 집으로 옮겨야겠군요." 센러드가 우울하게 말했다. "아내와 여동생에겐 정말이지 슬픈 일이 될 겁니다. 에지타를 참으로 아꼈으니까…… 내 젊은 새어머니가 처음 이 집으로 데리고 들어온 이래 그 오랜 세월 한결같은 충성과 신뢰를 보여주었죠. 이 일을 결코 그냥 넘길 수는 없습니다. 일단 엘퍼로 사람을 보내 에지타가 다녀갔는지, 그녀에 대해 아는 게 있는지 알아봐야겠어요. 또 이 길목에 외지에서 흘러든 약탈자들이 설친다는 소문은 없는지도 확인해야 하고요. 물론 그럴 가능성은 희박해 보이지만…… 오데마가 자기 영지를 워낙 잘 지키고 있으니까요."

"집으로 사람을 보내 들것을 가져오게 할까요. 나리?" 집사가 물었다. "워낙 가벼운 사람이라 망토에 싸서 그럭저럭 옮길 수 있을 것도 같습니다만."

"그렇다면 그렇게 하세. 괜한 걸음을 시킬 필요는 없지. 에드러드, 자네는 여기 있는 제한과 함께 엘퍼드로 가게나. 그곳에 가서 에지타에 대해 아는 바가 있는지 확인해야 해. 그녀를 만나 이야기라도 나눈 사람이 있는지 알아보고. 아니, 두 사람을 데리고 가게. 혹시 길에서 위험한 일을 당하면 안 되니까. 외지에서 흘러든 괴한들이 있을지도 모르잖나."

집사가 명을 받들어 햇불 하나를 들고 길을 떠났다. 엘퍼드로 향하는 길을 따라 자그마한 불꽃이 점점 작아지더니 이윽고 어둠 속으로 사라져버렸다. 남은 이들은 다시 시신 쪽으로 돌아왔다. 에지타가 입었던 망토를 벗겨 길 위에 펼치기 전에 일단 시신부터 한쪽으로 옮기기로 했다. 그리고 그녀의 몸이 들어 올려지는 순간, 적어도 한 가지 사실은 분명해졌다.

"시신 밑에 눈이 있군." 캐드펠이 말했다. 쪼그라든 그녀의 몸이 닿은 부분의 흙이 축축하니 젖어 있었다. 몸의 온기가 눈을 녹인 것이다. 옷자락 가장자리를 따라 남은 눈의 경계를 바라보며 그가 말을 이었다. "그녀가 쓰러진 건 눈이 내리기 시작한 이후의 일이오. 따라서 집으로 돌아오던 길이었소."

*

 에지타는 매우 가벼웠다. 사지가 축축 늘어지는 것으로 보아 몸의 냉기는 사후경직에 의한 것이 아니라 추위 때문인 듯했다. 그들은 그 몸을 망토로 꽁꽁 싸 허리띠 두세 개로 야무지게 묶은 뒤, 들고 갈 때 손잡이 역할을 하도록 밧줄로 된 캐드펠의 허리띠도 동여맸다. 이어 무리는 1킬로미터 남짓한 길을 되밟아 그녀를 비버스로 옮겼다.

 집안사람들은 아직 깨어 있었다. 사정을 알기 전에는 모두들 마음 놓고 쉴 수 없었던 것이다. 슬픔에 찬 작은 행렬이 대문간에 들어서자 한 하녀가 울부짖으며 에마에게 고하러 달려갔다. 이윽고 에지타의 시신이 홀로 들어섰고, 안절부절못하던 하녀들은 서로에게서 위안을 구하려는 듯 다시 비둘기 떼처럼 무리를 지었다. 평소 부드럽고 온화하던 에마는 예상 외로 담대하고 굳건하게 자신의 소임을 처리해나갔다. 그녀는 모여 있던 하녀들이 눈물을 쏟을 새도 없이 재빨리 그들을 각자의 직무로 돌려보내더니 자그마한 방을 하나 지정해 관대로 쓸 탁자를 들여오게 했다. 이어 헝클어진 망자의 사지를 정돈하고 가다듬고 물을 데우라 지시한 뒤, 홀 장롱에서 꺼내 온 향내 나는 아마포로 시신을 덮었다. 장례식은 죽은 사람만을 위한 것이 아니라 산 사람들에게도 큰 역할을 하니, 그들의 손과 마음을 바삐 움직이게 하는 터이다. 얼마 지나지 않아 고인이 누운 방에서 흘러나오던 나직한 웅성거림은 점차 슬픔에 찬 곡소리로 바뀌었고, 다시 부드러운 애가조의 가락으로 변했다. 듣고 있노라면 차라리 마음이 가라앉는 그런 소리였다.

에마가 다시 나올 즈음 홀에서는 그녀의 남편과 부하들이 불가에 모여 꽁꽁 언 발을 녹이고 굳은 손을 비벼대며 감각을 되살리고 있었다.

"센러드, 어떻게 이런 일이 있을 수 있죠? 도대체 누가 이런 짓을 한 거예요?" 대답하려 드는 사람은 아무도 없었지만 그녀 자신도 딱히 대답을 기대한 것은 아니었다. "그래, 어디서 그녀를 발견했어요?"

"엘퍼드로 이어지는 지름길을 절반 넘게 갔을 때." 그녀의 남편은 찌푸린 이마를 맥없이 긁으며 대답했다. "길 한쪽 옆에 쓰러져 있더군. 몸 밑에 눈이 깔린 것으로 보아 그리 오래 쓰러져 있지는 않았던 것 같아. 집으로 돌아오던 길에 어떤 놈의 습격을 받은 모양이야."

"그녀가 엘퍼드에 갔다가 돌아오던 중이었다는 말이에요?" 에마가 목소리를 낮추어 물었다.

"그런 것 같아. 일단 에드러드를 그리로 보내뒀어. 에지타가 거기 갔었는지, 그녀와 얘기한 사람이 있는지 알아보라고 말이야. 한 시간쯤 있으면 돌아올 거야. 과연 무슨 소식을 가져올지는 하느님만이 아시겠지."

두 사람은 교묘하게 에두른 말로 사태의 핵심에 대한 이야기를 주고받는 중이었다. 로셸린의 이름이나, 에지타가 이 추운 밤 혼자서 급히 나간 이유에 대해서는 한마디도 없이 말이다. 그 무렵엔 이미 집안 전체에 소식이 전해진 상태여서 비버스 식구들 모두가 불안스레 모여 있었다. 집안일을 맡은 하인들은 걱정스러운 표정으로 홀 구석을 오갔고, 바깥에서 들어온 이들도 이리저리 어슬렁거리며 어깨 너머로 이쪽을 바라보곤 했다. 일부러 흩어놓기 전에는 아무도 각자의 소임으로 돌아가거나 잠자리에 들지 않을 모양이었다. 그들 가운데 주인 내외가 아들의 금지된 사랑에 대해 터놓고 이야기할 만한 인물은 전혀 없었으나, 헬리센드를 서둘러 혼인시키려는 저의는 식솔들 대부분이 짐작하는 바였다. 그러니 이들 앞에서는 적당히 말을 삼가지 않을 수 없으리라.

그리고 또 한 사람, 문제를 더 복잡하게 만들 셈인지 위층 방에 있던 장 드 페로네까지 등장했다. 만찬 때 입었던 옷차림 그대로인 것으로 보아 예의상 물러나 있긴 했으나 쉽게 잠을 이루지 못한 듯했다. 할루인 수사도 잠자리에서 나와 걱정스러운 표정으로 말없이 앉아 있었다. 그렇게 하나둘씩 슬그머니 모여들다 보니, 결국 오늘 밤 비버스의 지붕 밑에 든 사람들 모두가 홀에 자리를 잡게 되었다.

아니, 전원이라고는 할 수 없군. 좌중을 둘러보던 캐드펠은 한 사람이 빠져 있음을 깨달았다. 지금 이 자리에 헬리센드의 얼굴이 보이지 않았다.

그는 드 페로네의 표정을 살폈다. 이 젊은이는 주인의 뜻에 따라 수색대에서 빠지고 거처로 물러난 뒤 자기 나름대로 이런저런 생각을 하며 시간을 보낸 모양이었다. 속내가 드러나지 않는 차분하고 엄숙한 얼굴로 홀에 들어선 그는 말없이 음울하게 둘러선 이들을 한 차례 둘러본 뒤 마지막으로 센러드를 오래도록 응시하고 있었다. 난롯가에 서서 고개를 숙인 채 멍하니 불길을 내려다보는 센러드의 장화에서 김이 모락모락 피어올랐다.

"일이 잘 끝나지 않은 모양이군요." 드 페로네가 조심스레 입을 열었다. "하녀는 찾으셨습니까?"

"찾긴 찾았네." 센러드가 말했다.

"화를 당했나요? 시신으로 발견된 겁니까? 동사인가요?"

"추위 때문이 아니라 칼에 맞아 그렇게 되었다네." 센러드가 무뚝뚝하게 말을 이었다. "길가에 버려져 있더군. 눈이 내리기 시작하고 얼마 되지 않아 벌어진 일 같아. 길을 가는 동안 사람 흔적이라곤 보지도 듣지도 못했는데."

"그녀는 열여덟 해를 우리와 함께 보냈어요." 안타까운 듯 가슴 밑으로 양손을 모아 비틀며 에마가 말했다. "불쌍한 사람, 가엾은 사람. 이렇게 세상을 하직하다니. 못된 부랑자의 습격으로 추위 속에서 죽어가다니. 이런 일이 일어나리라곤 정말이지 상상도 못 했어요!"

"그런 일이……." 드 페로네가 말했다. "하필 이런 때…… 정말 안타깝습니다. 그런데…… 혹시 이번 혼사와 그 여자의 죽음 사이에 무슨 관련이라도 있습니까?"

"아니요!" 남편과 아내가 동시에 소리쳤다. 손님을 속이려 거짓말을 한다기보다는, 자신들의 마음에서 이미 그 생각과 싸우고 있는 듯한 기색이었다.

"아닐세." 센러드가 다소 누그러진 어조로 다시금 강조해 말했다. "아닐 거야. 난 아니라 믿고, 또 아니길 비네. 유감스럽기 짝이 없지만 이 일은 순전히 우연의 일치인 듯하네. 이제 그런 우연은 두 번 다시 없을 걸세."

"축복받지 못할 우연의 일치들도 있긴 하지요." 드 페로네는 석연찮은 말투로 대꾸했다. "축제를, 심지어 혼사마저 가차없이 망쳐놓는 우연 말입니다. 그렇다고 우리 일을 내일 이후로 미룰 생각은 아니시겠죠?"

"물론 아니지. 무엇 때문에 미루겠나? 이건 우리의 슬픔이지 자네의 것이 아닐세. 어쨌든 살인이 일어난 건 틀림없으니 행정장관에게 연락하여 범인을 찾아내게 해야지. 내가 알기로 그녀에겐 생존해 있는 피붙이가 없다네. 그녀를 묻어주는 건 우리의 몫이야. 물론 우리는 우리 의무를 다할 테지만, 이 일이 자네의 일에 지장을 끼칠 이유는 전혀 없네."

"제가 보기엔 이미 지장을 끼친 듯한데요. 헬리센드에게 말입니다. 고인이 그녀와 대단히 가까운 사이였다면서요?"

"그랬지. 그러니 그 아이를 집에서 데리고 나가 새 집과 새 인생으로 안내할 자네의 역할이 더욱 클 수밖에." 센러드가 이렇게 대답하고 처음으로 동생을 찾아 홀 안을 둘러보았는데, 여자들

틈에 그녀가 보이지 않자 다소 놀라는 것 같았다. 그러나 한편으로는 헬리센드가 그 자리에 나타나 그러잖아도 난처해진 사태를 더 복잡하게 만들지 않아서 다행스러운 눈치였다. 이미 잠자리에 든 거라면 차라리 그게 낫다. 그대로 자게 두어 내일 아침까지 아무것도 모르게 하는 편이 좋으리라. 그때 에지타의 시신을 품위 있게 단장하느라 바빴던 하녀들이 방에서 한꺼번에 몰려나왔다. 이제 그들이 할 일이 더 없기도 했고, 서성대는 무리 속에 두려운 기색으로 입을 꾹 다물고 있는 여자들의 존재가 왠지 중압감을 풍기며 거북한 느낌을 주는 것 같아 센러드는 그들을 내보내려 애썼다.

"에마, 하녀들을 처소로 돌려보내는 게 좋겠군. 더 시킬 일도 없으니. 그리고 자네들도……" 그가 하인들을 돌아보았다. "그만 가서 자게나. 엘퍼드에 간 에드러드가 돌아올 때까지 해야 할 일은 다 했네. 온 식솔이 깨어 그를 기다리고 있을 필요는 없지." 마지막으로 그는 드 페로네를 향해 말했다. "엘퍼드의 대군주께 이번 사망 소식을 전하도록 집사와 사람 둘을 보냈다네. 이 지역에서 일어난 살인은 그분의 소관이며, 이번 일은 내 일인 동시에 그분의 일이기도 하지. 자, 같이 방으로 가세나. 여기서 잘 사람들도 있으니 우리가 나가줘야지."

캐드펠은 센러드의 얼굴에 주름이 잡히는 것을 보았다. 심사가 괴로운 모양이었다. 드 페로네가 한 번 더 물러나주길, 이 일에 일절 관여하지 않고 멀찌감치 떨어져 있길 간절히 바라는 것이리

라. 그러나 이번에는 그의 뜻대로 될 것 같지 않았다. 게다가 집사가 엘퍼드로 간 진짜 이유를 숨기고자 다른 구실을 대긴 했지만, 자신의 입으로 언급한 그 지명 자체가 이미 피할 길 없는 중대한 의미를 암시한 상황이었다. 그는 속임수를 좋아하지 않았을뿐더러 재미삼아 혹은 능숙하게 속일 능력을 지닌 사람도 아니었다.

여자들은 그의 지시에 즉각 순응하여 각자의 처소로 물러나면서도 여전히 겁먹은 얼굴을 한 채 수군대고 있었다. 남자 하인들은 문간에 밝혀놓은 두 개의 횃불만 남겨두고 모든 불을 끈 뒤 난로에 땔감을 넣고 밤새 천천히 타도록 불길을 줄였다. 드 페로네는 집주인을 따라 그의 방으로 향했다. 그때 센러드가 뒤돌아보며 캐드펠에게 함께 가자고 손짓했다.

"수사님, 그 모든 경위를 쭉 지켜보셨으니 직접 증언해주실 수 있겠지요. 그녀가 일을 당한 것이 눈이 내리기 시작한 뒤라는 사실을 알아낸 사람도 수사님이잖습니까. 집사가 소식을 가져올 때까지 저희와 함께 기다려주시지 않겠습니까?"

할루인 수사에 대한 언급은 없었다. 캐드펠의 표정으로 보아 같이 가지 않는 것이 좋겠다는 눈치였지만, 할루인은 이를 무시하기로 했다. 이미 그의 마음을 흔드는 일들이 충분히 발생한 터였다. 자신이 주관하기로 되어 있는 두 사람의 혼례가 임박했는데 느닷없이 사망 사건이 발생했고, 그것이 혹시 이 혼사와 관련되지 않았는지 의심받는 상황 아닌가. 그로서는 이 야심한 시각의 소란에 무슨 내막이 깔려 있는지 알아볼 필요가 있었으며, 만약 정당한 이유가 발견된다면 이 일에서 손을 떼는 것이 바람직하다고 생각할 수밖에 없었다. 할루인은 입을 굳게 다문 채 일행을 따라 방으로 들어왔다. 홀에 깔린 골풀을 때리던 무겁고 느릿한 목발 소리가 방 안의 바닥 널에 부딪쳐 둔탁한 울림으로 변했다. 그는 방해하지 않고 얌전히 듣고만 있을 작정으로 방 한구석, 어두컴컴한 자리에 놓인 의자에 가 앉았다. 센러드가 지친 듯 탁자 앞에 털썩 앉더니 양 팔꿈치를 탁자에 올리고 근육질의 손으로 얼굴을 받쳤다.

"그 사람들은 걸어서 갔습니까?" 드 페로네가 물었다.

"그렇다네."

"그럼 한참 기다려야 오겠군요. 혹시 다른 길로도 수색대를 파견했나요?"

"아닐세." 짧은 대답뿐. 그는 어떤 설명이나 변명도 덧붙이지 않았다. 센러드를 지켜보던 캐드펠은 아마 15분 전이었다면 그가 대답을 회피하지 않았을 거라고 생각했다. 지금 그는 신중을 기하고자 애쓸 기운도 없었다. 살인 사건은 여전히 어둠 속에 잠긴 채 고통스러운 문제들을 백일하에 드러내고 있었다.

드 페로네는 입을 꾹 다물고 기다렸다. 불길하고 무거운 정적 속에 비버스의 밤이 깊어갔다. 홀에 누운 사람들도 과연 잠들 수 있을지 의문스러웠다. 문 저편에서 작은 움직임과 속삭임이 들려오는 것만 같았다.

그러나 기다림은 드 페로네가 예상했던 만큼 오래가지 않았다. 꽁꽁 언 땅을 때리는 말발굽 소리가 돌연 침묵을 흔들더니 격분에 찬 젊고 오만한 목소리가 이어졌다. 누군가 어서 나와 시중을 들라며 고래고래 소리치고 있었다. 마깥에 있던 마부들이 혼비백산하여 마당으로 달려 나갔고, 집 안에서도 잠들지 못하고 있던 하인들이 황급히 움직이기 시작했다. 어둠 속에서 골풀 위로 바삐 오가는 발소리가 분주했다. 하인들은 부싯돌로 불을 붙일 경황도 없어 횃불 하나를 난로 속에 넣었다가 서둘러 다른 횃불들에 불길을 전달했다. 센러드의 방에 모인 이들이 미처 홀로 나서기도 전에 웬 주먹이 홀 문을 때리며 성난 목소리로 독촉하는 소리가 들려왔다.

목소리를 알아들은 하인 두서넛이 달려가 빗장을 풀고 육중한 현관문을 열어젖히자 펄럭이는 환한 횃불 빛 속으로 사람이 하나 뛰어들었다. 로셀린이었다. 말을 타고 급히 달려오느라 아맛빛 머리칼이 잔뜩 곤두서고 파란 두 눈은 이글이글 불타고 있었다. 그와 함께 들어온 차가운 밤바람에 횃불들이 꺼질 듯 나부끼며 연기를 피워 올렸다. 방을 나서던 센러드는 홀 문간에 선 아들의 불꽃 튀는 눈길을 마주하고 흠칫 놀라 멈춰 섰다.

"에드러드한테 다 들었어요. 대체 이게 무슨 얘깁니까?" 로셀린이 따지고 들었다. "저 모르게 무슨 일을 꾸미신 거죠?"

9

 처음으로 아버지의 권위가 위험에 처한 상황이었다. 센러드 자신도 그 사실을 의식하여, 지난날 한 가정을 관리하며 군림해온 사람으로서 이 순간 잃어버린 주도권을 되돌려보고자 안간힘을 쓰고 있었다.
 "너 지금 여기서 뭘 하고 있는 게냐?" 그가 준엄하게 물었다. "내가 널 오라고 했느냐? 네 군주께서 널 내쫓았어? 우리 중 한 사람이라도 네가 맺은 맹세를 풀어준 바 있더냐?"
 "아니요." 로셀린이 눈을 빛내며 말을 받았다. "그 누구도 제게 허락한 바 없고 저 역시 누구에게도 허락을 구한 바 없습니다. 그리고 맹세로 말씀드리자면, 아버님께서 제게 속임수를 쓰신 그 순간 저는 이미 그 맹세에서 풀려난 셈입니다. 신의를 저버린 쪽은 제가 아닙니다. 제게 의무가 있다면 오데마 드 클리어리에 대한 의무이니, 할 일을 마친 뒤 가능하다면 그곳으로 다시 돌아갈 테고 그분이 무슨 역정을 내시더라도 참고 버틸 것입니다. 하지만 아버님께서 저 몰래 무슨 일을 꾸미셨는지 솔직하게 밝히실 때까지는 이 자리에서 꼼짝도 않을 생각입니다. 저는 아버님 말씀을 귀담아들었고, 올바르게 살도록 배웠으며, 그 말씀에 순종했습니다. 그런 제게 아버님은 보답하실 것이 전혀 없단 말씀입니까? 정직함조차도요?"

그만한 불손함이면 어느 아버지라도 당장 아들을 쓰러뜨렸을 법하지만 센러드는 그렇게 하지 않았다. 집안의 두 남자로 인해 고통받는 에마가 불안스레 남편의 소맷자락을 잡아당기고 있었다. 드 페로네는 놀라움과 불쾌함이 어린 눈길로 그들 앞에 선 격분한 청년을 쏘아보았는데, 이미 자신의 계획에 중대한 차질이 생겼음을 감지한 듯했다. 아닌 게 아니라, 이 청년이 야밤에 쏜살같이 달려온 이유가 무엇이겠는가? 정황으로 보건대 청년은 어둠 속에서 위험을 무릅쓰고 제일 가까운 지름길을 택해 달려온 게 분명했다. 그렇지 않고서는 이토록 빨리 당도하지 못했을 것이다. 결국 오늘 밤 일어난 일 가운데 우연한 사고는 없었다. 헬리센드 비버스의 결혼, 그것이 하녀의 실종과 수색, 살인, 그리고 추격으로 이어진 이 모든 사태의 근원이었다. 게다가 앞으로 무슨 일이 더 남아 있을지 몰랐다.

"내가 한 일 중 부끄러운 짓은 없다." 센러드가 말했다. "너한테 해명해야 할 일은 더더욱 없고. 너야말로 네가 어떻게 해야 하는지 잘 알 게다. 네 입으로 동의해놓고는 이제 와서 불평을 하다니. 난 이 집안의 책임자로서 가족에 대한 권리와 의무를 동시에 지고 있는 사람이며, 따라서 나 자신의 판단에 따라 그 직무를 수행할 것이다. 최선이 되는 방향으로 말이야!"

"저한테 한마디라도 귀띔해주셨어야죠!" 불길을 쏘신 듯 열화같이 화를 내며 로셀린이 말했다. "그래요, 전 이제야, 이미 사고가 터진 뒤에, 그것도 에드러드를 통해 그 이야기를 전해 들었습니다. 사람이 죽은 다음에요. 분명 아버님 당신의 계획 때문이겠지요. 과연 그게 최선이었나요? 그게 아니라면, 에지타가 다른 이유로, 낯선 사람의 손에 의해 죽었다고 감히 말씀하시려는 건가요? 재난은 그것으로 충분합니다. 도대체 왜 그녀가 밤중에 바깥으로 나가야 했을까요? 그녀가 지극히 사적인 다른 용무로 그랬을 거라고는 말씀 못 하시겠죠? 에지타는 엘퍼드로 가던 길에 변을 당했다고 에드러드가 그러더군요. 제가 여기에 온 것은 나머지 사태를 막기 위해서입니다."

"자제분께서는 지금……" 드 페로네가 냉담한 목소리로 입을 열었다. "헬리센드와 저 사이에 계획되어 있는 혼사에 대해 말씀하시고 싶은 것 같군요. 그 문제라면 저도 한마디 거들 수 있다고 봅니다."

휘둥그레진 로셀린의 푸른 눈이 아버지의 얼굴에서 손님에게로 휙 옮겨갔다. 그가 이곳에 도착해 드 페로네를 바라본 것은 그게 처음이었다. 이 갑작스러운 대면에 로셀린의 입은 한참이나 떨어질 줄 몰랐다. 이들은 초면이 아니군, 캐드펠은 생각했다. 그래, 두 가문은 서로 가까운 사이야. 2년 전에는 드 페로네가 헬리센드에게 공식적으로 청혼도 했다고 하지 않았던가. 그러나 로셀린의 부릅뜬 눈에 개인적인 적개심은 담겨 있지 않았다. 저 행운의 구혼자에게 사적인 감정을 품었다기보다는, 이러한 상황 자체에 분개하고 좌절해 있을 뿐이었다. 게다가 로셀린 자신은 그의 경쟁자가 될 수 없고, 되어서도 안 될 입장이었다.

"당신이 신랑 될 사람이오?" 그가 퉁명스럽게 물었다.

"그렇소. 그러니 나도 내 권리를 주장해야겠소. 당신이 우리 혼사에 반대하는 이유가 도대체 무엇인지 궁금하군."

그들 사이에 어떤 감정이 도사리고 있든, 두 남자는 이미 싸움에 뛰어든 수탉들처럼 털을 곤두세우고 있었다. 센러드가 나서서 드 페로네의 팔을 잡고 만류하는 한편, 아들에게는 그만두라는 몸짓과 함께 인상을 써 보였다.

"그만둬, 그만들 하라고! 일이 이렇게까지 되었으니 모두 털어놓을 수밖에 없겠군. 로셀린, 너 방금 에드러드한테서 이번 혼사 얘기를 들었다고 했느냐? 에지타의 사망 소식도?"

"그게 아니라면 제가 어떻게 알았겠어요?" 로셀린이 퉁명스레 대꾸했다. "에드러드가 헐떡이며 들어와 소식을 전하는 바람에 온 집안이 잠에서 깨었습니다. 오데마 님까지 전부요. 딱히 제게 그 혼사에 대해 전할 생각이었겠습니까마는, 어쨌거나 전 들었고 그래서 이렇게 달려왔습니다. 도대체 어떻게 된 일인지 직접 확인하려고 말이지요. 이 모든 일이 과연 최선을 위한 것인지는 이제 두고 보면 알겠지요!"

"그렇다면 에지타를 만나지 못했다는 말이냐? 그녀가 너한테 가지 않았다고?"

"엘퍼드에서 1킬로미터쯤 떨어진 곳에 죽어 있었다면서요! 그녀가 어떻게 거기에 올 수 있었겠어요?" 로셀린이 답답하다는 듯 되물었다.

"에지타가 죽은 건 눈이 내리기 시작한 뒤였어. 집에서 나간 게 그보다 한참 전이니 엘퍼드에 다녀오고도 충분한 시간이었지. 그러니 다녀오던 중에 변을 당한 줄 알았는데…… 에지타는 분명 어딘가로 갔다가 돌아오던 길이었다고. 엘퍼드가 아니라면 도대체 어디에……."

"아, 아버님은 에지타가 엘퍼드로 달려갔구나 생각하셨군요." 로셀린이 조롱 어린 음성으로 내뱉더니 느릿느릿 말을 이었다. "전 그녀가 죽었다는 소식밖에 듣지 못했습니다. 그래서 제게 오던 길에 변을 당했나 보다 생각했지요. 아버님이 신경을 쓰신 게 바로 그거 아닌가요? 그녀가 제게 와 여기서 벌어지고 있는 일들을 전부 알릴까 봐 걱정하셨잖습니까."

이에 대한 대답은 센러드의 침묵과 에마의 서글픈 얼굴로 충분했다.

"아뇨, 전 그녀의 옷자락도 못 봤습니다." 로셀린이 다시 입을 열었다. "제가 아는 한 오데마 님의 가솔들도 마찬가지고요. 혹시 그녀가 거기에 갔었다면 누구를 만나려 했던 건지 모를 일이군요. 어쨌거나 전 아니었습니다."

"그럴 리가……."

"아뇨, 오지 않았다니까요." 로셀린이 말을 끊었다. "하지만 결과는 다를 바 없지요. 에지타가 아닌 다른 사람의 입을 통해 소식을 듣고 지금 제가 이렇게 여기 와 있으니까요. 에지타의 일로 제가 얼마나 상심했는지는 하느님이나 아시겠지만, 이제 와서 별 수 있겠습니까? 예를 다해 그녀를 묻어주고, 가능하다면 살인범을 붙잡아 그놈도 매장시켜버리는 수밖에. 하지만 내일 이 집에서 계획된 일을 재고하기엔 늦지 않았어요. 아직 마음을 바꿀 수 있다고요."

"나로선 놀라운 반응이구나." 센러드가 거칠게 대꾸했다. "에지타의 죽음에 대해 내게 책임을 물으며 더 따지고 들 줄 알았는데 말이야."

그제야 끔찍하기 짝이 없는 한 가지 가능성에 생각이 미친 듯 로셀린이 입을 딱 벌렸다. 크나큰 충격에 꽉 움켜쥔 그의 두 주먹이 양옆으로 늘어졌다. 순진한 그의 머리로는 감히 그런 생각을 떠올려보지도 않은 모양이었다. 격분하여 더듬더듬 알아듣기 힘든 말로 부인하는가 싶더니, 그가 느닷없이 드 페로네를 향해 퍼붓기 시작했다.

"당신…… 만일 그녀가 내게 오기 위해 길을 나섰다는 걸 알았다면, 당신에겐 그녀를 제지할 만한 충분한 동기가 있지. 지금 내가 하듯이 누군가 당신의 결혼에 반대하는 목소리를 내지 않도록 하려면 그녀의 입부터 봉해야 했을 테니까. 길 가던 그녀를 죽게 만든 것이 혹시 당신 아니오?"

"말도 안 되는 소리." 드 페로네가 경멸 어린 투로 대답했다. "내가 저녁 내내 여기에, 모두의 눈앞에 있었다는 건 이 집 사람들이 다 아는 사실이오."

"부하들을 시켜 대신 일을 저질렀을 수도 있잖소."

"내 사람들의 결백 또한 당신 부친의 가솔들이 보증할 수 있소. 게다가 그 하녀가 그리로 가던 길이 아니라 돌아오다가 변을 당했다고 당신네 집안 사람들이 이미 얘기한 마당이오. 그 상황에서 하녀의 입을 막아봐야 내게 무슨 득이 되었겠소? 그리고, 이쯤에서 당신들 부자 모두에게 묻고 싶군요." 그가 날카롭게 따지고 들었다. "자기 고모가 결혼을 한다는데 도대체 이 청년이 무슨 이유로 이러는 겁니까? 무슨 권리로 이렇게 나서는 거냐고요! 자기가 신부의 오빠나 남편이라도 됩니까?"

다 끝났군, 캐드펠은 생각했다. 비록 속 시원히 내막을 털어놓을 사람은 아무도 없겠지만, 드 페로네는 예리한 사람이다. 무언가 특별하고 금지된 열정이 이 불운한 청년을 몰아치고 있다는 사실을 이미 간파한 것이다. 이제 이 사태와 관련해 점잖게 체면을 유지할 수 있느냐는 로셸린에게 달려 있었다. 배신당했다는 생각에 이처럼 가슴이 갈가리 찢기고 격분해 있는 젊은이에게 이는 너무도 가혹한 요구였으니, 과연 그가 어떤 근성을 지녔을지 지켜볼 일이었다.

로셀린의 낯빛이 하얗게 질렸다. 그의 잘생긴 뺨과 턱의 윤곽이 횃불 빛 아래 훤히 드러났다. 센러드가 먼저 입을 떼려고 숨을 끌어당기는 순간, 그의 아들이 한발 앞서 말했다.

"가까운 피붙이의 자격으로 말하는 것뿐이오. 여태껏 그녀와 함께해온 형제 같은 사람으로서, 세상 그 무엇보다 헬리센드의 행복을 바라는 사람으로서 말이오. 내가 아버님의 권리에 맞선 일은 결코 없었으며, 아버님 역시 그녀가 잘되길 나 못지않게 바라고 계시리라 믿어 의심치 않소. 하지만 내가 없는 사이 이렇게 서둘러 혼사가 진행되고 있다는 소식을 들었을 때 어떻게 내 마음이 편할 수 있었겠소? 그녀가 원하지도 않는 혼례를 떠밀리듯 치르려 하는지도 모르는 판국이니 나로선 수수방관할 수 없었소. 그녀가 자기 의사에 반해 강제로, 혹은 설득에 넘어가 결혼하는 일은 결코 용납하지 못하오."

"그게 아니다." 센러드가 열화같이 맞섰다. "헬리센드는 억지로 결혼하는 게 아니야. 자기 뜻으로 동의했어."

"그렇다면 왜 제게 알리지 않으셨죠? 일이 다 끝날 때까지 덮어두려 하신 것 아닌가요? 지금까지 아버님이 이런 식으로 일을 처리해왔다는 걸 알았는데, 이제와 제가 어떻게 그 얘길 믿을 수 있겠습니까?" 그는 애써 표정을 누그러뜨리며 이번에는 드 페로네를 향해 말을 이었다. "당신에겐 아무 유감도 없소이다. 난 누가 그녀의 남편이 되는지도 몰랐으니까. 하지만 공개적으로 처리하지 않으면서 모든 일이 다 공정하게 이루어졌다고 말하니, 나로서는 그 얘길 믿을 수 없소. 당신이 생각하기에도 그렇지 않겠소?"

"지금 이렇게 공개되고 있잖소." 드 페로네가 냉담하게 대꾸했다. "방해가 되는 사람은 당신뿐인 듯한데, 그렇다면 당사자의 입을 통해 확인해보는 게 좋겠군. 그러면 만족하겠소?"

로셀린의 하얀 얼굴이 더욱 고통스럽게 일그러졌다. 피할 수 없는 거부와 상실을 떠올리고 고민하는 기색이 역력했다. 하지만 결국 그로서도 동의할 수밖에 없었다.

"만일 그녀가 스스로 택한 일이라고 한다면, 그땐 내가 입을 닫겠소." 그러나 그것으로 만족하겠다는 말은 입에 담지 않았다.

센러드가 아내를 돌아보았다. 에마는 내내 남편의 곁을 충실히 지키면서도 아들의 고통스러운 얼굴에서 불안한 시선을 떼지 않았다. "가서 헬리센드를 불러오시오. 제 입장을 제가 밝히겠지."

*

에마가 홀에서 나가자 무겁고 불편한 침묵이 이어졌다. 캐드펠은 헬리센드가 한참 전부터 보이지 않았다는 사실에 새삼 의구심을 품었다. 집안의 다른 사람들도 그 점을 이상하게 여기고 있을까? 야밤에 여러 사람이 들고나며 이 소동을 벌이는데 그녀는 직접 내려와보고 싶지도 않았을까? 마지막으로 보았던 그녀의 모습이 도무지 마음에서 지워지질 않았다. 자신이 확고하게 품위를 지키며 끝까지 걸어갈 수 있으리라 믿었던 길 위에서 갑자기 방향을 잃은 채 고독하게 서 있던 그 모습. 상황이 이처럼 돌아가자 혼란을 느낀 것이 분명했다. 하지만 아무리 그렇다 해도, 수색대가 돌아왔을 땐 뒷일이 궁금해서라도 내려와봤을 법한데……. 설마 에지타가 죽었다는 사실조차 모르고 있는 걸까?

센러드는 방으로 돌아가지 않았다. 어차피 숨길 만한 것도 사라진 터였다. 집안 식구 중 한 여자가 살해되었다. 그리고 다른 여인의 혼사로 인해 갈등과 죽음이 발생했다. 주인이고 하인이고, 이제 이곳 사람들은 하나같이 불안한 심경으로 아직까지 모습을 드러내지 않는 헬리센드를 기다릴 뿐이었다.

할루인 수사는 줄곧 어두운 한구석, 벽 앞에 놓인 의자에 조용히 앉아 있었다. 그가 양쪽 옆구리에 끼운 목발 사이로 뻣뻣한 몸을 웅크렸다. 그 퀭한 검은 눈이 사람들의 얼굴을 하나하나 유심히 살피며 무언가를 읽어내고 있는 듯했다. 기력이 빠진 기색은 찾아볼 수 없었다. 캐드펠은 그를 잠자리로 들여보내고 싶었지만 이 자리에 모인 이들 모두가 마치 강력한 무언가에 이끌린 듯 떠날 줄을 몰랐다. 할루인 역시 마찬가지일 것이다. 그 힘에 대항하여 자리를 떠난 이는 단 한 사람뿐이었다.

"아니, 이 여자들이 뭘 하는 거지?" 시간이 지체되자 센러드가 안달을 냈다. "가운 하나 걸치는 데 이렇게 오래 걸릴 리가 없는데."

에마가 다시 문간에 나타난 것은 그러고도 한참이나 지나서였다. 유순해 보이는 둥근 얼굴에는 놀라움과 당혹감이 가득했고, 허리띠께 마주 잡은 두 손은 쉴 새 없이 꼼지락대고 있었다. 그녀 뒤에서는 하녀 매들린이 눈을 휘둥그레 뜨고 이쪽을 넘겨다보고 있었다. 그러나 헬리센드의 모습은 보이지 않았다.

"사라졌어요." 에마가 말했다. 너무도 떨리고 당황해 말을 잇기조차 힘들어 보였다. "침대에도 없고, 방에도 없고, 온 집 안을 다 뒤져보았지만 흔적도 보이지 않아요. 망토도 사라졌고요. 제한이 마구간에 가봤는데 헬리센드의 말과 마구도 없어졌대요. 우리가 모르는 사이 손수 안장을 얹고 빠져나간 것 같아요. 혼자서 말이에요."

그녀의 오빠와 예비 신랑, 불만에 찬 연인을 비롯해 홀 안의 모든 사람들이 동시에 말을 잃었다. 이들이 그녀의 운명을 두고 계획과 고민과 언쟁을 이어가는 사이 헬리센드 자신은 행동에 나서 모두로부터 달아나버린 것이다. 한 대 맞기라도 한 듯 놀라 서 있는 품새로 보아 로셀린도 예상치 못한 일인 듯했다. 그도 다른 사람들처럼 어찌할 바를 모르고 있었다. 센드르가 얼굴을 굳히며 아들을 바라보고 드 페로네 또한 그에게 의심 어린 눈길을 보내긴 했지만, 이 황당한 도주에 로셀린이 개입하지 않았음은 분명했다. 에지타의 죽음, 아니 그에 앞서 그 하녀가 비밀리에 나갔다가 돌아오지 못했다는 사실이, 간신히 끼워 맞춘 헬리센드의 확신을 이미 산산조각 내버린 건 아니었을까? 캐드펠은 생각했다. 그래, 드 페로네는 점잖은 사람인 동시에 존경할 만한 배우자야. 그러니 그녀는 로셀린의 삶에서 빠져나와 자신과 그를 견디기 힘든 상황으로부터 구출하기로 다짐했겠지. 하지만 그러한 희생이 분노와 위험과 갈등밖에 낳지 못한다는 걸 알았다면 생각이 바뀌었을 거야. 벼랑 끝에 서 있던 헬리센드는 마침내 뒤로 물러나 스스로의 속박을 끊어낸 것이었다.

"그 아이가 달아났군!" 센러드가 거친 호흡과 함께 내뱉더니, 묻는다기보다는 체념한 어조로 말을 이었다. "어떻게 그렇게 감쪽같이? 도대체 언제? 하녀들은 어디 있었지? 마구간 근처에는 마부 한 놈 없었단 말인가? 어디로 가는지 물어보기라도 했어야지! 하다못해 우리한테 와서 알려주기라도 했어야지!" 그는 맥 빠진 손을 들어 얼굴을 가렸다가 이내 험악한 눈길로 아들을 바라보았다. "틀림없이 엘퍼드로, 네놈에게로 갔겠군."

마침내 그 말이 나오고 말았다. 이제 되돌리기란 불가능했다.

"네놈이 그 애를 몰래 숨겨두고는 죄를 덮을 속셈으로 달려와 분개한 척 난리를 친 거지?"

"그게 무슨 말씀이세요!" 로셀린이 펄쩍 뛰었다. "전 그녀를 만나지 못했어요. 뭔가 언질을 듣거나 전갈을 보낸 일도 없고요. 아버지도 아시잖아요. 전 아버지가 보낸 사람들이 왔던 그 길로 엘퍼드에서 막 달려온 참이에요. 만일 그녀가 그 길로 갔다면 틀림없이 마주쳤겠죠. 만일 그랬다면, 제가 그녀를 이 야밤에 혼자 있도록 내버려두었겠어요? 어디에서든 지금쯤 함께 있었겠지요."

"아마 더 큰 도로를 택했을 겁니다." 드 페로네가 말했다. "시간이 걸리긴 해도 말을 타면 안전하고 빠르게 갈 수 있지요. 그녀가 엘퍼드를 향해 출발했다면 그 길로 간 게 틀림없어요. 수색대가 지나간 길은 아무래도 위험하다고 판단했을 테니까요."

그의 목소리는 차갑고 무미건조했으며, 얼굴에는 험악하게 주름이 져 있었다. 하지만 드 페로네는 현실적인 사람이었으니, 새파란 청년의 잘못된 애정에 기력이나 열정을 낭비할 생각이 없었다. 어쨌거나 그 자신의 위치가 위협받는 상황은 아니지 않은가. 그는 이 혼사를 원했고, 진중하게 추진하여 마침내 허락을 얻어낸 참이었다. 이제 와 포기할 필요도, 그럴 마음도 없었다. 지금 중요한 것은 헬리센드를 찾아 무사히 데려오는 것이었다.

"일리 있는 생각이네." 센러드는 기운을 찾아 말을 이었다. "그 길로 갔을 가능성이 높아. 만일 이미 엘퍼드에 도착했다면 지금쯤 거기 안전하게 있겠지. 우리도 대로를 통해 뒤쫓아 가봐야겠군. 어쨌든 확인을 하는 편이 나으니까."

"제가 가볼게요." 로셀린이 다급히 내뱉은 뒤 홀 문으로 달려가려는 순간, 드 페로네가 그의 소맷자락을 잡아당겼다.

"아니, 당신은 안 되오! 두 사람이 만날 경우 여기 다시 나타나리라 보장할 수 없잖소. 센러드 님께서 가시지요. 그녀가 돌아와 자신의 심경을 솔직히 털어놓고 그렇게 이 얽히고설킨 타래가 모두 풀린다면 난 그걸로 만족할 거요. 당신은 그때까지 조용히 기다리는 게 좋겠소."

나이나 침착성에선 한참 위일지 몰라도 지위나 위세라면 자신과 별반 다를 바 없는 사람으로부터 아이 취급을 받자 로셀린은 기분이 많이 상한 기색이었다. 더 이상의 모욕은 참지 않겠다는 듯, 그는 한쪽 팔을 힘껏 뒤틀어 상대의 손을 떨쳐내며 눈썹을 내리깔았다.

"좋소. 헬리센드가 무사히 돌아온다면 당신이나 우리 아버님의 입장이 아니라 자신의 뜻을 있는 그대로 밝히게 합시다. 다른 누구도 아닌 그녀 본인의 뜻을 말하게만 해준다면 나도 만족하겠소." 이어 그가 도전적이면서도 애처로운 표정으로 아버지를 돌아보았다. "그러자면 먼저 그녀를 찾아야겠지요. 다친 데 없이 건강한 모습으로 제 앞에 다시 설 수 있도록 조심조심 데려와주세요. 지금 중요한 게 그것 말고 또 무엇이겠습니까?"

"그래, 내가 직접 나가지." 센러드는 이렇게 대꾸한 뒤 수색 때 입었다가 던져둔 망토를 가지러 방으로 성큼성큼 되돌아갔다.

*

하지만 이날 밤 비버스 영지를 나선 사람은 더 이상 없었다. 센러드가 장화를 신고, 마구간의 마부들이 안장이며 마구를 준비하기 시작한 지 얼마 안 되어 말들이 바삐 마당으로 들어서는 소리가 들려온 것이다. 대여섯 필쯤 되는 말들이 울려대는 방울 소리와 언 땅을 치는 둔탁한 발굽 소리가 요란했다.

안에 있던 이들은 이 늦은 밤에 도대체 누가 왔나 싶어 물밀듯 문간으로 달려가 밖을 내다보았다. 에드러드 일행은 걸어서 갔으니 돌아올 때도 걸어올 터인데 지금 당도한 사람들은 모두 말을 타고 있으니 말이다. 센러드는 하인들과 함께 횃불을 밝혀 들고 어둠 속으로 나갔다. 로셀린과 드 페로네, 그 밖의 다른 남자 하인들도 그를 뒤따랐다.

마당에는 횃불 빛이 너울대고 있었다. 선이 굵은 얼굴에 육중한 몸을 가진 오데마 드 클리어리가 안장에서 훌쩍 뛰어내리자 다시금 불빛이 일렁였다. 마부가 종종걸음으로 다가가 그에게서 고삐를 건네받았다. 뒤이어 엘퍼드로 보냈던 집사 에드러드 일행이, 지금은 모두 말에 오른 채 드 클리어리의 부하 셋과 함께 마당으로 들어섰다.

"나리," 센러드가 허겁지겁 계단을 내려가 친구이자 대군주에게 예의를 갖추었다. "오늘 밤에 뵙게 될 줄은 생각도 못 했는데…… 어쨌거나 아주 때맞춰 잘 오셨군요. 이렇게 걱정을 끼쳐 송구합니다. 에드러드가 이미 전했을 텐데, 살인 사건이 있었습니다. 나리의 영지에서 살인이라니, 믿기 힘든 노릇이지만 사실입니다."

"그렇다고 들었소." 오데마가 말했다. "일단 들어가서 전모나 들어봅시다. 아침이 될 때까진 달리 할 수 있는 일도 없으니." 홀로 들어서던 그가 무단가출한 로셀린에게 시선을 던졌다. 뉘우치는 기색이라곤 전혀 없이 험상스러운 청년의 낯빛을 보고도 그는 관대하게 말했다. "자네도 여기 와 있었구먼. 아마도 그렇겠거니 싶긴 했네."

로셀린의 사연을 오데마도 알고 있는 게 틀림없었다. 물론 그 어리석은 행동을 받아줄 만큼은 아니겠지만, 그래도 그는 젊은이에게 약간의 연민을 느끼는 듯했다. 오데마가 로셀린을 지나치며 어깨를 잡아 그를 방으로 끌고 들어가려 하자, 로셀린은 군주의 소맷자락을 다급하게 부여잡았다.

"나리, 제 얘기 좀 들어주십시오, 나리." 이어 그가 아버지를 향해 애원하듯 말했다. "아버지, 어서요! 나리께 여쭈어보세요! 나리, 헬리센드가 사라졌습니다. 혼자서 말을 타고 나갔는데…… 아버님은 그녀가 저를 만나러 엘퍼드로 갔으리라 생각하세요. 하지만 지름길을 통해 여기까지 오는 동안 전 그녀의 흔적도 보지 못했습니다. 그녀가 나리 댁에 무사히 당도했습니까? 부탁이니 제 걱정 좀 덜어주십시오. 대로로 해서 간 겁니까? 지금 엘퍼드에 잘 있나요?"

"그녀는 엘퍼드에 없네!" 오데마가 갑자기 걸음을 멈추곤 날카로운 눈길로 부자를 훑어보았다. 그들을 괴롭히는 긴박한 사정을 가늠해보는 듯했다. "우리가 지금 막 대로를 통해 오는 길이네. 하지만 헬리센드는커녕 사람이라곤 전혀 못 봤어. 이 길 아니면 저 길인데, 결국 아무도 그녀와 마주치지 않은 셈이군. 자, 일단 들어갑시다!" 이제 그는 센러드를 잡아끌었다. "지혜를 모아야 내일 날이 밝는 대로 뭐라도 해볼 것 아니겠소. 부인, 지금으로선 손쓸 것이 없으니 좀 쉬시구려. 이제부턴 내가 책임지겠소. 괜히 밤을 새우실 것 없소이다."

 이 순간 이곳의 주인이 누구인지는 명백했다. 그의 지시에 에마는 양손을 모아 감사의 뜻을 표하고 남편과 아들에게 애정과 괴로움이 뒤섞인 눈길을 던진 뒤 고분고분 물러났다. 마음먹은 대로 될지는 모르겠지만 그래도 날이 밝을 때까지는 쉴 작정이었다. 오데마는 방에 들어와 바깥을 한 차례 둘러보았다. 다정스럽긴 하나 자신의 권세를 분명히 드러내는 눈길. 더는 아무도 들어오지 말라는 의미였다. 그러다 시선이 중심에서 비켜나 언저리에 조용하게 서 있던 베네딕토회 수사 두 사람에게로 떨어지는 순간, 그는 가벼운 목례로 알은체를 하더니 빙그레 웃어 보였다.

 "안녕히 주무십시오, 수사님들!" 이렇게 말한 뒤 오데마는 문을 쾅 닫아버렸다. 비버스 집안의 고뇌에 찬 부자와 집안의 예비 신랑만이 그와 함께 방 안에 남겨졌다.

10

"그 사람 판단이 옳아요!" 새벽을 앞둔 어스름 속, 잠자리에 몸을 쭉 뻗고 누운 할루인 수사가 말했다. 집안을 집어삼킨 혼돈 속에서 오랜 시간 지켜온 침묵으로부터 이제야 겨우 풀려난 모양이었다. "오데마의 인사 들으셨죠? '안녕히 주무십시오, 수사님들!' 마치 '잘 가시오!'라고 덧붙이고 싶은 것 같더군요. 이제 혼례는 없겠지요. 신부가 없으니 혼례가 있을 수 있나요. 설사 그녀가 돌아온다 하더라도 혼사는 진행될 수 없을 겁니다. 이런 의혹이 제기되었으니 다 끝났어요. 처음에 그 짐을 떠맡았을 땐 사실 너무 부담스러웠어요. 그저 그게 최선의 해결책이니 내 부담이나 연민은 치워두자 싶었지요 하지만 이젠 상황이 달라졌네요." 편안하고 느긋한 목소리였다.

"이렇게 되어 마음이 좀 놓이는 모양이군."

"네, 그래요. 아, 물론 한 여인이 목숨을 잃은 건 유감스럽지만요. 이 집 젊은이들이 해결책 없는 불행을 겪고 있다는 것도 딱하고요. 그러나 일이 이렇게 되었으니, 그 여자가 어떤 남자와 결합하든 저로서는 하느님 앞에서 감히 책임질 수 없습니다. 저 자신이 확신을 갖기 전에는 말이지요. 솔직히 그녀가 사라진 게 차라리 잘된 일인지 모른다는 생각마저 드네요. 어디에든 무사히 가 있길 비는 마음이지만……." 그가 말을 이었다. "이제 남은 일은 이 집에 작별을 고하는 것뿐입니다. 우리가 여기서 해줄 수 있는 일은 더 이상 없어요. 드 클리어리도 분명 그런 뜻으로 인사를 건넨 겁니다. 센러드 역시 우리가 떠나는 걸 반길 테고요."

"게다가 자네에겐 완수해야 할 맹세가 있으니 더더욱 지체할 이유가 없지!" 안도와 아쉬움이 엇갈리는 심정으로 캐드펠이 고개를 끄덕였다.

"이미 너무 오래 지체했죠." 할루인이 말했다. "이제 인정할 수 있을 것 같아요. 나 자신의 슬픔이 얼마나 작은지, 내가 택한 길이 얼마나 소중한 것인지 말입니다. 처음 이 길을 택했을 때 저는 비겁한 패배자였지만, 지금은 그렇지 않아요. 앞으로 어떤 삶이 주어지든 보다 가치 있는 것을 위해 훌륭한 삶으로 가꿀 생각입니다."

결국 이번 여행이 헛수고는 아니었군, 캐드펠은 생각했다. 죄와 상실로 가슴이 멍든 채 속세에서 도망쳐 나온 뒤 처음 다시 세상에 나온 할루인은 속세야말로 고통으로 가득하다는 것을, 그 속에서 자신의 괴로움은 마치 바다에 떨어진 한 방울의 비처럼 흔적조차 보이지 않는다는 것을 깨달은 터였다. 수도원에 들어온 후로 지금까지 그는 규율 한 번 어기지 않고 본분에 충실했지만, 그 내면은 죄책감으로 곪아 들어갔지. 하지만 이젠 진정한 사명이 시작될 거야. 은혜와 깨달음을 얻었으니 성인이 과연 어떤 존재인지 보여주고도 남을 거야. 뭐, 나로 말하자면야 아직 거듭나지 못한 사람에 불과하지만……

그러나 무엇도 해결된 것 없이 이대로 비버스를 떠나고 싶지는 않은 것이 캐드펠의 솔직한 마음이었다. 할루인의 얘기는 속속들이 옳았다. 여자가 모습을 감춘 이상 혼례는 치러지지 않을 테고, 따라서 두 사람이 이곳에 머물 구실도 사라진 셈이다. 센러드는 더 이상 그들을 필요로 하지 않으며, 오히려 그들이 떠나기를 바라고 있으리라. 하지만 캐드펠은 도무지 마음이 개운치 않았다. 응분의 대가를 치르지 않은 살인과 손상된 정의와 결코 바로잡히지 않을 수도 있는 과오를 뒤에 남겨둔 채 정말 떠나야 한단 말인가?

오데마 드 클리어리는 이곳의 대군주로서 힘과 결정권을 지닌 사람이었다. 자신의 영지에서 범죄가 일어난 지금, 그는 직접 나서서 일을 바로잡으려 할 것이었다. 캐드펠은 그에 대해 아는 것이 별로 없었다. 센러드가 미리 귀띔해준 것 이상은…….

그렇다면 이번 일에서 확실한 것은 무엇일까? 일단, 에지타가 죽기 전 몇 시간 동안 나가 있었다는 점. 그녀가 쓰러졌을 땐 바닥에 이미 눈이 덮여 있었으니 사고 당시 에지타는 분명 비버스로 돌아오던 중이었다. 그녀에겐 당초 계획대로 엘퍼드에 다녀오고도 남을 만한 시간이 있었다. 그리고 그 사고는 강도에 의한 짓이 아니다. 살인범은 그녀를 죽인 뒤 그대로 떠나버렸다. 노상강도라면 그랬을 리 없다. 하지만 만일 로셀린에게 가지 못하도록 하려는 것이었다면 그녀는 돌아오는 길이 아니라 엘퍼드로 가다가 변을 당했어야 한다. 그러니 살인자에게는 다른 이유가, 그녀가 비버스로 돌아가기 전에 입을 막아야 할 만한 사정이 있었을 것이다. 그게 무슨 일이지? 캐드펠은 다시금 생각에 잠겼다. 엘퍼드와 비버스 사이에 뭔가 다른 사연이 있는 걸까? 비밀스러운 혼사가 아닌, 누설하기 힘든 또 다른 비밀이 있단 말인가?

어쨌거나 에지타는 로셀린을 만나지도, 그와 얘기를 나누지도 않았다. 오데마나 그의 가솔들도 그녀를 보지 못했다. 엘퍼드에 다녀오는 길이었다면 거기 사람들 중 누구라도 그녀를 보았을 텐데……. 만일 엘퍼드에 갔던 게 아니라면, 에지타는 대체 어디에 들렀단 말인가?

문득 고양이 얘기가 떠올랐다. 그땐 캐드펠도 이 집 주인 부부와 같은 생각을 했다. 하지만 그게 아니라면……. 에지타가 비둘기들 사이에 풀어놓겠다 마음먹은 고양이는 대체 뭐지?

이대로 떠나면 그 모든 의문들에 대한 답을 그는 결코 알아내지 못할 터였다. 더하여 실종된 여인과 불운한 청년, 그리고 그 두 사람을 걱정하며 고뇌하고 괴로워하는 어른들 앞에 어떤 운명이 기다리고 있는지……. 참으로 안타까운 일이군! 하지만 방법이 없어. 우린 이제 엉망이 된 센러드의 가정사에 끼어들 수도, 책임을 맡고 대접받을 수도 없게 되었으니. 잠시 후 식구들이 깨어나는 대로 그들은 작별을 고한 뒤 슈루즈베리로 출발해야 했다. 아쉬워할 사람은 아무도 없을 것이다.

*

우울한 아침이 찾아왔다. 하늘이 살짝 흐리긴 했지만 구름이 높이 떠 있는 것으로 보아 눈은 더 오지 않을 듯했다. 담벼락과 수풀 밑에 하얀 눈의 흔적을 남긴 채 추위는 서서히 물러가는 형국이었다. 길손들에게 그럭저럭 괜찮은 날이었다.

집안은 일찌감치 깨어나 시끌벅적했다. 오래 눈을 붙이지 못한 탓에 하인들 모두 졸음에 겨운 얼굴이었지만 다들 오늘 휴식 따윈 없으리라는 것을 잘 알고 있었다. 간밤에 주인의 방에서 소집된 그 엄숙한 회의에서 무슨 뾰족한 수라도 나왔는지, 헬리센드의 피난처로 어떤 장소들이 제시되었는지 몰라도 오데마가 수색에 나서기로 한 것은 분명했다. 주변 지역의 모든 도로를 돌아다니며 에지타를 보거나 그녀와 이야기를 나눈 사람을 찾고, 그녀가 지나간 길에 남몰래 잠복한 인물을 본 사람이 있는지 집집마다 탐문해볼 작정이었다. 캐드펠과 할루인이 떠날 채비를 마치고 센러드 앞에 나타날 무렵, 마당에는 이미 사람들이 모여 안장을 얹고 말의 뱃대끈을 죄며 다음 지시를 기다리고 있었다.

센러드는 부산한 홀 중앙에서 집사와 무언가 열심히 얘기를 나누고 있었다. 예의상 두 수사에게 잠시 시선을 주긴 했지만 보다 중대한 일에 정신이 팔려서인지 유령을 보듯 멍한 눈길이었다. 비로소 그가 정신을 차려 인사를 건넸는데, 그 태도 또한 예의 유쾌함이라곤 찾아볼 수 없는, 그저 격식을 차린 친절에 불과했다.

"수사님들, 홀대를 받았다 느끼신다면 죄송합니다. 지금 처리해야 할 문제들이 많아서…… 하지만 두 분께 폐를 끼치고 싶진 않으니 내 집에 왔다 생각하며 편안히 계시지요."

"아니요." 할루인이 말했다. "친절에 감사드립니다만 그만 갈 길을 가야겠습니다. 혼사가 중단된 이상 더는 폐를 끼칠 수 없지요. 저희 또한 돌아가 해야 할 일들이 많기도 하고요. 떠나기 전에 작별 인사나 드리러 왔습니다."

그들과 헤어지게 되어 섭섭한 척하기엔 센러드는 너무나 정직한 사람이었다. "괜히 저희 일로 두 분의 귀향길만 지체되었군요." 그는 더 이상 만류하지 않고 미안한 듯 중얼거렸다. "게다가 그 목적도 이젠 아무 의미가 없게 되었고…… 이런 일에 두 분을 끌어들여 죄송합니다. 하지만 나쁜 뜻은 없었다는 건 알아주시지요. 그럼 부디 잘 가시길 빌겠습니다."

"감사합니다. 누이께서 무사히 돌아오시길, 모든 어려움 가운데 하느님의 인도가 함께하길 빕니다." 할루인이 말했다.

애들레이즈와 달리 센러드는 말을 제공하겠다는 이야기를 꺼내지 않았다. 당장 마구간의 말들을 모두 써야 할 형편이니 그로서도 어쩔 수 없으리라. 그는 정정한 노인과 다리가 성치 못한 젊은이가 홀 문을 나가 천천히 계단을 내려가는 모습을 가만히 지켜볼 뿐이었다. 캐드펠은 언제라도 할루인을 부축할 수 있도록 그의 팔꿈치에 한 손을 얹은 채였고, 할루인은 굳은살이 박인 손으로 목발에 몸을 의지해 한 걸음 한 걸음 조심조심 내디뎠다. 마당에 내려선 그들은 떠날 채비로 분주한 사람들을 헤치며 정문 쪽으로 나아갔다. 이제 신경 써야 할 이들이 사라져 한시름 놓은 듯, 센러드가 한숨을 쉬며 남아 있는 사람들 쪽으로 눈길을 돌렸다.

출발이 늦어지자 안달이 난 로셀린은 벌써 문간까지 나가 고삐를 잡고 선 채 두 발을 쉴 새 없이 움직이며 초조하게 뒤를 돌아보고 있었다. 말에 오르라는 지시가 한시라도 빨리 떨어지기를 기다리는 눈치였다. 두 수도사가 다가오자 불안함으로 가득했던 그의 얼굴에 다정한 기색이 깃든 미소가 잠시나마 떠올랐다.

"슈루즈베리로 떠나시는 겁니까? 잘됐네요. 큰 고생 없으시길 바랍니다."

"자네의 수색 작업에도 축복이 있길 비네." 캐드펠이 말했다.

"축복이라······." 청년의 얼굴이 다시 흐려졌다. "그런 건 기대하지도 않습니다."

"그녀를 무사히 찾아 데려오고, 그녀 자신이 진심으로 원할 때까지 누구의 아내도 되지 않는다면, 그게 축복이지 뭔가. 자네도 그 이상을 바라진 않을 것으로 아네." 캐드펠이 조심스레 말을 이었다. "아직은 오늘의 운세를 판단하지 말게. 그저 감사하는 마음으로 있다 보면 누가 알겠나, 덤으로 따라오는 게 있을지도."

"불가능한 일을 기대하시는군요." 로셀린의 목소리는 잔뜩 굳어 있었다. "하지만 저를 생각해서 하시는 말씀이니 좋은 뜻으로 받아들이지요."

"그래, 헬리센드를 찾으러 먼저 어디로 가볼 생각이오?" 할루인이 물었다.

"일부는 엘퍼드로 되돌아갈 겁니다. 우리가 모르는 새 그녀가 거기 도착해 있는지도 모르니까요. 나머지 인원은 주변의 영지를 모조리 돌면서, 혹시 그녀나 에지타를 본 사람이 있는지 탐문해볼 생각이고요. 아마 멀리 가진 못했을 겁니다." 로셀린 또한 에지타가 당한 일에 진심으로 애도와 분노를 느꼈으나, 이 순간 그의 마음을 사로잡고 있는 '그녀'는 헬리센드뿐이었다. 그는 어서 달리고 싶어 발굽으로 땅을 구르는 말들보다 더 조바심을 내고 있었다.

두 수사는 고뇌 속에 안달하는 청년을 남겨둔 채 문을 나섰다. 조금 걷다가 뒤를 돌아보니 로셀린은 벌써 등자에 발을 올리는 중이었고, 그 뒤에서 다른 수색 대원들도 고삐를 잡아 말에 오르고 있었다. 엘퍼드로 돌아가보려는 이들이었다. 캐드펠과 할루인은 반대 방향인 서쪽으로 가야 했다. 이곳으로 올 때는 큰길 북쪽에 난 샛길로 접어들었지만, 이번엔 곧장 서쪽으로 틀어 비버스의 방책과 나란히 이어진 오솔길을 따라갔다. 영지 경계에 다다를 즈음 오데마의 수색대가 움직이는 소리가 들렸다. 고개를 돌리자 영지 정문에서 물밀듯이 나와 일렬로 달리는 이들의 모습이 보였다. 각양각색의 구성원으로 이루어진 긴 행렬은 동쪽으로 점점 가늘어지더니 이윽고 삼림 언저리의 나무들 속으로 자취를 감추었다.

"결국 이렇게 끝나는 걸까요?" 새삼스레 서글픈 목소리로 할루인이 입을 열었다. "우린 이 일의 결말을 결코 알 수 없을 테죠! 가엾은 청년, 희망 없는 사랑에 빠지다니. 이 세상에서 그가 받을 수 있는 위안은 그녀의 행복을 보는 게 전부일 텐데. 하긴, 그 청년 없이 그녀가 행복할 수 있을지도 의문이지만요…… 저들의 고통이 어떤 것인지는 제가 잘 압니다." 그 마지막 말은 자기 연민이 조금도 느껴지지 않는, 순수한 동정심에서 나온 것이었다.

사실상 그들에게는 이미 다 끝난 일이었으니 되돌아본들 아무 의미도 없었다. 두 사람은 처음 디뎌보는 길을 따라 서쪽으로 부지런히 나아갔다. 떠오르는 해가 뒤에서 비추며 축축한 풀밭에 두 사람의 그림자를 길게 드리웠다.

덤불 우거진 언덕배기, 바람이 들지 않는 곳에서 그들은 걸음을 멈추고 빵과 치즈와 소금 친 베이컨으로 점심을 먹었다.

"이 길로 계속 가면 리치필드에서 벗어날 것 같구먼." 캐드펠이 형세를 살피며 말했다. "내가 볼 땐 이미 리치필드 북쪽으로 넘어가고 있는 것 같아. 아무래도 상관없겠지. 밤이 오기 전에 어디에서든 잠자리는 구할 수 있을 테니까."

날이 맑고 건조해 주변 산야의 풍경도 꽤 근사해 보였다. 하지만 외진 곳으로 들어섰는지, 지난번 리치필드를 관통하는 대로로 왔을 때보다는 사람 구경을 하기가 힘들었다. 두 사람은 꾸준히 걸음을 옮기되 서두르지 않았다. 길을 가다 쉬고 싶으면 쉬고, 외딴 개간지를 만나면 화롯가의 의자에서 대접받으며 잠시 잡담을 즐기기도 했다.

저녁이 다가오자 가벼운 바람이 일었다. 하룻밤 묵을 곳을 찾아야 할 때였다. 그들이 있는 곳은 50년 전 무자비한 일을 겪은 이래 내내 방치되어 있던 지역이었다. 당시 이곳 사람들은 노르만인들의 출현을 달갑게 여기지 않았으니, 그 고집의 대가를 치러야 했다. 버려진 건물들의 잔해가 여기저기 눈에 띄었다. 잡초와 가시나무에 뒤덮여 무너져가는 가옥, 과하게 불어난 물살 속에 서서히 썩어가는 황량한 방앗간. 마을은 몇 개 되지 않았고 그나마도 서로 한참씩 떨어져 있었다. 캐드펠이 주변을 둘러보며 사람 사는 곳을 찾기 시작했다.

삼베 두건을 쓴 어느 노인네가 늙은 나무들이 늘어선 곳에서 땔감을 모으고 있었다. 그들이 인사를 건네자 노인은 굽은 등을 펴더니 호기심 어린 눈길로 그들을 바라보았다.

"여기서 1킬로미터 정도만 가면 수도원 울타리가 나올 겁니다." 그가 말했다. "아직 건축이 다 끝나지 않아 부속 건물은 목재 골격만 세운 상태인데, 교회와 회랑만큼은 돌로 잘 지어져 있지요. 마을에 가봐야 집 두서너 채뿐이지만, 거기 수녀들은 길손을 받아주니 잠자리를 구하실 수 있을 겁니다." 두 사람의 검은 수사복을 눈여겨보며 노인이 덧붙였다. "그쪽 분들도 두 분과 같은 교파예요. 베네딕토회 수도원이지요."

"이 근방에 수도원이 있다는 얘기는 처음 듣는군." 캐드펠이 말했다. "그 수도원 이름이 무엇이오?"

"마을 이름을 따 페어웰이라 부릅니다. 3년 전에 드 클린턴 주교가 세웠지요. 거기 가면 환영받으실 겁니다."

캐드펠과 할루인은 고맙다고 인사한 뒤 다시 걸음을 옮겼다. 힘을 얻은 그들은 서쪽으로 계속 걸어갔고, 노인은 큼직한 나뭇단을 묶어 들더니 반대 방향에 있는 집으로 향했다.

"그러고 보니 이곳에 대해 들어본 적이 있습니다." 할루인이 말했다. "주교가 자기 교회에서 가까운 이 근처 어디에 새 수도원을 지을 계획이라고…… 하지만 페어웰이라는 이름은 센러드에게서 처음 들었지요. 기억나십니까? 비버스에 도착한 날 밤 그가 우리더러 어디서 왔느냐 묻더니 그런 말을 했잖습니까. 이 근방에 베네딕토회 수도원은 딱 하나, 페어웰 수도원뿐이라고요. 우리가 운이 좋았어요, 이 길로 오길 잘했습니다."

땅거미가 짙어갈 무렵, 여유 있게 걸어왔음에도 불구하고 이미 할루인은 기력이 다한 듯 보였고, 그래서 곧 한편에 집 서너 채가 모여 있는 자그만 녹지를 마주했을 땐 두 사람 모두 반가운 탄성을 발하지 않을 수 없었다. 집들 너머 새 수도원의 긴 울타리와 그 위로 솟은 예배당 지붕이 보였다. 소로로 접어들자 목재로 된 수수한 문지기실이 나타났다. 견고한 문과 쇠창살은 모두 닫혀 있었지만 종에 달린 줄을 잡아당기니 수도원 안 멀리까지 메아리가 울려 퍼졌다. 얼마 안 있어 울타리 안쪽에 불빛이 나타나는가 싶더니, 나는 듯 가벼운 발소리가 그들 쪽으로 다가왔다.

쇠창살이 한쪽으로 열리고 새어 나오는 불빛 속에 동그란 장밋빛의 젊은 얼굴이 드러났다. 크고 푸른 눈이 그들의 수사복과 삭발한 정수리를 훑었다.

"안녕하십니까, 수사님들." 불쾌하지 않은 자만심이 느껴지는, 높은 음조의 목소리였다. "길을 가던 중 밤을 맞게 되셨군요. 쉴 곳이 필요하신가요?"

"바로 그렇소." 캐드펠이 말했다. "하룻밤 묵어도 되겠소?"

"그럼요. 얼마든지 계셔도 좋아요." 여자가 쾌활하게 말했다. "수사복 입은 길손은 언제든 환영이랍니다. 수도원이 대로에서 벗어난 곳에 있는 데다 많이 알려지지 않은 터인데, 어찌 용케 찾아오셨네요. 아직 건축이 끝나지 않아 역사가 긴 다른 수도원들에 비하면 그리 편안하지 않을지도 모르지만 그래도 수사님들께 내어드릴 방 정도는 있습니다. 잠깐 기다리세요, 문을 열어드릴 테니."

그녀는 이미 문을 따고 있었다. 빗장이 벗겨지고 쪽문 걸쇠가 풀리더니 문이 활짝 열렸다. 그 너머에서 조금 전의 문지기가 들어오라 손짓하고 있었다.

열일곱 살도 채 안 되어 보이는 모습이, 아마 막 들어온 견습 수녀인 듯했다. 별로 물려받은 것 없는 소귀족의 딸로, 결혼 지참금이라 할 만한 돈도 없고 유리한 혼처를 찾을 전망도 없어 이리로 오게 된 것이리라. 자그마한 체구에 수수하고 동그스름한 얼굴을 한 수녀는 갓 구워낸 빵처럼 신선하고 건강해 보였다. 그리고 다행히도, 두고 온 속세에 큰 미련 없이 새 삶에 대한 열의로 가득 차 있는 듯했다. 문지기라는 이 중요한 임무도, 환하고 진솔한 얼굴을 둘러싼 하얀 쓰개와 검은 수녀복도 그녀에게 아주 잘 어울렸다.

"멀리서 오시는 길인가요?" 동그래진 두 눈으로 할루인의 힘겨운 걸음걸이를 살피며 그녀가 걱정스레 물었다.

"비버스에서 왔습니다." 할루인이 재빨리 대답했다. "여기서 그리 멀지 않은 곳인데 워낙 여유 있게 오느라 늦었지요."

"아직 가실 길이 많이 남았나요?"

"슈루즈베리로 가오." 캐드펠이 대답했다. "그곳에 우리가 속한 성 베드로 성 바오로 수도원이 있소이다."

"먼 길이군요." 그녀가 고개를 가로저었다. "좀 쉬셔야겠어요. 제가 어슐러 수녀님께 손님이 오셨다고 알릴 테니 여기 문지기실에서 잠깐 기다려주시겠어요? 어슐러 수녀님은 우리 수녀원을 돕느라 잠시 와 계시는 분이죠. 경험 많고 나이 지긋한 수녀님 두 분을 보내달라고 주교님께서 폴스워스에 요청하셨거든요. 한 철 정도 지내며 견습 수녀들을 지도하라고요. 저희 모두 초심자들이어서 배울 게 너무 많아요. 게다가 건축 공사 일도 도와야지, 밭일도 해야 하지, 정신이 하나도 없어요. 어슐러 수녀님과 베네딕타 수녀님이 오셔서 얼마나 다행인지 몰라요. 자, 얼른 앉아 잠깐 몸을 녹이고 계세요. 금방 돌아올게요." 이어 그녀는 춤추듯 가벼운 걸음으로 방에서 나갔는데, 자신의 직무를 마음껏 즐기는 그 모습이 흡사 혼사를 앞두고 들떠 있는 속세의 여느 여인네를 연상시킬 정도였다.

"정말 행복해하네요." 놀라움과 기쁨이 뒤섞인 마음으로 할루인이 말했다. "그래요, 이 길이 차선책이 될 수는 없습니다. 저는 이제야 그걸 깨달았건만 저 자매는 처음부터 알고 시작하는군요. 폴스워스에서 온 수녀들이 저 자매를 이렇게 만든 거라면, 그들은 분명 지혜롭고 인자한 여인들이겠죠."

*

파견되어 온 어슐러 수녀는 쉰 살쯤 되는 나이에 키가 크고 마른 여인이었다. 인간사의 온갖 행태를 다 보고 겪어 이제는 놀라거나 당황해할 일이 전혀 없는 사람 같군, 그녀의 주름진 얼굴과 노련하면서도 평온하고 유쾌한 태도를 지켜보며 캐드펠은 생각했다. 또 다른 파견 수녀도 이 수녀와 비슷하다면 페어웰의 견습 수녀들로서는 참으로 큰 복을 받은 셈이야.

"잘들 오셨습니다." 미끄러지듯 경쾌하게 문지기실로 들어서며 어슐러 수녀가 말했다. 그녀의 옆에는 젊은 문지기 수녀가 눈을 빛내며 서 있었다. "수사님들을 보시면 원장 수녀님도 반가워하실 겁니다. 하지만 지금 당장은 음식과 휴식과 잠자리가 절실하시겠지요? 그처럼 긴 여행길을 앞두고 계시다니 왜 아니겠습니까. 자, 저와 함께 가시지요. 언제 누가 찾아오더라도 쓸 수 있도록 준비되어 있는 방이 있습니다. 하물며 우리 교단 수사님들이라면 더더욱 환영이지요."

그녀가 문지기실을 나서 좁다란 바깥마당으로 그들을 안내했다. 눈앞에 돌로 지은 소박한 예배당이 서 있었고, 그곳 담벼락 앞에 아직 공사 작업이 진행 중임을 드러내는 흔적들이 눈에 띄었다. 정갈하게 쌓아 올린 마름돌과 목재, 밧줄, 비계 같은 것들……. 식당이 들어설 남쪽 구역은 하부층 작업만 완료된 상태인 듯했다. 그렇지만 불과 3년 만에 예배당을 완공하고 전반적인 수도원 골격을 갖추었다는 것만으로도 이미 대단한 일이었다.

"주교님께서 인력과 기금을 후하게 제공하셨지만 아직 몇 년은 더 공사를 해야 할 것 같아요." 어슐러 수녀가 말했다. "그동안 최대한 검소하게 살아야죠. 사실 우리에겐 부족한 것이 없고, 필요 이상으로 바라는 것도 없지만요. 이 목재 가옥들이 모두 돌로 바뀔 때쯤이면 여기서의 제 임무도 끝나 오래전에 제가 몸담

앗던 폴스워스로 돌아가게 될 겁니다. 하지만 만일 누가 제게 선택권을 준다면, 솔직히 이곳에 계속 머물고 싶어요. 새 수도원을 탄생시키는 과정에서 표현하기 힘든 감정을 느꼈거든요. 뭐랄까, 마치 제 몸으로 낳은 아이를 보는 그런 마음이랄까요."

수도원 울타리도 나중에는 돌담으로 대체될 것이고 울타리를 따라 죽 늘어선 목재 건물들, 진료소와 사무실, 접객소, 저장소 따위도 하나둘 견고하게 재건축될 터였다. 수도원으로 들어오면서 지나는 눈길로 잠시 살피니 뜰에는 벌써 풀밭이 조성되었고, 새들을 불러들일 요량인지 중앙에는 물이 담긴 얕은 돌 대야도 놓여 있었다.

"내년쯤이면 이 수도원에도 꽃이 필 거예요." 수녀가 말을 이었다. "폴스워스에서 제일가는 정원사였던 베네딕타 수녀가 저와 함께 여기 와 있거든요. 조경의 전문가라 할 만한 분이죠. 베네딕타 수녀의 손길이 닿으면 만물이 자라고 새들도 자매의 손으로 날아든답니다. 정말이지 저 같은 사람한테는 결코 기대할 수 없는 재능이에요."

"그럼 이곳 원장 수녀님도 폴스워스에서 오셨습니까?" 캐드펠이 물었다.

"아니요, 드 클린턴 주교님이 코번트리에서 퍼트리스 수녀님을 모셔 오셨어요. 말씀드렸듯이, 우리 두 사람은 여기에 더 남아 있을 필요가 없어지면 본래의 집으로 돌아가야 하고요. 하지만 그 모든 건 주교님의 결정에 달려 있죠. 누가 알겠어요? 여기서 여생을 보내라는 지시가 떨어질지, 혹은 우리가 원하는 대로 하라고 하실지 말예요."

회랑 너머 자그만 안뜰 구석, 울타리 가까운 곳에 객실이 마련되어 있었다. 첫 길손을 기다리고 있는 그 자그마한 방은 온기와 나무 냄새로 가득했다. 가구라고는 침대 두 개와 자그만 탁자 하나, 벽에 걸린 십자가 아래 놓인 기도용 책상이 전부였다.

"편안히 쉬고 계세요." 어슐러 수녀가 쾌활하게 말했다. "제가 가서 저녁을 내오라고 할게요. 저녁기도에 참석하기엔 시간이 늦었지만 괜찮으시다면 마지막 기도를 함께하셔도 되겠네요. 종소리가 들릴 겁니다. 예배당은 언제든 편하게 이용하시고요. 지어진 지 얼마 안 된 곳이니 선량한 영혼들이 많이 깃들수록 좋겠지요. 당장 필요하신 게 더 없다면 전 이만 가보겠습니다."

축복받은 수녀들이 사는 페어웰의 새 수도원에 고요가 깃들었다. 할루인 수사는 마지막 기도에 다녀오자마자 그대로 곯아떨어져, 새벽이 지나 맑고 부드러운 아침이 올 때까지 깨지 않고 푹 잤다. 냉기라고는 느껴지지 않는 날이었다. 그가 잠에서 깨어날 즈음 캐드펠은 벌써 일어나 교회에 갈 채비를 하고 있었다. 사적인 기도를 올리기 위해서였다.

"아침기도를 알리는 종소리가 울렸나요?" 할루인이 황급히 일어나며 물었다.

"아니야. 빛으로 보건대 아직 30분 정도 여유가 있네. 그저 예배당에 잠시 가보려는데, 혹시 자네도 마음이 있거든 따라나서게나."

"좋은 생각이네요." 할루인은 기꺼이 함께 나섰다. 자그마한 안뜰로 나온 두 사람은 뜰을 가로질러 남쪽 문을 통해 회랑으로 들어갔다. 밤새 겨울의 하얀 빛깔은 흔적도 없이 사라져 이슬로 축축한 뜰의 잔디에 푸른 기운이 돌고, 나뭇가지들도 몇 주 전까지는 보기 힘들었던 수줍은 새싹의 기미가 뚜렷해져 부드러운 녹색 베일을 쓴 참이었다. 이런 온화한 날이 며칠 더 이어지고 햇살이 보태진다면 금세 봄이 다가올 것이다. 변화를 느끼기라도 한 듯 맑은 물이 얕게 고인 돌 대야 근처에서 새들이 푸드덕대며 소리 높여 지저귀고 있었다. 할루인 수사는 희망의 증거로 우뚝 선 페어웰의 작은 예배당을 향해 다가갔다. 경내에 세운 다른 건물들의 공사가 마무리되면 예배당도 더 크고 권위 있는 모습으로 바뀌겠지만, 작고 수수한 지금의 모습 역시 언제나 애정 속에서 기억될 터였다. 특히나 그 탄생의 현장에서 수고했던 어슐러나 베네딕타 수녀는 뿌듯함과 서운함을 느끼며 이 모습을 떠올리리라.

건물 안으로 들어간 그들은 자그마한 제단 등불 앞에 무릎을 꿇고 함께 예배를 올린 뒤, 침묵 속에서 각자 기도를 드렸다. 떠오르는 햇살이 어느새 수녀원 울타리를 넘어와 동편 돌벽 상단을 엷은 장밋빛으로 물들이는가 싶더니, 이내 부드럽고 환한 햇빛이 그들을 감싸기 시작했다. 할루인은 그때까지도 목발을 곁에 놓은 채 무릎을 꿇고 있었다.

먼저 일어선 것은 캐드펠이었다. 이제 얼마 안 있으면 아침기도 시간인데, 아무리 같은 교단의 수도사들이라고는 하나 두 남자가 참석하면 어린 수녀들은 불편함을 느낄지 몰랐다. 그는 남쪽 문으로 가 안뜰을 내다보며 잠시 서 있었다. 기다렸다가 할루인이 일어설 때 도와줄 참이었다.

문득 뜰 중앙의 돌 대야 옆에 서서 새들에게 먹이를 주는 한 수녀의 모습이 그의 눈에 들어왔다. 대단히 날씬하고 곧은 몸매에 침착하고 평온한 분위기를 지닌 수녀였다. 그녀가 대야의 넓은 가장자리에 대고 빵을 부스러뜨려 손바닥 위에 얹어놓자 새들이 정신없이 푸드덕대며 겁도 없이 주위를 맴돌았다. 검은 수녀복이 더없이 잘 어울리는 날씬한 몸, 젊은이 특유의 우아함이 깃든 그녀의 거동이 마치 비수처럼 파고들어 캐드펠의 기억을 건드렸다. 기다란 목과 곧은 어깨, 균형 잡힌 머리, 가느다란 허리, 새들에게 보시하는 저 우아하고 긴 손. 틀림없이 본 적이 있는데……. 여기 말고 다른 장소에서, 이런 햇살이 아니라 흐릿한 빛 아래서……. 착각이 아니었다. 그는 분명 그녀를 만난 적이 있었다.

헬리센드야! 그가 생각했다. 여기 페어웰에 있었군. 그것도 수녀복을 입은 채로. 견디기 힘든 궁지에서 도망 나온 신부가 바로 여기 와 있었다. 불운한 연인 로셀린이 아닌 다른 남자와 결혼하느니 차라리 이 길을 택하기로 마음먹은 것이다. 아직 정식으로 서원을 하지는 않았겠지만, 그녀의 상황을 감안해 이곳 수녀들이 보호 차원에서 미리 수녀복을 내준 모양이었다.

그녀는 귀가 밝았다. 아니, 서쪽에서 들려오는 가벼운 발소리를 금방 알아채고 미소 띤 얼굴로 돌아서는 것으로 보아, 그보다는 누군가를 기다리던 중인 듯했다. 하지만 신중함과 평온함이 느껴지는 그 동작은 캐드펠이 방금 떠올렸던 헬리센드의 이미지와는 거리가 있었다. 그리고 마침내 얼굴이 완전히 드러났을 때, 캐드펠이 자신이 잘못 생각했음을 깨달았다. 그로서는 한 번도 본 적 없는 얼굴이었다.

그 사람은 훈련되지 않은 어린 소녀가 아니라 침착하고 노련한 여인이었다. 캐드펠의 머릿속 환영이 현실로, 젊은 여인으로부터 이 성숙한 여인에게로 돌아왔다. 그러나 다음 순간 원이 어지럽게 되돌았다. 이 성숙한 여인으로부터 다시금 그 젊은 여인에게로. 물론 그녀는 헬리센드가 아니었다. 높고 하얀 상앗빛 이마와 가냘픈 달걀형 얼굴, 미간이 넓은, 솔직하고 당당하면서도 연약해 보이는 눈 정도가 그녀와 약간 닮았을까. 그러나 풍채와 거동은 대단히 흡사했다. 만일 그녀가 다시금 등을 돌리면 자기 딸의 이미지가 나타나겠군…….

여기까지 생각하던 캐드펠은 놀라움에 소스라쳤다. 그렇군! 떠밀려 재혼하느니 차라리 폴스워스로 가 수녀복을 입겠다며 떠났다는 그 여인이야. 아직 깃털도 나지 않은 페어웰의 수녀들을 도와 확고한 전통과 좋은 모범을 확립하고 오도록 새 수도원에 파견되었다는 수녀, 꽃을 피우고 새를 불러들이는 마력을 지녔다는 베네딕타 수녀가 바로 헬리센드의 어머니였어! 그녀가 여기로 옮겨 왔다는 사실을 헬리센드는 알고 있었다. 필요할 때 어디에서 피난처를 찾을 수 있을지 분명히 알았던 것이다. 딸이 어머니한테 가지 않으면 어디로 가겠는가?

캐드펠은 뜰에 있는 여인에게 온 정신을 쏟느라 교회 안의 기척을 전혀 알아채지 못했다. 어느 순간 판석을 때리는 목발 소리가 귀에 들어왔을 때에야 그는 몸을 홱 돌려 약간의 죄의식과 함께 본분으로 되돌아왔다. 어찌어찌 제 힘으로 일어선 할루인이 어느새 캐드펠 곁으로 다가와 아련한 햇빛과 축축한 그림자가 뒤엉킨 뜰을 즐거운 마음으로 내다보고 있었다.

눈길이 수녀에게로 향하는 순간 그가 흠칫하더니 목발을 짚은 채 비틀거렸다. 할루인의 검은 눈이 크게 뜨여 한 곳에 가 박히는 모습을 캐드펠은 똑똑히 보았다. 마치 환상이나 무아지경에 든 양, 그 퀭한 두 눈이 고요하게 작열하기 시작했다. 이어 민감한 입술이 움찔거리다가 거의 들리지 않는 소리로 천천히 한 음절씩 어떤 이름을 만들어가기 시작했다.

마치 종교적 황홀경에 빠진 사람과도 같이, 극에 달한 놀라움과 기쁨과 고통이 뒤엉킨 가운데, 할루인 수사가 속삭이듯 내뱉었다. "버트레이드!"

11

 실수로 내뱉은 이름이 아니었다. 그의 외침에는 절대적인 확신이 담겨 있었다. 혹시 잘못 들은 게 아닐까? 내 정신이 이상해졌나? 캐드펠은 잠시 혼란에 빠졌으나 곧 정신을 차렸다. 모종의 깨달음이 거대한 홍수처럼 밀려들어 모든 의심을 쓸어 가버렸다. 할루인으로 말하자면, 그는 어떤 의구심도 느끼지 않았다. 그는 자신이 무엇을 보고 있는지 잘 알았고, 세상에서 까마득히 잊힌 이름을 입 밖에 낸 뒤 그 강렬함에 스스로 놀라 전율하고 있었다. 버트레이드!
 헬리센드를 처음 보았을 때 느꼈던 비수와도 같은 충격이 무엇에서 비롯한 것인지 이제야 알 것 같았다. 빛을 등진 채 희미하게 윤곽을 드러낸 그 모습이 그의 옛 연인과 너무도 닮아 있었던 것이다. 하지만 횃불 빛 속으로 걸어 들어온 사람은 그녀가 아니었으니, 그 순간 환상은 흩어져버렸다. 그리고 지금, 그녀가 다시 나타나 한 맺힌 기억 속의 얼굴을 그에게로 돌려 보였다. 더 이상 의심할 것이 없었다.

버트레이드는 죽은 게 아니야! 캐드펠은 말없이 선 채 생각했다. 할루인이 찾아 헤맨 무덤은 환상에 불과했다. 그녀는 자신에게 닥친 위기와 슬픔을 이겨내고 외가 쪽 가신이자 친구인 나이 많은 남편과 결혼해 자신과 닮은 딸을 낳았다. 그렇게 좋은 아내와 어머니로서 최선을 다하다가, 남편이 죽자 세상을 등지고 첫 연인의 뒤를 따라 수도원으로 들어간 것이다. 할루인과 같은 교파를 택하고, 교파 창시자의 이름을 따 세례명으로 삼고, 그가 마지못해 입문한 고행의 길에 최종적으로 스스로를 묶은 것이다.

동시에 캐드펠의 마음속에서는 영 엉뚱한 의구심이 고개를 들고 있었다. 그런데 왜, 왜 나는—할루인이 아니라 바로 내가!—비버스 집안 여인의 얼굴에서 설명하기 힘든 친밀감을 느낀 거지? 내 깊은 기억의 동굴 속에 숨어 모습을 드러내지 않으려 하는 사람은 대체 누구지? 나는 그 여인과 만난 적도 없고, 그 어머니에게도 평생 눈길 한 번 닿지 않았는데. 헬리센드의 눈으로 나를 바라보고, 내 눈과 그것 사이에 베일을 드리운 이는 과연 누구란 말인가? 버트레이드 드 클리어리는 틀림없이 아니었다.

이 모든 생각들이 소용돌이친 것은 아주 짧은 순간의 일이었다. 그사이 버트레이드는 정원으로 다가오는 누군가를 맞이하고 있었다. 서쪽 구역의 그늘에서 뜰로 들어온 사람, 다름 아닌 그녀의 딸 헬리센드였다. 헬리센드는 수녀복 차림이 아니라 지난밤 오라버니 집의 식탁에 입고 나왔던 가운을 그대로 입고 있었다. 창백한 안색에 표정이 다소 무겁긴 했지만 그녀의 거동에서는 수도원 특유의 침착한 분위기가 배어 나왔다. 그도 그럴 것이, 수도원이야말로 모든 강요로부터 안전한 곳이자 자기 마음을 들여다볼 만한 여유와 평화를 주는 장소 아닌가.

두 모녀는 치맛단으로 축축한 풀밭에 두 개의 긴 흔적을 만들며 서로 다가가 마주 섰다. 그러곤 헬리센드가 나왔던 문간을 향해 느긋하게 돌아섰다. 안으로 들어가 다른 수녀들과 함께 아침 기도에 참석할 모양이었다. 이제 두 여인이 멀어져가고 있었다. 곧 안으로 사라질 터였다. 아무 이야기도 듣지 못했는데, 아무것도 해결되지 않았는데, 아무것도 확인되지 않았는데! 그런데도 할루인은 여전히 말없이 목발에 매달려 서 있었다. 다시금 그녀를 잃는 것인가? 두 여인이 이미 서쪽 복도에 거의 다다른 순간, 마침내 상실이라는 끈이 팽팽하게 당겨져 파괴점에 도달했다.

"버트레이드!" 다시금, 할루인이 공포와 절망이 뒤엉킨 커다란 외침을 내질렀다.

사방의 벽을 울리는 그 목소리에 모녀는 경계와 놀라움이 어린 얼굴로 주위를 살피다가 마침내 교회의 남쪽 문을 바라보았다. 할루인은 크게 숨을 들이켜 간신히 정신을 가다듬고는 목발로 보드라운 잔디를 짓이기며 무작정 뜰로 들어섰다.

낯선 남자가 접근하자 두 여인은 본능적으로 뒷걸음질을 쳤다. 하지만 이내 상대가 수사복 차림에 가엾게도 다리를 절고 있음을 확인하고는 걸음을 멈추더니, 동정심이 일었는지 몇 걸음 앞으로 나아가 그를 맞이하려 했다. 당장은 저 가엾은 이에 대한 안쓰러움뿐 다른 생각이 없는 듯했다. 그러나 곧 모든 것이 바뀌었다.

서둘러 움직이던 할루인이 한순간 비틀거리더니 그만 몸의 균형을 잃고 말았다. 바닥으로 쓰러지기 직전이었다. 그때 헬리센드가 용수철 튕기듯 달려 나와 그를 부축했다. 함께 휘청이며 균형을 되찾으려 애쓰느라 두 사람의 뺨이 맞닿았다. 두 얼굴을 나란히 바라보던 캐드펠은 소스라치게 놀랐다. 그 경이로움에 눈이 부실 지경이었다.

마침내 해답을 찾았군, 그는 생각했다. 모든 것이 분명해졌어. 아니, 딱 한 가지만 빼고. 대체 어떤 지독한 분노가 한 인간으로 하여금 다른 인간에게 그토록 비열하고 잔인해지도록 몰아갔단 말인가……. 하지만 그에 대한 답 또한 머지않아 찾아내게 될 것이었다.

그가 총체적인 깨달음에 도달한 순간, 낯선 얼굴을 유심히 바라보던 버트레이드 드 클리어리 역시 할루인을 알아보았다. 그녀의 입에서 외마디 말이 튀어나왔다. "할루인!"

　　　　　　　　　＊

　잠깐의 시선 교환. 그것으로 끝이었다. 오래전 그들을 괴롭힌 서로의 잘못과 상처도, 비통하고 쓰라린 마음도, 감사와 기쁨에 모두 묻혀버렸다. 세 사람은 서로를 번갈아 쳐다보며 그렇게 말 없이 꼼짝 않고 서 있었다. 잠시 후 아침기도를 알리는 작은 종소리가 울렸다. 곧 수녀들이 열 지어 나와 예배당으로 향할 터였다.
　당장은 더 할 수 있는 일이 없었다. 두 여인은 여전히 놀란 눈으로 그를 바라보며 아쉬운 듯 뒤로 물러나더니, 부름에 답하기 위해, 자매들과 합류하기 위해 돌아섰다. 캐드펠이 서둘러 문 밖으로 나가 할루인 수사를 부축했다. 그러곤 몽유병에 시달리는 아이를 다루듯 가만가만 그를 이끌어 객실로 돌아왔다.

　　　　　　　　　＊

　"그녀가 살아 있었다니……." 할루인은 침대 가장자리에 꼿꼿이 앉아 연신 같은 말을 반복하고 있었다. 끊임없이 이 기적을 되새기는 모습이, 마치 주문이라도 외우는 것 같았다. "그녀는 죽지 않았어! 모든 게 거짓, 거짓, 거짓이었어! 그녀는 죽지 않았다고!"
　캐드펠은 한 마디도 꺼내지 않았다. 아직은 이 기적 뒤에 숨어 있는 모든 것을 말할 때가 아니었다. 충격에 휩싸인 할루인으로

서는 당분간 그 이상의 것들을 보지 못할 것이다. 그녀가 살아 있다는 사실, 그토록 오랜 세월 죽은 것으로 알고 애도해왔던 연인이 멀쩡히 살아 안전한 피난처에 머물고 있었다는 사실을 온전히 인식하며 기쁨을 누리도록 내버려두는 편이 나으리라. 게다가 그는 그녀가 자신의 중대한 과오로 인해 죽었다고 생각하여 오랜 세월 좌절과 상처 속에 그녀를 애도해오지 않았던가.

"버트레이드와 얘기를 나눠야겠어요." 할루인이 말했다. "그러지 않고는 여길 떠날 수 없어요."

"그렇겠지." 캐드펠은 고개를 끄덕였다.

이제 불가피한 일이었다. 모든 것이 밝혀져야 했다. 두 사람이 만나 서로를 알아본 터였다. 봉해졌던 궤짝이 열리고 그 속에서 비밀이 튀어나올 참이었으니, 이제 누구도 그 뚜껑을 닫지 못할 것이었다.

"오늘은 출발하지 못할 것 같군요."

"알았네. 일단 여기서 좀 기다려보게." 캐드펠이 말했다. "내가 가서 원장 수녀께 면담을 청해보지."

*

드 클린턴 주교가 새로운 수도원의 운영을 위해 코번트리에서 데려왔다는 페어웰의 원장 수녀는 40대 중반의 땅딸막하고 둥글둥글한 체격에 토실토실한 적갈색 피부, 예리한 판단력과 자신감이 어린 영민한 갈색 눈을 지닌 사람이었다. 캐드펠이 방으로 들어서자, 작고 검소한 응접실의 딱딱한 의자에 한 치의 빈틈도 없이 꼿꼿하게 앉아 있던 그녀가 책상 위의 책을 덮었다.

"어서 오세요, 수사님. 이 소박한 곳을 찾아주셔서 영광입니다. 슈루즈베리 성 베드로 성 바오로 수도원에 계신다고 어슐러 자매가 그러더군요. 그러잖아도 저녁때 두 분을 모실까 했는데, 저보다 한발 앞서 수사님께서 면담을 요청하셨군요. 그럴 만한 이유가 있을 줄 압니다. 자, 편히 앉아 말씀하시지요. 무슨 일로 저를 보자고 하셨습니까?"

캐드펠은 그녀를 마주하고 자리에 앉았다. 어느 선까지 이야기를 해야 할지 아직 마음을 정하지 못한 상태였다. 보아하니 원장 수녀는 행간의 의미를 파악하는 능력이 뛰어날 뿐 아니라, 그 내용을 알게 되더라도 자기 속에만 묻어둘 수 있을 만큼 신중한 사람 같았다.

"존경하는 수녀님, 제가 뵙고자 한 건, 저의 동료인 할루인 형제와 베네딕타 수녀의 비공개 만남을 허락해주십사 청하기 위해서입니다."

이 말에 그녀의 눈썹이 한껏 치켜 올라갔으나, 그 아래 자리 잡은 반짝이는 작은 눈은 여전히 흔들림 없이 예리한 지혜를 담고 있었다.

"그 두 사람은 젊었을 때 서로 잘 알던 사이였습니다." 원장 수녀의 눈을 응시하며 캐드펠은 다시 입을 열었다. "할루인 형제가 베네딕타 수녀의 어머니를 섬겼지요. 비슷한 또래의 두 젊은 남녀가 한 집에서 지내다 보니 서로 많이 가까워졌고, 결국 사랑에 빠졌답니다. 하지만 베네딕타의 어머니는 그의 청혼을 받아들이지 않았어요. 오히려 두 사람을 갈라놓으려 애를 썼지요. 할루인은 집에서 쫓겨났고, 그녀는 가족들의 권유로 혼인을 했습니다. 이후 그녀의 행보에 대해서는 원장님께서 잘 아시겠지요. 그리고……" 그가 잠시 숨을 들이켠 뒤 말을 이었다. "그리고 할루인은 우리 수도원으로 들어왔습니다. 물론 동기가 순수하지 못했다는 점은 인정합니다. 절망 끝에 수도자의 삶을 택했으니 썩 좋은 모양새는 아니지요. 하지만 수녀님이나 저나 잘 알다시피 그런 사례는 허다합니다. 그렇게 들어왔어도 수도원의 충실하고 자랑스러운 인물로 다시 태어난 사람들이 얼마나 많습니까? 할루인이 바로 그런 사람입니다. 버트레이드 드 클리어리 역시 그러하리라 믿어 의심치 않고요."

그 이름이 나오자 원장 수녀의 눈빛이 잠시 번득이는 것을 캐드펠은 놓치지 않았다. 자신이 데리고 있는 수녀들에 대해 그녀가 모르는 것은 많지 않을 터였다. 하지만 원장은 그러한 기색을 전혀 내비치지 않았으며 어떤 논평도 덧붙이지 않은 채 캐드펠의 이야기를 그대로 받아들이며 생각에 잠겨 있었다.

"무슨 말씀인지 잘 알겠습니다." 마침내 원장 수녀가 입을 열었다. "안타까운 일이네요. 아마 세대가 지나도 비슷한 일이 반복되겠지요. 그러한 문제를 어떻게 처리해야 할지 함께 생각해보는 것도 좋을 것 같습니다."

"저도 그렇게 생각합니다." 캐드펠이 말했다. "그래, 그 젊은 여인은 야밤에 이리로 도망쳐 온 뒤로 어떻게 지냈습니까? 원장님께서는 무언가 조치를 취하셨고요? 비버스 집안의 모든 사람들이 이틀째 근처를 돌아다니며 그녀가 갔을 법한 길을 뒤지고 있는데요."

"아뇨, 더는 찾지 않을 겁니다." 원장이 대답했다. "어제 제가 그 집 영주에게 전갈을 보냈으니까요. 여동생은 여기 잘 있다고, 당분간 차분히 생각하고 기도하며 지낼 테니 조용히 내버려두라고 전했지요. 상황이 상황인 만큼, 아마 그분도 여동생의 뜻을 존중해줄 겁니다."

"그 상황이란 것은 그녀의 입으로 당신께 얘기한 내용이겠지요." 캐드펠이 말했다. "지금까지 있었던 일을 자기가 아는 대로 원장님께 말씀드렸을 겁니다."

"맞습니다."

"그렇다면, 한 여인의 죽음과 헬리센드를 위해 준비된 혼사에 대해서도 아시겠군요. 그 혼사가 이뤄지게 된 배경도—"

"그녀가 원하는 젊은이는 그녀와 대단히 가까운 친척이라고요." 원장이 얼른 말을 이었다. "예, 다 얘기하더군요. 고해신부에게 하듯이 모두 털어놓았어요. 헬리센드에 대해서는 걱정하실 것 없습니다. 여기에 있는 한 어떤 강요나 괴롭힘도 당하지 않을 테니까요. 게다가 함께하는 사람들이 있고, 자기 어머니의 위로도 있지요."

"걱정하지 않습니다. 그녀에게 여기보다 더 나은 데가 어디 있겠습니까?" 캐드펠은 진심을 담아 고개를 끄덕였다. "그럼 제가 가장 염려하는 것, 다른 두 사람에 대한 이야기로 넘어가야겠군요. 수녀님께 꼭 말씀드리고 싶은 게 있습니다. 할루인은 오랜 세월 버트레이드가 죽은 것으로 알고 살아왔습니다. 게다가 그녀의 죽음이 자기 탓이라고 생각하며 지냈지요. 그러다 오늘 아침 하느님의 은총으로 생생하게 살아 있는 그녀를 마주한 겁니다. 두 사람은 서로의 이름만 불렀을 뿐 다른 말은 한 마디도 나누지 못했습니다. 제 생각에 그들에겐 더 깊은 대화가 필요할 듯합니다. 물론 원장 수녀님께서 허락하셔야겠지요. 마음의 평안을 얻으면 둘 모두 각자의 소명에 더 열정적으로 임할 수 있을 겁니다. 더욱이 그들에겐 상대가 보다 온전하고 만족스러운 삶을 누리게 되리라는 점을 확인할 권리도 있지요."

"수사님께선 그들이 온전하고 만족스러운 삶을 누릴 거라 보십니까? 이 만남이 있기 전처럼요?"

"전보다 훨씬요." 그가 확신에 차 대답했다. "수녀님께서 그 여인을 아시듯 저는 할루인 형제를 잘 압니다. 만일 그들이 말 한마디 못 나눈 채 이대로 헤어진다면 세상을 떠나는 그날까지 평생 고통받을 겁니다."

"그 점에 대해선 저도 같은 생각입니다." 원장 수녀가 쓸쓸한 미소를 머금어 보였다. "그래요, 두 사람만의 시간을 가지고 평온을 되찾도록 해줍시다. 득이 되었으면 되었지 해가 되진 않을 것 같군요. 이곳에서 며칠 더 머물 생각이신가요?"

"최소한 하루는 더 있어야겠지요." 캐드펠이 대답했다. "하루인 수사 일은 원장님께 맡기겠습니다. 그리고…… 한 가지 부탁을 더 드리고 싶습니다. 슈루즈베리로 출발하기 전에 제가 마무리해야 할 일이 있어서요. 아, 이 수도원에서는 아니고요. 혹시…… 제게 말 한 필만 내어주실 수 있겠는지요?"

원장은 한참이나 그를 뜯어보다가, 무언가 확신한 듯 고개를 끄덕이며 입을 열었다. "좋습니다. 단, 조건이 있어요."

"그게 뭡니까?"

"시간이 된다면, 그리고 아무에게도 해를 끼치는 일이 아니라면, 나머지 절반의 이야기를 들려주시지요."

*

캐드펠은 서두름 없이 마구간으로 향했다. 경내에는 주교의 방문을 대비해 이미 마구간 시설과 튼튼한 말 두 필이 마련되어 있었다. 수녀원의 허가를 받은 그는 두 마리 가운데 더 잘생기고 어린 녀석을 택했다. 활기차고 튼튼한 밤색 말이었다. 멀리 가지는 않을 테지만 이왕 말을 탈 기회가 생겼으니 최대한의 즐거움을 맛보는 게 좋겠지, 캐드펠은 생각했다. 어차피 끝에 가서는 별로 즐거울 일도 없을 테니까.

대문을 나설 즈음엔 이미 해가 높이 떠올라 있었다. 포근한 공기가 봄을 재촉하면서 흐릿했던 햇살도 차츰 환해지는 시기였다. 비버스에서 보았던 그 운명적인 눈이 올겨울의 마지막 눈이 될 듯했다. 할루인의 순례를 촉발시킨 것이 첫눈이었으니, 우연히도 그 처음과 마무리가 적절히 어울린다 할 만했다.

수풀과 나무들의 가지마다 연푸른 새싹이 움트고 부드러운 어린잎이 고개를 내밀었다. 이슬 맞은 풀들은 반짝이다가 햇살이 닿으면 엷고 향긋한 김을 내뿜었다. 이러한 아름다움과 함께 길을 떠나는 그의 뒤에는 크나큰 자비와 정당한 구원과 되살아난 희망이 남겨져 있었으나, 앞에는 구원받을지 파멸할지 알 수 없는 고독한 영혼이 기다리는 중이었다.

캐드펠은 비버스로 가는 길로 접어들지 않았다. 그곳으로도 가보긴 해야겠지만 당장은 아니었다. 잠시 말을 세우고 뒤를 돌아보니 기다란 선을 이룬 수녀원 울타리와 마을이 겹겹이 포개진 대지 너머로 사라지고 있었다. 할루인은 지금쯤 초조하게 기다리고 있을 것이다. 원장 수녀가 두 사람의 만남을 주선할 때까지, 그리하여 마침내 모든 것이 백일하에 드러날 때까지, 내내 뒤엉킨 꿈속을 더듬어 길을 찾으며, 결코 해답을 알 수 없는 의문들에 둘러싸인 채, 믿음과 불신, 두려운 기쁨과 되살아난 고뇌 사이에서 가슴을 졸이리라.

길을 잘 아는 주민을 마주칠 때까지 캐드펠은 천천히 말을 몰았다. 이윽고 마을 어귀에서 양 떼를 목초지로 몰아가던 한 여인을 마주쳤다. 그녀는 기꺼이 걸음을 멈추고 가장 빠른 길을 알려주었다. 비버스 근처를 통과할 필요가 없는 길이었다. 잘됐군, 그는 생각했다. 아직은 센러드나 그 집 사람들을 만나지 않는 편이 나았다. 그들에게 해줄 말도 없을뿐더러, 최종적으로 밝혀질 사안에 대해 이야기를 나눠야 할 사람은 다른 곳에 있으니까.

마을 여인이 가르쳐준 길로 들어서자 그는 속도를 내기 시작했다. 이윽고 그가 말에서 내린 곳은 엘퍼드 영지 대문 앞이었다.

*

태양이 베일을 벗고 안뜰 풀밭이 말라가는 늦은 아침, 간밤의 젊은 문지기 수녀가 문을 두드리고 들어와 할루인 수사를 고독에서 깨워냈다. 할루인은 캐드펠이 왔나 보다 생각하다가 다른 사람이 들어선 것을 알고는 어리둥절한 눈으로 그녀를 쳐다보았다.

"원장 수녀님께서 보내셨습니다." 문지기 수녀가 그를 안심시키듯 부드럽게 말했다. "지금 응접실로 모시라고요. 절 따라오십시오."

할루인은 두말 않고 목발을 집어 들었다. "캐드펠 수사님이 돌아오시지 않았소." 잠에서 막 깬 사람처럼 그가 주변을 살피며 느릿느릿 말했다. "그분을 기다렸다가 함께 가야 하지 않을까 싶은데……"

"아뇨, 기다리실 필요 없습니다." 문지기 수녀가 대답했다.

"캐드펠 수사님은 이미 원장 수녀님과 이야기를 나누셨어요. 그러곤 당장 처리해야 할 일이 있다며 나가시더군요. 돌아오실 때까지 수사님께서는 여기서 편히 기다리라 하셨습니다. 그럼, 같이 가실까요?"

할루인이 몸을 일으켜 밖으로 나왔다. 아직 정신이 멍한 듯 보였지만 그는 아이처럼 고분고분 그녀를 따라 뒤뜰을 가로질러 원장 수녀의 숙사로 향했다. 어린 문지기 수녀는 가벼운 발을 그의 힘든 걸음에 맞추어 자상하게 응접실 앞까지 안내하더니 문간에서 돌아보며 격려하듯 환한 미소를 지어 보였다.

"들어가시죠. 기다리고 계십니다."

할루인의 두 손은 목발에 묶인 터라 그녀가 문을 열어주었다. 절뚝이는 다리로 문지방을 넘어 나무 냄새가 풍기는 어둑한 방에 들어선 그는 원장 수녀에게 예를 표하기 위해 잠시 멈춰 섰다. 그러나 눈이 침침한 빛에 적응하는 순간, 할루인은 아무 말도 할 수 없었다. 그의 몸이 전율했다. 방 한가운데 선 채 고요하고 아름다운 미소를 짓고 있는 여인은 원장 수녀가 아니었다. 버트레이드 드 클리어리가 그에게 다가오며 손을 뻗었다.

12

 로테르도 뤼크도 보이지 않았다. 느긋하게 마당을 가로질러 나와 손님을 맞고 용건을 물어 온 이는 호리호리한 체격에 검은 머리가 덥수룩한, 아마 스무 살도 안 되었을 법한 청년이었다. 그의 어깨 너머 보이는 마당의 모습도 전과 달리 영 활기 없이, 하녀와 하인 몇 명만 마치 모든 제약이 풀린 듯 느긋하게 움직이고 있었다. 상황을 보아하니 집주인과 부하들 대부분이 아직 돌아오지 않은 모양이었다. 에지타의 살인범과 관련해 무슨 소문이라도 주워들을까 싶어 이리저리 탐문하고 있으리라.
 "오데마 나리를 뵈러 오신 거라면 때를 잘못 맞추셨네요." 청년이 말했다. "나리께선 이틀 전 야밤에 살해된 그 여자 일로 아직 비버스에 가 계시거든요. 하지만 집사님은 여기 계시니 혹시

며칠 묵어가길 원하신다면 그분을 불러드리겠습니다."

"고맙네만 난 오데마가 아니라 그의 모친에게 용무가 있어 왔네." 캐드펠이 말고삐를 넘겨주며 말을 이었다. "그분의 처소가 어디에 있는지는 잘 알고 있으니 자넨 내 말을 돌봐주게. 날 만나주실지는 직접 가서 하녀에게 묻도록 하지."

"그렇게 하시지요. 아, 그러고 보니 전에 여기에 오셨던 수사님이시군요." 그제야 캐드펠의 얼굴을 기억해낸 모양이었다. "다른 수사님 한 분하고 같이 오셨었죠? 목발을 짚고 다리를 심하게 저는 수사님 말입니다."

"그랬지." 캐드펠이 말했다. "그때 뵀으니 부인도 나나 그 수사를 잊진 않으셨겠지. 지금은 만나지 않겠다고 하신다면 나로서야 별다른 수가 없겠지만, 짐작건대 아마 거절하지는 못하실 걸세."

"예, 그럼 수사님께서 직접 가보시지요." 마부는 무심한 투로 말을 이었다. "노마님께선 아직 몸종과 함께 여기 머물고 계시니까요. 지금 안에 계신 걸로 압니다. 최근 며칠간 영 바깥출입을 안 하시더군요."

"부인과 함께 마부 둘이 왔지?" 캐드펠이 말했다. "아버지와 아들 사이인데, 여기 머물 때 그 부자와 안면을 텄지. 좀 있다 시간이 나면 그들도 좀 만나보고 싶구먼. 만일 오데마의 부하들과 함께 비버스에 가 있는 게 아니라면 말일세."

"아, 그 사람들요! 아뇨, 그들은 비버스에 가지 않았어요. 나리 사람들이 아니라 노마님의 하인들이니까요. 그런데 지금 둘 다 여기 없긴 합니다. 어제 이른 아침에 노마님의 심부름을 받아 나갔거든요. 어디로 갔냐고요? 제가 그걸 어찌 알겠습니까? 헤일스로 돌아갔을지도 모르죠. 그 노인네가 주로 머무는 데가 거기니까요."

마부는 고삐를 당겨 마구간으로 향했고, 캐드펠은 영지 담벼락 귀퉁이에 자리한 애들레이즈의 처소 쪽으로 돌아섰다. 그것참 궁금하군, 그가 생각했다. 아들의 마부가 자신을 가리켜 '그 노인네'라 부른다는 걸 알면 애들레이즈 드 클리어리는 과연 어떤 표정을 지을까? 저 젊은이는 그녀를 고대 유물 비슷한 것으로 여기고 있지만 애들레이즈는 한때 대단한 미인 소리를 들었으며, 여전히 그 모습을 잘 간직하고 있었다. 아마 누구도 자신의 우월함과 아름다움을 과소평가하도록 내버려두지 않으리라. 그녀는 수수하고 얼굴이 얽은 이들만을 하녀로 두었으니, 무디고 평범한 사람들 사이에서 자신의 광채가 더욱 빛을 발하게끔 하기 위해서였다.

홀 문간에서 접견을 청하자 몸종 게르타가 나왔다. 여주인의 사생활을 보호하는 제 직무가 더없이 자랑스러운 듯 거만한 품새였다. 문 앞에 선 그의 얼굴을 알아본 게르타는 그리 반가운 기색이 아니었다. 바로 며칠 전 보낸 수사를 이렇게 빨리, 게다가 영문도 모르는 채 다시 만나리라고는 예상하지 못했을 터였다.

"마님께선 지금 손님을 만나실 기분이 아니에요. 대체 무슨 일로 우리 마님을 보시려는 거죠? 숙박을 원하신다면 오데마 나리의 집사가 챙겨줄 겁니다."

"애들레이즈 부인에게 용건이 있네." 캐드펠이 말했다. "다른 사람들과는 전혀 볼일이 없지. 가서 부인께 전하게. 캐드펠 수사가 다시 찾아왔다고. 페어웰 수도원에서 오는 길인데, 부인과 잠깐 얘기를 나누고 싶어 한다고. 부인이 손님들을 멀리하고 있다는 건 알지만 나와의 만남은 거부하지 못할 걸세."

감히 수사의 청을 거부할 만큼 대담하지는 못했으나, 그래도 게르타는 고개를 한껏 치켜들어 경멸이 깃든 시선을 던지더니 안으로 들어갔다. 잠시 후 방에서 나오는 그녀의 얼굴에 못마땅한 기색이 가득한 것으로 보아 아마 마님이 이 만남을 거절했으면 싶었던 모양이었다.

"들어오시랍니다." 그녀가 쌀쌀맞게 말하고서 문을 열더니 자신을 지나쳐 방으로 들어가는 그를 지켜보고 서 있었다. 무슨 얘기가 오가는지 궁금한 눈치였지만 주인의 신뢰가 거기까지는 미치지 못하는 듯했다.

"그만 나가 있거라." 덧문이 내려간 창가의 어둑한 그늘 속에서 애들레이즈 드 클리어리의 목소리가 들려왔다. "문 닫고."

*

지난번과 달리, 그녀는 자수를 놓거나 물레를 돌리며 손을 놀리는 시늉을 하지 않았다. 그저 어두컴컴한 곳에 놓인 커다란 의자에 앉아, 팔걸이에 팔꿈치를 대고 끄트머리에 조각된 사자 머리를 움켜쥐고 있었다. 캐드펠이 들어섰는데도 꼼짝하지 않았고, 놀라거나 동요하는 기색도 없었다. 의구심이라곤 전혀 찾아볼 수 없는 그 깊은 시선이 이쪽을 향했다. 마치 그를 기다리고 있었던 듯 느껴질 정도였다.

"할루인은 어디다 두고 왔죠?" 부인이 물었다.

"페어웰 수도원에 있소." 캐드펠은 대답했다.

그녀는 잠시 입을 다문 채 그를 바라보며 생각에 잠겼다. 여전히 평온한 얼굴이었지만 이글거리는 눈빛이 어찌나 강렬한지, 그 진동이 공기를 타고 전해지는 듯했다. 이윽고 방 안의 희미한 미광에 눈이 익자 어둠 속에서, 그녀가 자진하여 스스로를 유폐시킨 그 암흑 속에서, 애들레이즈의 얼굴 윤곽이 서서히 드러났다.

"난 두 번 다시 그를 보지 않을 겁니다." 가혹하리만치 신중한 목소리였다.

"그렇게 되겠지요. 일이 마무리되면 우리는 수도원으로 돌아갈 테니."

"하지만 수사님은……." 그녀가 말했다. "그래요, 난 수사님이 돌아올 줄 알았어요. 조만간 다시 오겠거니 싶었죠. 차라리 잘된 일인지도 모르겠네요. 이젠 모든 상황이 제 예상을 뛰어넘었어요. 자, 말씀해보세요, 무슨 얘기를 하러 오셨는지. 전 입을 다무는 편이 나을 것 같군요."

"그렇게는 안 될 거요." 캐드펠이 말했다. "이건 부인의 이야기니까."

"수사님이 그 기록자가 되는 거죠. 어서, 얘기해보세요! 제 기억을 일깨워보라고요! 내 지난날을 다시금 들려줄 사람이 있다면 과연 그의 입에서는 어떤 내용이 나오는지, 어디 한번 들어봅시다." 그녀가 기다란 손을 뻗어 흔들며 오만하게 자리를 권했지만 캐드펠은 움직이지 않았다. 지금 서 있는 곳이 그녀를 가장 잘 볼 수 있는 자리였다. 애들레이즈는 그의 눈길을 피하지 않았다. 아니, 오히려 한 치의 양보 없이 뚫어지게 되쏘아 보았다. 아름답고 거만한 얼굴은 무엇도 인정하거나 거부하지 않겠다는 듯 침착하게 닫혀 있었다. 깊숙이 박힌 검은 두 눈만이 이글거리며 말을 하고 있었는데, 그 내용이 정확히 무엇인지 캐드펠로서는 표현할 수 없었다.

"부인께선 오래전 자신이 한 짓을 잘 알 거요." 캐드펠이 말했다. "부인은 자신의 딸을 사랑하고 임신시켰다는 이유로 할루인에게 엄청난 처벌을 가했소. 결국 그는 부인의 증오에 밀려 수도원으로 들어왔고—너무도 성급한 판단이었지만 젊은이들이란 본디 쉽게 좌절하는 법이니까—부인은 거기까지 그를 쫓아갔소. 그에게 낙태의 도구를 제공하도록 강요했을 뿐 아니라 이후 전갈을 보내 그가 준 약이 어머니와 아이를 모두 죽였다고 전했지. 그렇게 오늘날까지 그에게 끔찍한 죄를 전가하여 평생 고통받게 만들었소. 지금 얘기한 것 중 혹시 잘못된 게 있소?"

"아뇨." 그녀가 말했다. "계속해보시지요. 이제 겨우 시작이잖아요."

"그렇소, 시작에 불과하지. 부인은 그에게서 받은 약물을 사용하지 않았소. 약의 목적은 오직 그의 피를 말리는 데 있었을 뿐, 다른 누구에게도 해를 끼치지 않았지. 그것을 어떻게 했소? 그냥 바닥에 쏟아버렸소? 그렇소, 부인은 그에게 가서 극약을 요구하기 한참 전에 버트레이드를 강제로 이곳 엘퍼드로 보내어 에드릭 비버스와 결혼시켰소. 아마도 할루인을 집에서 쫓아낸 뒤 곧바로 일을 추진했겠지. 아이가 태어났을 때 친부가 누구인지 구설수에 오르지 않도록 말이오. 물론 그 노인네는 자신이 여전히 아이를 잉태시킬 수 있다는 사실에 우쭐했을 거요. 자, 그처럼 재빠르게 조치를 취했으니 아이의 출생 날짜를 두고 감히 누가 의심할 수 있었겠소?"

그녀는 동요하지 않았다. 그 무엇도 시인하거나 부인하지 않은 채 그의 얼굴을 쏘아볼 뿐이었다.

"겁나지 않았소?" 그가 물었다. "버트레이드 드 클리어리는 죽은 것이 아니라 에드릭 비버스의 아내가 되어 있다는 사실, 그녀가 늙은 남편에게 딸을 낳아주었다는 사실이 만에 하나 누군가에 의해 발설되어 우리 수도원에까지 흘러들지는 않을까 염려되지 않았소? 입 가벼운 하인 하나만 있어도 가능했을 일인데."

"아뇨." 그녀가 말했다. "할루인이 추락 사고를 당하고 순례 길에 오를 뜻을 품기 전까지 슈루즈베리와 헤일스 사이에는 전혀 왕래가 없었잖아요. 영지들 간에 교류가 이뤄질 가능성은 더더욱 없었고. 소문이 들어가리라는 걱정은 조금도 들지 않았어요."

"좋소, 계속해봅시다. 그렇게 당신은 딸을 멀리 보냈고, 곧 아이가 태어났지. 한데, 그런 궁금증이 일더군. 딸에게는 그만한 자비를 베풀었으면서 할루인에게는 왜 그랬을까? 마치 복수라도 하듯 왜 그토록 가혹하고 깊은 증오를 품었을까? 그건 버트레이드의 과오이기도 한데. 아니, 애당초 그를 딸에게 적합한 배필로 여기지 않았던 이유가 대체 무엇일까? 할루인은 좋은 집안 출신이었고, 만일 수사복을 입지 않았다면 큰 영지의 계승자가 되었을 거요. 무엇 때문에 그를 반대한 것인지······." 캐드펠은 잠시 침묵을 지키다가 다시 입을 열었다. "당신은 아름다운 여인이었소. 찬사와 경의에 익숙해 있었지. 당신의 남편은 팔레스타인에 나가고 없었소. 난 할루인이 처음 수도원으로 왔던 때의 모습을 똑똑히 기억하고 있소. 아직 삭발하지 않은 열여덟 살 청년, 당신이 외로운 독신 생활을 하며 몇 년간 보아왔던 그 모습을 나도 보았단 말이오. 그 준수한 청년을······."

그는 입을 다물었다. 부인의 길고 결연한 입술이 마침내 벌어지면서 신중한 긍정의 소리가 새어 나온 터였다. 지금껏 아무런 동요 없이 귀를 기울이던 그녀가, 그를 저지하려 하지도, 불만을 드러내지도 않던 그녀가 마침내 반응을 보인 것이다.

"너무도 준수했지!" 부인이 말했다. "그동안 난 누구에게도 거부당한 일이 없었어요. 아니, 아예 구애를 하는 방법조차 알지 못했죠. 내 마음을 알아차리기에 그는 너무나 순진한 사람이었고…… 그 아이들은 잘못한 것이 없어요. 하지만 얼마나 속이 상하던지! 만일 내가 그를 가질 수 없다면." 그녀는 토해내듯 다음 말을 내뱉었다. "내 딸도 그를 가져선 안 됐어요. 어떤 여자도 마찬가지였겠지만, 내 딸만큼은 더더욱 허락할 수 없었어요."

진실이 튀어나왔다. 가감 없이, 그녀 자신이 그것을 밝힌 참이었다. 이제 부인은 가만히 앉아 자신이 토해낸 진실을 바라보았다. 더는 그때와 같은 강렬함으로 느낄 수 없는 그 갈망과 분노를, 마치 다른 여자의 내면을 들여다보듯 다시금 응시하고 있었다.

"할 말이 더 있을 거요." 캐드펠이 말했다. "아주 많이 남았지. 먼저 당신의 몸종이었던 에지타에게 벌어진 일부터 얘기해봅시다. 에지타는 당신이 유일하게 신뢰하는 사람이자 당신에게 반드시 필요한 사람이었소. 그녀만이 진실을 알고 있었지. 에지타는 버트레이드를 따라 비버스로 갔고, 당신에게 완벽하게 충성하며 몸 바쳤소. 이날 이때까지 당신의 비밀을 지켜주면서 당신의 복수를 도운 거요. 당신도 그녀가 영원히 함구하리라 믿었고. 그렇게 모든 것이 잘 풀려나가는 듯했소. 로셀린과 헬리센드가 성장해 서로 사랑하게 될 때까진 말이오. 그것은 놀이 친구가 아니라 남자와 여자로서의 사랑이었소. 세상이 죄악이라 여기고 교회가 금하는 사랑인 줄 그들은 알면서도 외면했겠지. 그리고 마침내 그 비밀이 두 사람에게 장벽으로 다가와ㅡ실상은 아무 장벽도 없는 사이였음에도 불구하고 말이오ㅡ로셀린이 엘퍼드로 추방되고 드 페로네와의 혼사로 마지막 이별에 봉착하게 되었을 때, 에지타는 더 이상 참을 수 없었소. 그날 밤 그녀는 이곳, 엘퍼드 영지로 달려왔소. 로셀린이 아니라 바로 당신을 만나러! 이제 그 해묵은 진실을 털어놓자고, 당신 대신 자기가 말할 테니 허락해달라고 간청하기 위해서 말이오."

"참 의아하더군요." 애들레이즈가 말했다. "내가 여기 와 있다는 걸 에지타가 어떻게 알았는지……."

"내가 그녀에게 말했으니까. 고의는 아니었지만, 결국 그날 밤 그녀를 바깥으로 내몬 사람은 바로 나였던 셈이오. 참으로 우연히 여기 엘퍼드에서 당신을 만났다는 이야기가 나왔고, 그러자 그녀는 죄 없는 두 아이들에게 드리운 어둠을 벗겨주고자 마음먹은 거요. 그렇소, 에지타로 하여금 당신에게 달려오게 하고 결국 죽음에 이르게 만든 것은 바로 나요. 당신으로 하여금 여기까지 오게 만든 것이 할루인이었듯이 말이오. 당신도 비밀이 발각될까 두려워 사전에 그를 차단할 생각으로 황급히 여기 오지 않았소? 결국 나와 할루인은 당신의 파멸에 기여한 도구로 작용한 셈이지. 당신에게 평온을 빌어주었던 우리가 말이오. 이제 부인은 잘 생각해보는 것이 좋을 게요. 구원받으려면 무엇을 해야 할지."

"계속해보시죠!" 그녀가 냉소적으로 내뱉었다. "아직 끝나지 않았잖아요."

"그렇소, 아직 끝이 아니오. 에지타가 당신에게 와 일을 바로 잡아주자고 간청했지만 당신은 거절했소! 하녀는 절망에 빠져 비버스로 돌아갔지. 그러다 그녀에게 무슨 일이 생겼는지는 당신도 잘 알 거요."

애들레이즈는 부인하지 않았다. 그 얼굴은 차갑게 굳어 있었으나 눈빛은 결코 흔들림이 없었다.

"당신의 반대에도 불구하고 그녀는 과연 진실을 밝힐 생각이었을까? 거기에 대해선 당신도 나도 결코 답하지 못할 테지. 하지만 당신들의 대화에 대해 알게 된 사람이 있었을 거요. 에지타 못지않게 충직한 사람, 만일 그녀가 진실을 밝히면 당신에게 어떤 위험이 닥칠지 잘 아는 사람 말이오. 그는 그녀를 뒤쫓아 가 영원히 그 입을 막아버렸소. 아, 당신이 시켰다는 뜻은 아니오! 당신에겐 그 방법 외에도 써먹을 도구들이 있었으니까. 하지만 그들의 귀에 말을 흘리긴 했겠지."

"아니요!" 애들레이즈가 말했다. "결코 그런 적 없어요! 내 표정이 심사를 대변했다면 모를까. 게다가 그 표정도 그녀를 해치고 싶다는 의미는 아니었죠. 난 에지타에게 해를 끼칠 마음이 전혀 없었어요."

"그 말을 믿소. 한데, 그녀를 뒤따라간 것은 그들 중 누구였소? 아비 아들 할 것 없이 기꺼이 당신을 위해 죽을 수 있는 자들이니 그중 한 사람이 당신을 위해 살인을 한 건 분명하지. 그런 뒤 두 사람 모두 이곳에서 사라졌고. 헤일스로 되돌아갔을까? 아니, 난 그렇게 보지 않소. 거긴 충분히 먼 곳이 못 되잖소. 당신 아들의 영지 중 제일 외진 곳까지는 거리가 얼마나 되오?"

"당신은 그들을 찾아내지 못할 거예요." 애들레이즈가 자신 있게 말을 이었다. "그런 짓을 벌이려는 걸 미리 눈치챘더라면 아마 내가 직접 막았을 겁니다. 하지만 일은 이미 벌어졌고, 그게 둘 중 누구의 짓이었는지 나는 몰라요. 알고 싶지도 않고요. 그들이 내게 무언가 이야기하려 했을 때 난 그들의 입을 막았어요. 왜 그랬냐고? 그 죄는, 나머지 모든 죄가 그렇듯 바로 나만의 것이니까. 그 점만은 한 치의 망설임도 말할 수 있어요. 그래요. 내가 그들을 멀리 보내버렸어요. 내 죄의 대가를 그들이 치르게 하지는 않을 겁니다. 에지타를 정성껏 묻고 그들을 찾아 벌을 내린다 한들 무슨 소용일까요. 고백하고, 회개하고, 심지어 사면을 받는다 해도 이제와 그녀를 되살릴 수는 없어요."

"아직 한 가지는 늦지 않았소." 캐드펠이 말했다. "최근 벌어진 이 모든 일은 할루인 못지않게 당신의 잘못에서 비롯한 것들이오. 며칠 전 그가 당신 앞에 망가진 몸을 드러냈을 때 나는 당신의 표정을 똑똑히 보았고, 그를 향해 외치던 당신의 음성도 똑똑히 들었소. '그들이 자넬 어떻게 한 거지?' 당신은 그에게 저지른 모든 짓을 당신 자신에게도 저질렀소. 그리고 일단 저질러진 짓은 돌이킬 수가 없었지. 부디 이제 그것으로부터 자유로워지시오. 구원을 받고자 한다면 말이오."

"계속 말씀해보시지요!" 하지만 그 침착한 태도와 흔들림 없는 눈빛으로 보아, 애들레이즈는 어떤 이야기가 이어질지 이미 알고 있는 게 분명했다. 결국 그녀는 여기 어두컴컴한 자신의 방에 앉아 하느님의 심판이 내려지기를 기다리고 있었던 것이다.

"헬리센드는 에드릭의 딸이 아니라 할루인의 딸이오. 그녀의 몸에 비버스가의 피는 한 방울도 없지. 그녀와 로셀린의 혼인에 방해가 되는 것은 전혀 없다는 뜻이오. 누가 알겠소? 그 두 사람이 결혼하는 것이 가장 나은 결말일지. 어쨌든 적어도 근친상간의 멍에는 그들에게서 벗겨줄 수 있고, 또 벗겨주어야만 하오. 이제 진실을 밝혀야 할 때요. 페어웰에서는 이미 모든 것이 드러났소. 할루인과 버트레이드가 거기에 같이 있소. 두 사람만의 평온을, 또 각자의 평온을 만들어가고 있지. 또한 그들의 자식인 헬리센드도 함께 있으니 진실은 이미 무덤 밖으로 나온 셈이오. 그러니 내가 가서 모든 것을 밝히겠소."

에지타의 죽음을 전해 들은 순간부터, 결국 이렇게 되리라는 것을 그녀는 알고 있었다. 일부러 눈길을 피하며 인정하길 거부하더라도 피할 수 없는 진실. 애들레이즈는 일단 마음이 정해진 이상 다른 이에게 고난을 떠넘길 사람이 아니었으며, 또한 선을 위해서든 악을 위해서든 어중간하게 일을 마무리할 사람도 아니었다.

캐드펠은 부인을 몰아붙이고 싶지 않았다. 그는 뒤로 물러나 그녀에게 공간과 시간을 내준 채 그 단련된 침묵을 지켜보며, 18년이라는 침묵의 세월이, 냉혹하게 담아두었던 증오와 사랑이 만들어낸 쓰라린 대가를 마음속으로 헤아려보았다. 큰 소리로 울려 나오던 그녀의 음성과 그 속에 남아 있던 고통의 흔적을 그는 다시금 떠올렸다. '그들이 자넬 어떻게 한 거지?' 그 놀랍고 극적인 재회 앞에서 나온 그녀의 첫마디는 다름 아닌 할루인의 안위에 대한 것이었다.

애들레이즈가 불쑥 몸을 일으키더니 성큼성큼 창가로 걸어갔다. 그러곤 덧문을 열어 공기와 빛과 한기를 들였다. 그녀는 한참을 그렇게 선 채 고요한 마당과 옅은 구름들로 얼룩진 어슴푸레한 하늘, 영지의 담벼락 너머 나뭇가지들을 뒤덮은 녹색 기운을 바라보았다. 이윽고 그녀가 돌아섰을 때, 캐드펠은 비로소 맑고 찬란한 빛 속에서 그녀의 얼굴을 마주했다. 그 불멸의 아름다움과 시간이 남긴 티끌이 동시에 눈에 들어와 마치 두 사람을 겹쳐 보는 듯했다. 팽팽했던 긴 목선은 축 늘어졌고, 꼬아 올린 검은 머리에는 잿빛 기운이 감돌았다. 눈과 입가에 몰린 주름, 매끄러운 상앗빛 뺨에 흠집을 내는 혈관들……. 그러나 그녀는 강하다. 휘어잡은 세상을 순순히 내어주고 슬그머니 사라질 사람이 아니다. 애들레이즈는 오래오래 견디며 노령의 무자비한 공격에 맞서 분투할 것이다. 마침내 죽음이 일거에 그녀를 패배시켜 풀어줄 때까지. 그녀 자신의 기질이 그녀의 참회를 더욱 확고하게 했다.

"아니요!" 그녀가 불쑥 말을 꺼냈다. 자신으로서는 결코 동의할 수 없는 의견이라도 들은 양 오만한 권위가 실린 목소리였다. "대변인 같은 건 필요하지 않아요. 나의 죄악을 제대로 드러내 보일 수 있는 사람은 단 하나, 나 자신뿐이니까요. 지금 밝혀져야 할 것이 있다면 내가 직접 말하겠습니다. 다른 누구에게도 맡길 수 없어요!" 애들레이즈의 시선이 캐드펠을 향했다. "하지만 수사님이, 늘 할루인의 팔꿈치에 손을 얹고서 결코 읽어낼 수 없는 절제된 눈빛으로 그와 함께 움직이는 수사님이 아니었다면 과연 내가 그 일을 만천하에 드러낼 생각을 했을지는 장담하지 못하겠군요. 이젠 아무 의미 없는 의문이지만…… 어쨌거나 해야 할 일이 남아 있다면 내가 직접 하지요."

"내가 빠지기를 원한다면, 난 당신과 함께 가지 않겠소." 캐드펠이 말했다. "어차피 이젠 해야 할 역할도 없으니."

"대변인의 역할이라면, 물론 그렇죠. 하지만 증인으로서라면…… 수사님도 결말을 보셔야 할 겁니다. 좋아요!" 그녀가 문득 눈을 반짝이며 말을 이었다. "저와 함께 가셔서 마지막을 지켜보시죠. 제 죽음이 하느님 손에 달려 있듯, 이 일의 마무리는 수사님의 손에 달린 셈이에요."

*

그는 애들레이즈와 나란히 말을 달렸다. 안 될 것도 없지 않은가? 어차피 페어웰로 돌아가야 할 터, 비버스를 통과하는 길보다 더 나은 경로는 없었다. 일단 행동하기로 마음먹은 이상 그녀는 지체할 생각이 없었다.

부인은 장화를 신고 남자처럼 말에 올라앉아 박차를 가했다. 어딘가로 행차할 때면 마부 뒷자리, 화려한 여성용 안장에 앉아야 만족했던 그녀였고, 또 나이나 체면이 그만한 노부인들에겐 그것이 당연한 권리이기도 했다. 그러나 이 순간 애들레이즈는 고삐 잡은 손을 낮게 늘어뜨린 채, 남자처럼 당당하고 편안하면서도 꼿꼿하게 말 위에 앉아 꾸준히 속력을 내어, 마치 손에 넣을 것을 향해 달려가듯 잃을 것들을 향해 힘차게 전진하고 있었다.

그 곁에서 나란히 달리던 캐드펠의 마음속에 문득 궁금증이 일었다. 지금쯤 그녀는 진실의 일부를 뒤로 감추고픈 유혹을 느끼고 있지 않을까? 최후의 폭로 앞에서 숨고 싶지 않을까? 그러나 울적하면서도 냉정해 보이는 그녀의 얼굴이 그렇지 않다고 분명하게 말하고 있었다. 회피도 간청도 변명도 결코 없을 터였다. 그녀는 자신이 한 짓을 있는 그대로 밝히리라. 그럼에도, 과연 그녀가 진심으로 뉘우치고 있는지는 하느님만이 아실 일이었다.

13

 정오에서 한 시간쯤 지났을 무렵 그들은 비버스 영지의 정문 앞에 당도했다. 문은 열려 있었고, 소란했던 집 안이 잠잠해져 마당에는 평소처럼 집안일을 하는 가솔들만 오갈 뿐이었다. 원장 수녀가 보낸 사람으로부터 소식을 전해 들은 뒤 센러드도 좋든 싫든 당분간 피신처에서 혼자 지내고 싶어 하는 헬리센드의 바람을 들어주기로 한 모양이었다. 버트레이드를 찾는 일이 끝났으니 오데마의 부하들은 이제 살인범 색출에 전력을 다하리라. 그들이 과연 범인을 찾아낼 수 있을까? 캐드펠은 생각했다. 깊은 밤중이었던 데다 눈까지 내렸는데, 누가 그 길에 나와 있었을까……. 숲에서 일어난 칼부림을 목격한 사람도, 찌른 자의 이름이나 얼굴을 댈 만한 사람도 없을 거야. 설사 목격자가 있었다 한들, 저 멀리 헤일스에서 온 마부를 누가 알아보았겠는가?

애들레이즈가 고삐를 당겨 말을 세웠다. 마당을 가로질러 오던 센러드의 집사가 대군주의 모친을 알아보고 황급히 걸음을 옮겼지만, 그가 당도했을 때 그녀는 이미 안장에서 내려와 있었다. 부인은 킬트 옷을 가다듬고서 혹시 아들 집의 하인이 근처에 있는지 살피듯 주변을 둘러보았다. 수색대가 아직 돌아오지 않았음을 이미 확인하고 온 터였으니, 역시나 엘퍼드 집안의 사람들은 보이지 않았다. 잠시 그녀의 얼굴이 찌푸려졌다. 자신이 밝히고자 하는 것들을 다 담아둔 채 기약 없이 기다려야 할 형편인지라 짜증이 이는 모양이었다. 그녀는 깊이 머리를 조아린 집사 너머로 홀 쪽을 바라보았다.

"자네 주인은 안에 계시나?"

"네, 마님. 안으로 들어가시렵니까?"

"내 아들은?"

"그 어른도 계십니다요, 마님. 바로 몇 분 전에 돌아오셨어요. 아랫사람들은 저희 쪽 사람들과 함께 아직 바깥에 나가 있습죠. 근방의 다른 지역까지 나가 집집마다 탐문하고 있습니다."

"괜한 시간 낭비야!" 집사가 아니라 자기 자신에게 하는 말이었다. 부인은 잠시 생각에 잠겼다가 이내 다시 입을 열었다. "어쨌거나 두 사람 다 안에 있다니 잘됐군! 아니, 내가 온 것을 고할 필요는 없네. 직접 가볼 테니. 그리고 여기 캐드펠 수사님은 오늘 손님으로 오신 게 아닐세. 날 수행해주셨어."

그때껏 캐드펠에게 눈길 한 번 주지 않던 집사가 그제야 그를 똑바로 바라보았다. 이 베네딕토회 수사가 무슨 일로 이렇게 금방, 게다가 동행도 없이 다시 왔는지 궁금한 눈치였지만 그로서는 질문을 던질 틈도 없었다. 어느새 애들레이즈가 홀로 이어진 층계를 향해 기운차게 걸음을 옮기기 시작했고, 캐드펠 또한 마치 그녀의 전속 사제라도 되는 양 착실하게 그 뒤를 쫓아갔다. 뒤에 남겨진 집사는 알다가도 모르겠다는 얼굴로 멍하니 그들의 뒷모습을 지켜볼 뿐이었다.

막 점심 식사가 끝났는지 홀은 식기를 치우고 식탁을 정리하는 하인들의 움직임으로 부산했다. 애들레이즈는 말 한 마디, 눈길 한 번 건네지 않고 하인들 사이를 통과해 내실의 휘장 문으로 곧장 향했다. 그 너머에서 두런두런 말소리가 흘러나오고 있었는데, 휘장 때문에 잘 들리지는 않았지만 센러드의 낮고 굵은 목소리와 장 드 페로네의 가벼운 음성을 구분해낼 수 있었다. 이 구혼자는 아직 퇴각할 생각이 없는 듯했다. 거참 인내심 한번 대단하군, 캐드펠은 생각했다. 아주 끈덕지게 죽치고 기다리기로 작정한 모양이야. 차라리 잘된 일인지도 모르겠군. 이제 자신의 앞길에 만만찮은 걸림돌이 놓였음을 그도 알 권리가 있으니까. 그래, 드 페로네는 불명예스러운 짓을 한 적이 없으니 공정하게 대우받을 자격이 있지.

애들레이즈가 휘장을 한쪽으로 걷어 올리며 내실로 들어갔다. 그들 모두 거기 있었다. 황당하고 손쓸 길 없는 상황 앞에 달리 움직여볼 생각도 못 한 채 소리 죽여 의논을 이어가던 참이었다. 사람들을 내보내 에지타의 살인범을 찾는 시늉은 하고 있었지만 이미 성과가 없으리라는 판단이 굳어진 터였다. 만일 무언가를 알고 있는 지역 사람이 있다면 벌써 얘기가 흘러나왔을 것이다. 그리고 혹시 오데마가 어머니의 하인들까지 셈에 넣었다 한들, 그들의 부재에 의혹을 품었다 한들, 그와 그들 사이에는 어머니가 확고부동하게 끼어 있었다. 로테르와 뤼크가 지금쯤 어디에 있는지는 몰라도, 제 주인의 생각이 이처럼 뒤바뀐 것을 알면 당혹감과 허탈함을 감추지 못할 것이다. 하지만 애들레이즈는 자신에게 책임이 있는 일 때문에 그들이 대가를 치르도록 내버려두지 않을 사람이었다.

하인이 들어왔다고 여기기엔 너무도 급작스럽고 당당한 입장이었으니, 방에 있던 모두가 놀라 한꺼번에 고개를 돌렸다. 부인의 시선이 그 얼굴들을 하나씩 둘러보았다. 오데마와 센러드는 포도주를 앞에 둔 채 탁자 앞에 자리를 잡았고 에마는 자수틀에 따로 앉아 있었는데, 자수에는 아무런 관심도 없이 그저 사태가 최대한 수월하게 전개되기를, 그리하여 다시 평범한 일상으로 돌아갈 수 있기를 노심초사 기다리는 표정이었다. 그리고 장 드 페로네. 애들레이즈는 아마 그와 초면일 터였다. 부인은 그에게 눈길을 주고 잠시 생각에 잠기더니 이내 그가 신랑감이라는 사실을 알아차린 듯 긴 입술을 일그러뜨리며 아주 엷고 음울한 미소를 띠었다. 이윽고 그녀의 시선이 로셀린에게로 넘어갔다.

로셀린은 모여 앉은 이들을 다 볼 수 있는 한쪽 귀퉁이에 물러나 있었다. 위로 쳐든 얼굴과 굳게 다문 입술이, 마치 전투의 임박을 감지하고 무장한 채 대기하는 병사와도 같았다. 태피스트리가 걸린 벽 앞의 장의자에 앉은 그의 자세는 더없이 꼿꼿했다. 페어웰에서 조용히 지내고 싶은 것이 헬리센드의 바람이라면 자신의 간절한 의지는 접어두고 그 뜻을 받아들이겠지만, 그녀의 비밀 결혼을 계획함으로써 두 사람에게 남아 있던 마지막 희망마저 기만한 이 음모자들만큼은 결코 용서하지 않을 태세였다. 부모에 대한 그의 원망은 드 페로네는 물론 오데마 드 클리어리에게까지 확대되어 있었다. 계략에 방해가 되는 자신을 집에서 제거하기 위해 추방한 곳이 바로 오데마의 집이었으니까. 오데마는 아무것도 모른 채 그저 부탁을 받아 그를 집에 들였을 뿐이라고 믿어야 할까? 아니, 그가 이 음모에 더 깊이 관여하지 않았음을 어떻게 장담한단 말인가. 편견 없고 친근해 보이는 얼굴을 타고난 그였지만, 지금 그들을 바라보는 로셀린의 시선에는 편견과 의심과 적의가 잔뜩 묻어났다. 애들레이즈는 그를 한참이나 바라보았다. 너무도 준수한 또 한 젊은이가 제 자신을 위해, 꽃이 나비를 유인하듯 불운한 사랑을 끌어당긴 것이다.

마침내 침묵이 그쳤다. 센러드가 황급히 일어나 손님에게 다가가더니 예의를 갖추어 그녀의 손을 잡고 탁자 좌석으로 안내하려 했다.

"부인, 저희 집에 오신 것을 환영합니다! 참으로 영광입니다!"

"어머님, 무슨 일로 여기까지 오셨지요?" 오데마가 달갑지 않은 듯 인상을 찌푸리며 말했다. "게다가 몸종도 없이 말입니다!" 애들레이즈의 성격을 익히 아는 그로서는 어머니가 저 멀리 헤일스의 영지에 처박혀 있어주는 것이 속 편한 모양이었다. 모자를 나란히 보게 된 캐드펠은 두 사람 사이에 닮은 구석이 상당히 많다는 것을 알아차렸다. 모자간의 애정이야 물론 있겠지만, 아들이 성인이 된 이상 두 사람이 한 지붕 밑에서 같이 살기란 힘들었을 것이다. "어머님까지 여기 오실 필요는 없었는데. 어머님이 하실 만한 일은 이미 다 끝났습니다."

애들레이즈는 센러드의 안내를 받아 나아가다가 방 중앙에 이르러 걸음을 멈추고는 모두가 똑똑하게 볼 수 있도록 꼿꼿이 섰다. 이어 권위 있는 몸짓으로, 센러드에게 잡힌 손을 빼낸 뒤 입을 열었다.

"올 만한 이유가 있어서 왔다." 그녀는 자신을 쳐다보는 모든 얼굴들을 다시금 느릿느릿 둘러보았다. "그리고 아무도 날 시중들지 않은 건 아니야. 캐드펠 수사께서 호위해주셨으니까. 수사님은 페어웰 수도원에 머물다가 오셨고, 여기 볼일이 끝나면 다시 그리로 돌아가실 게다."

두 젊은이, 행운의 신랑과 좌절한 연인에게 차례로 그녀의 눈길이 머물렀다. 주의 깊게 그녀를 바라보던 이들은 무언가 밝힐 것이 있으리라 짐작하면서도 정확히 어떤 이야기가 나올지 몰라 숨을 죽이고 있었다.

"모두 이렇게 모여 있는 걸 보니 반갑군." 애들레이즈가 말했다. "할 얘기가 있는데, 딱 한 번만 말할 테니 잘들 듣게."

사람들의 시선에 익숙한 태도였다. 그녀는 어디에 가든 모든 이들의 이목을 집중시키는 사람이었다. 어느 방에 들어서든 즉각 그녀에게 초점이 맞춰지고, 어느 집단에 속해 있든 가장 돋보이는 그런 사람. 이 순간에도, 방 안의 모든 이들이 입을 다문 채 그녀가 말을 이어가기만을 기다리고 있었다.

"센러드, 자네." 그녀가 말했다. "이틀 전에 여동생을, 정확히는 자네의 배다른 누이를 혼인시키려 했다고 들었네. 그 이유야 물론 교회와 세상이 다 찬성하고도 남을 만한 것이었지. 그녀가 자네 아들 로셀린에게 너무도 귀중한 사람이 되어버렸고 로셀린 역시 그녀에게 그런 사람이라는 사실을 뒤늦게 깨달았으니 말이야. 그래서 그녀를 멀리 보낼 수 있는 혼사를 추진하여 자네의 가정과 후계자를 짓누르던 그 성스럽지 못한 애착의 그림자를 제거하려 한 게지. 내가 너무 적나라한 단어들을 사용하고 있다면 용서하게. 하지만 다른 말로 하기엔 이미 늦지 않았나? 자넬 책망하려는 생각은 없네. 다만, 자네가 모르고 있었던 게 있어."

"거기서 더 알아야 할 게 있습니까?" 센러드가 되물었다. "일이 이렇게 된 이상, 전부 말씀하시는 게 좋겠습니다. 그래요, 그들은 가깝기 그지없는 친족 간입니다. 만일 같은 일이 부인께 일어났다면, 제가 그러한 악을 방지하기 위해 누이한테 취한 것과 같은 조치를 취하지 않으셨겠습니까? 제게 헬리센드는 아들 못지않게 가까운 부양자요 아주 소중한 사람입니다. 그 애는 부인의 외손녀이기도 하지요. 저는 선친의 재혼을 똑똑히 기억하고 있습니다. 부인께서 새어머니를 데려온 그날을, 또 그분이 낳아준 아이를 너무도 자랑스러워하던 아버님의 모습도요. 오래전 아버님께서 세상을 떠나신 이후 전 오라비는 물론 아버지로서 헬리센드를 책임져왔습니다. 저로서는 제 누이와 아들 모두를 보호할 수 있는 길을 강구한 것이며, 지금도 그 의지에는 변함이 없습니다. 지금은 그저 도중에 피치 못할 걸림돌을 만난 상황일 뿐이지요. 드 페로네가 청혼을 철회한 것도 아니고, 저 또한 이 혼사를 변함없이 지지하니까요."

오데마가 자리에서 일어나더니 양미간을 모으고 어머니를 쏘아보았다. "말씀해보시지요, 도대체 뭘 더 알아야 한다는 겁니까?" 저음의 침착한 목소리였으나 그 안에 어린 의구심과 불쾌함은 숨길 수 없어, 만일 애들레이즈 같은 여성이 아니었다면 한순간 움츠러들지 않을 수 없을 터였다. 하지만 그녀는 한 치의 흔들림도 없이 아들의 시선을 맞받았다.

"그래, 말해주지! 다들 괜한 수고를 하고 있어. 센러드, 자네의 아들과 헬리센드 사이엔 아무 장벽도 없네. 그들이 결혼하고 당장 오늘 밤 잠자리를 함께한다 해도 근친상간이 될 위험은 전혀 없지. 헬리센드는 자네 누이가 아닐세. 자네 부친의 딸이 아니다, 이 얘기네. 그 아이의 몸에 비버스 가문의 피는 단 한 방울도 섞여 있지 않아."

"아니, 그게 무슨 말씀입니까!" 믿을 수 없는 이야기에 그가 고개를 내저으며 따지고 들었다. "그 아이가 세상에 나오는 걸 이 집안 식구들이 다 봤는데요. 얼토당토않은 말씀을 하시는군요. 그 아이가 내 부친의 정실에게서 나왔다는 사실은 이 집에 있는 사람 누구라도 증언할 수 있습니다. 대체 무슨 이유로 그런 이상한 말을 지어내시는 겁니까? 헬리센드는 두 분의 첫날밤 잠자리에서 생겨 여기 내 집에서 태어났습니다."

"그 아인 내 집에서 생겼네." 애들레이즈가 말했다. "하긴, 임신 기간을 헤아려보았다 해도 큰 의혹은 발견할 수 없었겠지. 내가 워낙 서둘러 조치했으니까…… 딸아이가 혼사를 위해 이 집으로 왔을 땐 이미 아이를 가진 상태였네."

에마를 제외한 모두가 자리에서 벌떡 일어섰다. 맞바람에 부딪친 양 일시에 터져 나온 분노와 불신의 외침들 속에서 에마는 자수틀 뒤에 움츠린 채 하얗게 질린 얼굴로 전율하고 있었다. 센러드는 충격으로 인해 숨도 제대로 쉬지 못할 정도였고, 드 페로네는 이 모든 게 꾸며낸 이야기이며 저 노부인의 정신이 오락가락하는 것 같다고 고함을 질러댔다. 그 무례한 표현에 로셸린은 눈을 부라리며 그에게로 달려들다가 갑자기 경쟁자에게서 몸을 돌려 애들레이즈를 마주 보았다. 그 말이 사실인지 확실하게 밝히라는 듯한 눈빛이었다. 그 순간, 오데마가 주먹으로 탁자를 쾅 내리쳐 천둥 같은 소리를 내더니 권위적인 목소리를 한껏 높여 모두들 입을 다물라고 소리쳤다. 그동안 애들레이즈는 시종일관 바위처럼 꼼짝 않고 꼿꼿하게 선 채 이 폭풍을 응시하고 있었다.

이윽고 고함 소리가 잦아들며 침묵이 찾아왔다. 숨소리조차 들리지 않는 고요 속에서, 마치 그녀가 털어놓은 이야기의 진위가 그 얼굴에 쓰여 있기라도 한 양 모두들 애들레이즈를 바라보았다. 부인은 여전히 꼼짝도 하지 않았다. 사람이 눈 한 번 깜박이지 않고 저리도 오래 정지해 있는 게 가능할까 싶을 정도였다.

"어머님, 지금 어머니가 무슨 소리를 하는지 알기나 하시는 거예요?" 오데마가 물었다. 이제 침착함을 되찾은 낮은 음성이었다.

"알고말고! 내가 무슨 얘기를 하는지는 물론이고 그것이 흔들림 없는 진실이라는 것도 알지. 또한 내가 어떤 짓을 저질렀는지, 그게 얼마나 악랄한 짓이었는지도 잘 안다. 이제 내 입으로 모두 밝히니 다들 잘 듣게. 어쨌거나 내가 벌인 일이요, 이제는 나도 자네들도 돌이킬 수 없는 일이야. 그래, 나는 에드릭 나리를 속여 내 딸을 강제로 결혼시켰네. 그리고 이 집안에 사생아를 들여보냈지. 아니, 이렇게 말할 수도 있겠군. 내 딸의 이름과 재산을 보호하고 명예로운 지위를 보장하기 위한 조치를 취한 거라고. 센러드 자네가 누이를 위해 조치를 취하려 했듯 말이야. 그 거래를 두고 에드릭이 생전에 후회한 적이 있었을까? 아마도 없었겠지. 자기 자식이라 여긴 그 아이 덕에 즐거움을 누렸을까? 분명 그랬을 거야. 잘한 짓이든 아니든, 이날 이때까지 나는 만족하고 살아왔네. 그러니 이제 와서 하느님께서 다른 처분을 내리신다 해도

원망할 수는 없어."

"그게 사실이라면……" 센러드가 깊이 숨을 끌어당긴 뒤 말을 이었다. "에지타는 알고 있었겠군요. 버트레이드와 함께 여기로 왔으니까. 그녀는 분명 알고 있었어요."

"그렇네." 애들레이즈가 대답했다. "그날, 서둘러 진실을 밝혀 달라고 내게 와서 간청하더군. 그때 거절한 것이 가슴 아플 뿐이야. 더 가슴 아픈 건, 오늘 이 자리에서 그녀가 내 말을 뒷받침해줄 수 없다는 사실이고. 하지만 그럴 수 있는 또 다른 사람이 지금 이 자리에 와 있네. 캐드펠 수사는 지금 헬리센드가 가 있는 페어웰 수도원에서 오셨네. 그녀의 어머니도 거기 같이 있지. 그리고 기묘한 우연이지만……" 그녀가 말을 이었다. "그녀의 아버지도 거기에 있네. 이제 진실을 숨길 곳은 어디에도 없기에 내 입으로 그것을 밝히네."

"참으로 오래도 숨겨오셨군요." 오데마가 냉랭한 음성으로 말했다.

"그래. 게다가 이미 모든 것이 무덤 밖으로 나온 터이니, 이제 와서 밝힌들 잘했다 소리도 못 들겠지."

잠시 깊은 침묵이 이어진 뒤 센러드가 느릿느릿 입을 열었다. "그 사람…… 헬리센드의 아버지가 지금 그곳에 있다고 하셨습니까? 모녀와 함께, 거기 페어웰에 말입니까?"

"난 들은 대로 전했을 뿐이야." 그녀가 말했다. "그 대답은 캐드펠 수사께서 해주실 걸세."

"그들 세 사람이 거기 있는 것을 내가 보았소. 사실이오." 캐드펠이 말했다.

"그자는 대체 누굽니까?" 오데마가 물었다. "그녀의 아비 말입니다. 그는 어떤 사람이죠?"

"한때 내 집에서 서기로 일했던 사람이야." 애들레이즈는 눈길 한 번 떨구지 않은 채 말을 이어갔다. "좋은 집안 출신에, 내 딸보다 불과 한 살 위였지. 그가 버트레이드와 결혼하고 싶다고, 허락해달라고 청했지만 난 거절했어. 그러자 그들은 날 압박하기 위해 행동을 취했지. 아니, 내가 잘못 생각한 건지도 모르겠군. 버트레이드 역시 깊은 사랑에 빠져 있었으니, 그건 계산된 행동이었다기보다 좌절의 결과였을지도 몰라. 나는 그를 집에서 쫓아내고 서둘러 딸을 여기로 보냈다. 에드릭이 1년여 전부터 구혼을 해온 터였거든. 그런 다음 딸의 연인에게는 그 아이가 죽었다고 거짓말을 했지. 더없이 악랄한 거짓말이었어. 버트레이드의 부담을 덜어주려고 약을 썼다가 그녀와 배 속의 아이 둘 다 죽게 되었다고 했으니까. 그때까지 그는 자신에게 아이가 있다는 것을 알지 못한 상태였지."

"그런 사람이 어떻게 그녀를 찾아냈답니까?" 센드레드가 따지듯 물었다. "게다가 짐작도 하기 힘든 그런 장소에서! 이야기가 너무 이상하고 앞뒤가 맞지 않으니 저로선 도저히 믿을 수가 없군요."

"믿는 게 좋을 걸세." 애들레이즈가 말했다. "자네나 나나 진실을 피해 갈 수도, 뒤바꿀 수도 없으니까. 그가 그녀와 만나게 된 건 그저 하느님의 자애로운 섭리였다고밖에 말할 수 없네. 그 이상 무엇이 더 필요하겠나?"

"수사님," 센러드는 캐드펠에게로 고개를 돌리더니 조급한 표정으로 간청하듯 말했다. "제 집 손님으로 다녀가셨지요. 이 일에 대해 더 알고 계신 것이 있다면 전부 말씀해주십시오. 부인의 말씀이 사실입니까? 그 모든 것이 끝난 마당에 세 사람이 다시 만나게 되었다니, 어찌 그런 일이 일어날 수 있단 말입니까?"

"전부 사실이오." 캐드펠이 말했다. "지금쯤 그들도 이야기를 나누었을 거요. 결과적으로 말하자면, 그가 모녀를 찾게 된 건 자신의 옛 연인이 죽은 것으로 알고 있었던 덕이오. 몇 달 전 그 자신도 죽음 직전에 이른 적이 있소. 그는 자신의 삶이 곧 끝나리라 생각하고, 마지막으로 그녀의 무덤에라도 가 다음 생의 평온을 빌어주기로 마음먹었소. 하지만 헤일스에서는 그녀의 무덤을 찾지 못했고, 그래서 여기, 오데마 당신의 영지인 엘퍼드로 오게 되었지. 당신 집안 조상들이 이곳에 묻혀 있다는 얘기를 들었거든. 그런 뒤 다시 집으로 돌아가던 길에 우리는 하느님의 은총으로 어젯밤 페어웰 수도원에서 하루 묵게 되었소. 때마침 당신의 누이인 그 부인이 그곳에 와 있었소. 새로 건립된 수도원 견습 수녀들의 지도자로 사역을 하고 있더군. 더하여 헬리센드도 고통과 중압감을 견디지 못해 그리로 피신해 와 있었고 말이오. 그렇게 해서 그들 세 사람은 마침내 한 지붕 밑에 머물게 된 거요."

잠시 침묵이 흐른 뒤, 오데마가 나직한 목소리로 입을 열었다.
"그만하면 대충 알겠군요. 하지만 한 가지 더 말씀하실 것이 남 았습니다. 그의 이름을 밝혀주시지요!"
"그는 오래전에 수도원에 들어왔소. 슈루즈베리 성 베드로 성 바오로 수도원에서 나의 형제로 지내고 있지. 당신도 그를 이미 보았소. 지난번 나와 함께 엘퍼드에 묵었던 바로 그 수사요. 이번 여행 내내 목발에 의지해 걷던 그 사람, 센러드 당신이 헬리센드 의 혼사를 부탁했던 사제 말이오. 그의 이름은 할루인이오."

*

이제는 그들도 지금껏 들은 이야기를 조금씩 믿기 시작했다. 다소 멍한 상태에, 그 깊은 속뜻까지는 완전히 파악하지 못한 채 였지만, 어쨌거나 번득이는 시선으로 각자 자신의 내면을 들여다 보며 이 상황이 자신에게 어떤 의미를 지니는지 서서히 깨달아가 는 참이었다. 갓 불붙인 횃불처럼 타오르는 가슴으로 전율하던 로셀린에게는 느닷없이 눈부신 광채가 나타나 그간의 죄의식과 회한을 걷어내는 것만 같았다. 한낮의 공기가 포도주인 양 그를 취하게 했다. 눈을 멀게 하고 혀를 마비시킬 듯 찬란한 희망과 기 쁨 속으로 세상이 무한히 퍼져나가는 기분이었다. 반면, 무시해 도 좋다 생각한 경쟁자가 느닷없이 만만찮은 연적으로 부상했음 을 깨달은 드 페로네는 일종의 위기감과 더불어 본능적인 승부욕을 느꼈으니, 그는 사력을 다해 승리를 얻어낼 작정이었다. 센러드에게는 집안의 역사가 완전히 뒤집힌 꼴이었다. 이런 사기극에 속아넘어가다니, 부친의 체면은 대체 무엇이 되는가. 게다가 누이동생은 느닷없이 낯선 사람으로, 집안에 아무 권리도 갖지 못한 침입자로 변해버렸다. 마지막으로, 방 귀퉁이에서 말없이 귀를 기울이던 에마는 분노와 비통함에 일그러진 얼굴을 하고 서 있었다. 친딸처럼 생각해온 헬리센드를 잃게 되리라는 상실감이 그녀의 마음을 짓눌렀다.

"그러니까, 그 애가 내 동생이 아니란 얘기군." 센러드가 무겁게 입을 열었다. 그 누구도 아닌, 자기 자신을 향해 하는 말이었다. 하지만 이내 화가 치밀어 오르는지 이번에는 모두를 향해 다시금 같은 말을 반복했다. "그 애가 내 동생이 아니란 말이지!"

"그렇네." 애들레이즈가 담담히 대꾸했다. "하지만 그 아이 역시 지금껏 아무것도 몰랐어. 본인의 잘못은 아니니 그 애를 탓할 것 없네."

"그 애가 내 혈족이 아니라면, 지참금이든 땅이든 내가 해줘야 할 건 아무것도 없겠군요. 헬리센드는 내게 아무 권리도 주장할 수 없게 되었어요." 그 목소리에는 더없는 비통함이 배어 있었다. 친밀한 애정을 갑자기 끊어내야 하는 이 상황이 서글픈 모양이었다.

"그 말도 맞네. 하지만 그 아인 내 혈족이야." 애들레이즈가 말을 이었다. "제 어미의 유산은 수녀복을 입을 때 모두 폴스워스에 기탁했지만, 내게도 재산과 토지가 있지. 헬리센드는 나의 외손녀이자 상속자이니 내가 가진 모든 것을 그 아이한테 줄 것이네. 그 아인 무일푼으로 남지 않을 거야." 부인은 드 페로네를 향해 미소를 지어 보였다. 헬리센드가 비버스 집안에서 아무것도 받지 못한다면 그 매력이 다소 사라지는 셈인데, 그렇게 로셀린의 앞길을 탄탄대로로 만들어줄 필요는 없지 않겠냐고 말하는 듯했다.

"부인, 제 얘길 오해하셨습니다!" 센러드가 벌컥 화를 냈다. "이 집은 지금까지 그 애의 집이었고, 지금도 그 애는 그렇게 생각하고 있을 겁니다. 여기 말고 그 애가 갈 곳이 어디 있겠습니까? 그 애로선 느닷없이 수족을 잘린 셈이에요. 부모 모두 수도원에 들어가 있는 데다, 그동안 부인에게서 지도나 보호를 받아본 적도 없잖습니까. 피로 이어진 관계든 아니든, 그 애는 바로 이곳, 비버스의 식굽니다."

"어쨌든 이제 장애물은 사라졌군요!" 로셀린이 득의양양하게 외쳤다. "제가 그녀에게 합법적으로 청혼하더라도 장벽이 될 만한 건 전혀 없다고요. 우린 그동안 아무 죄도 짓지 않은 겁니다. 우리 위에 드리웠던 그늘도, 우리 사이의 금지령도 모두 허상이었어요. 그녀는 기꺼이 돌아올 겁니다!" 정당성을 얻었다는 기쁨에 그는 푸른 눈을 반짝이고 있었다. "분명히 말씀드리지만, 우리의 사랑에는 아무 죄도 없었어요, 전혀요! 그런데도 다들 우리를 죄인 취급하며 몰아붙였죠. 오데마 나리, 이제 제가 가서 그녀를 집으로 데려올 수 있도록 허락해주세요!"

그 말에 드 페로네가 발끈하고 나섰다. 타오르는 불꽃처럼 쉬쉬 소리를 내며 그는 성큼성큼 로셀린 앞으로 다가가 떡 버티고 선 채 입을 열었다. "성격 한번 급하시군! 권리로 치자면 당신이나 나나 다를 바 없소. 난 청혼을 철회하지 않을 거요."

"좋을 대로 하시오." 로셀린은 여전히 안도와 기쁨에 젖어 기분 좋게 대꾸했다. "누가 뭐라 하든 난 신경 쓰지 않소. 어쨌든 이제는 모두가 공평한 조건하에 있는 셈이니, 헬리센드가 과연 무어라 대답할지 두고 봅시다." 그녀가 어떻게 대답할지 이미 잘 아는 터였다. 그 확신 어린 태도에 약이 오른 드 페로네가 허리에 찬 단검으로 손을 뻗으며 한층 격한 말들을 쏟아내려는 찰나, 오데마가 탁자를 탕 치면서 호통을 쳐 두 사람의 입을 막아버렸다.

"두 사람 다 그만두게! 이곳의 대군주 앞에서 무엄하기 그지없군. 헬리센드는 내 조카이며, 따라서 우리 집안의 혈족이네. 여기 있는 이들 중 그녀에 대한 권리와 의무를 진 사람이 있다면 그것은 바로 나이니 내가 결정하도록 하겠네. 센드르의 소망이 그러하다면 그녀를 이곳에 두도록 하지. 그는 이날 이때까지 그녀를 피붙이처럼 키워왔으니 마땅히 그럴 권리를 지녔어. 그리고 그녀의 혼사 문제는 센르드와 내가 그녀에게 최선이 되는 방향으로 노력하되, 결코 본인의 의사에 반하는 짓은 하지 않을 생각이네. 하지만 당분간은 그녀를 그대로 내버려두게! 본인이 조용한 시간을 갖고 싶다 하니 시간을 주고, 돌아올 마음의 준비가 되었을 때 집으로 데리고 오는 것이 좋겠네."

"좋습니다!" 센러드가 한숨을 쉬며 말했다. "그거면 난 만족해요! 더 이상 바라는 건 없습니다."

"수사님," 오데마가 캐드펠을 돌아보았다. 이제 이곳의 모든 문제는 대군주인 그의 수중에 들어 있었으니 그가 결정하는 바에 따라 이루어질 터였다. 지난날 그의 어머니가 궁극적인 파괴를 의도했다면 지금 그가 의도하는 바는 최소한의 피해였다. "수사님은 페어웰로 돌아가 그들에게 제 뜻을 전해주시지요. 지난 일은 지난 일이고, 앞으로의 일들은 모두 공개적으로 이루어질 것입니다. 그리고 로셀린……" 해방된 기쁨에 어쩔 줄 몰라하는 청년에게로 시선을 옮기며 그가 엄하게 말을 이었다. "가서 말들을 대기시키게. 우린 엘퍼드로 돌아갈 걸세. 내 허락이 떨어질 때까지 자넨 변함없이 내 아랫사람이야. 내게 말도 없이 무단으로 집을 떠났다는 것, 난 잊지 않고 있네. 날 불쾌하게 만드는 짓은 더 이상 하지 않는 게 좋을 걸세."

냉담하기 그지없는 목소리였지만, 이미 어떤 말이나 시선도 로셀린의 환한 표정에 흠집을 낼 수 없었다. 그는 명령을 따르겠다는 의미로 무릎을 굽혀 가볍게 예를 표한 뒤 문을 나섰다. 그가 일으킨 바람이 문 앞에 드리운 휘장을 날리자 바깥의 공기가 마치 한숨처럼 실내로 밀려들었다.

마지막으로, 아주 오랫동안, 오데마는 애들레이즈를 응시했다. 그녀는 음울하지만 흔들림 없는 눈빛으로 그를 마주 보며 아들의 판결을 기다리고 있었다.
"어머니는 저와 함께 엘퍼드로 가시지요. 여기 오신 목적은 다 이루셨으니까."

*

그러나 누구보다 앞서 말을 타고 나선 사람은 캐드펠이었다. 이제 이 집에서 그를 필요로 하는 사람은 없었다. 앞으로 벌어질 일에 대해—모든 과정이 그리 수월하지만은 않을 텐데—개인적인 호기심이 남아 있긴 했으나 이제는 돌아가야 할 때였다. 캐드펠이 다시 이곳을 찾을 가능성은 희박하니 아마 이후의 일은 영원히 의문으로 남으리라. 그가 말에 올라타 느릿느릿 대문 쪽으로 향할 때, 오데마의 말들에 안장을 올리느라 바쁜 마부들 틈에 끼어 있던 로셀린이 재빨리 그에게 달려왔다.

"캐드펠 수사님." 형언하기 힘든 놀라움과 기쁨에 취한 탓인지 그는 잠시 말을 잇지 못하고 허둥대더니 이내 자신의 앞뒤 없는 행동에 고개를 내저으며 웃어 보였다. "그녀에게 전해주세요! 우린 자유로워졌다고, 헤어질 필요가 없다고요. 이제 우리 사이를 막을 사람은 아무도 없고—"

"이보게," 캐드펠이 그의 말을 끊었다. "지금쯤 그녀도 자네 못지않게 잘 알고 있을 걸세."

"그럼 이렇게 전해주세요. 곧, 빠른 시일 안에, 제가 그녀를 데리러 가겠다고요." 캐드펠의 눈썹이 위로 솟는 것을 보며 그는 자신 있게 말을 이었다. "예, 왜 그러시는지는 알아요. 하지만 나리께서는 분명 저를 보내주실 겁니다. 전 그분을 잘 알거든요! 시시한 소군주들이랑은 다른 인물이시죠. 자기 사람을 잘 알아보고 신뢰하는, 마치 좋은 친척 어른 같은 분이에요. 그리고 제 아버님도 이제는 우리 사이를 가로막지 않으실 겁니다. 모든 일이 다 해결된 마당에 무슨 이유로 그러시겠어요? 잘못된 것들이 제대로 바로잡힌 것 말고는 달라진 게 없잖습니까."

꽤 의미 있는 소릴 하는군, 안장에 앉은 채 청년의 젊고 열의에 찬 얼굴을 내려다보며 캐드펠은 생각했다. 그래, 달라진 건 없지. 거짓이 진실로 대체된 것을 빼면. 지금까지의 과정이 아무리 힘들었다 해도 결국 바람직한 방향으로 귀결된 셈이야. 진실에는 물론 대가가 따르지만, 진실이 그 대가에 값하지 않는 경우는 없으니……

"아, 그리고……" 로셀린이 말을 이었다. "그…… 다리가 불편하신 수사님…… 헬리센드의 아버님 말입니다……." 자신이 뱉은 단어에 스스로 놀라고 신기해하는 눈치였다. "그분께도 제 기쁨과 행복을 전해주시면 좋겠어요. 결코 갚을 길 없는 빚을 졌다는 말도요. 그분이 따님의 안위와 행복을 걱정하실 이유는 없을 겁니다. 제가 그것에 목숨을 바칠 작정이니까요."

14

캐드펠이 페어웰의 안뜰에 당도할 무렵, 애들레이즈 드 클레어리는 엘퍼드의 집에서 아들과 마주 앉아 있었다. 두 사람 사이에 길고 무거운 침묵이 흘렀다. 오후 해가 기울며 방 안이 어둑해지기 시작했지만 그들은 촛불을 밝히지 않았다.

마침내, 오데마가 수심에 찬 침묵을 떨쳐내고 입을 열었다. "아직 손대지 못한 문제가 남아 있습니다. 에지타가 찾아갔던 사람은 다름 아닌 어머님이었죠. 어머님은 무뚝뚝한 대답으로 그녀를 돌려보내셨고, 그 직후 그녀는 죽었습니다! 어머님이 지시한 일입니까?"

"아니다!" 애들레이즈가 짧게 대답했다.

"그 일에 대해 무엇을 알고 계시는지 묻지 않겠습니다. 어차피 그녀는 이미 죽었으니까요. 어머님의 일 처리 방식이 맘에 들지 않지만, 이 일로 더는 골머리를 썩고 싶지 않군요. 어머님, 내일 당장 헤일스로 돌아가세요. 그리고 제 집에는 두 번 다시 오지 않으셨으면 합니다. 오셔도 제가 어머님을 들이는 일은 없을 거예요. 헤일스를 제외한 제 영지에 일절 출입하지 마시라는 뜻입니다."

"그래, 그렇잖아도 내겐 헤일스가 전부지." 그녀가 무심하게 대답했다. "그 조그마한 공간이면 족해. 오래 필요치도 않을 테고."

"언제든 내키실 때 떠나시죠. 제가 호위대를 붙여드리겠습니다." 그가 냉혹하게 말을 이었다. "어머님의 마부들은 사라지고 없잖아요. 한밤중에 어머님을 무방비 상태로 혼자 떠나보낸 야박한 아들이라는 소리는 듣고 싶지 않습니다."

애들레이즈는 의자에서 일어나 아무 말 없이 나가버렸다.

홀에서는 하인들이 막 횃불에 불을 붙이기 시작한 참이었다. 홀 구석과 연기로 그을린 높은 천장에 그림자가 짙게 드리웠다.

로셀린은 홀 중앙에 깔린 포석 위에 선 채 장화 뒤꿈치로 난로를 쑤셔 낮 동안 꺼져 있던 불길을 살리고 있었다. 한쪽 팔에 오데마의 망토를, 다른 한 팔에는 두건 달린 외투를 걸친 채였다. 되살아난 불길이 발하는 빛에 그의 얼굴이 금빛으로 물들기 시작했다. 마치 젊은 여인의 그것처럼 우아한 광대가 돋보이는 매끈한 뺨, 아름다운 이마, 깊은 행복감을 드러내듯 더할 수 없이 부드럽고 매혹적인 미소를 머금은 입술, 뺨을 스치며 목덜미로 미끄러져 내리는 황갈색 머리칼. 청년의 모습은 더할 수 없는 아름다움을 자아내고 있었다. 애들레이즈는 그림자 속에 몸을 숨긴 채 잠시 그렇게 서서 그를 지켜보았다. 저 매력이 선사하는 기쁨과 고통, 스쳐 지나갈 아름다움과 청춘을 바라보는 황홀감과 고뇌가 동시에 엄습했다. 그의 모습이 오래전에 사라져버린 감정을 너무도 날카롭고 달콤하게 상기시켰다. 이미 잊었다고, 불사조와도 같은 새로운 삶을 위해 다 태워버렸다고 믿었던 감정들이었다. 그러나 어느 순간 그 비밀의 문이 열렸으니, 그녀는 자신이 사랑했던 사람에게 남겨진 세월의 잔해와 직면해야 했다.

로셀린이 기척을 느끼지 못하게끔, 그래서 너무도 눈부시고 기쁨에 찬 저 푸른 눈길을 자신에게 돌리지 않게끔 그녀는 살그머니 움직여 그를 지나쳤다. 그녀가 기억하는 할루인의 검은 눈, 부드러운 곡선을 지닌 검은 눈썹 밑에 아름답게 박혀 있던 그 눈은 결코 그녀에게 와 닿지 않았다. 언제나 본분에 충실하고 조심스러웠던, 그녀 앞에서는 주로 밑으로 내리깔리던 그 눈…….

밖으로 나선 애들레이즈는 초저녁의 쌀쌀한 공기를 마시며 자신의 거처로 향했다. 그래, 이제 끝났어. 그 불길은 재였어. 이제 두 번 다시 그를 보지 않을 작정이었다.

*

"네, 그녀를 만났습니다." 할루인 수사가 말했다. "얘기도 나눴고요. 그녀의 손도 만져보았지요. 환상이 아니라 따뜻한 피부였어요. 살아 있는 여인의 피부…… 마음의 준비가 전혀 안 된 상태였는데 문지기 수녀가 갑자기 저를 불러 그녀에게로 안내하더군요. 전 말 한마디 못 한 채 그저 바위처럼 서 있었지요. 제게 그녀는 너무도 오랜 세월 동안 죽은 사람이었어요. 뜰에서 새들과 어울려 있는 그녀를 잠시 보았던 그 순간에도요. 수사님이 떠난 뒤에도 내내 이게 꿈인가 생시인가 혼란스럽더라고요. 하지만 그녀를 만져보니, 내 이름을 부르는 그 목소리를 들으니…… 그녀는 정말 기뻐했죠…… 그동안 그녀의 짐이 제 것보다 가벼웠으리라고 할 수 없겠지만, 어쨌거나 그녀는 제가 살아 있다는 걸 알고 있었죠. 제가 어디에 있는지, 무슨 일을 하고 있는지 전부 알고 있었어요. 물론 그녀에게 아무 죄도 없어요. 죄가 있다면 저를 사랑한 죄뿐이겠지요. 그녀가 제게 그러더군요. '여기, 이미 떳떳한 권리로 당신을 받아들인 사람이 있어요. 당신도 떳떳하게 그녀를 받아들이길 바라요. 자, 당신의 딸입니다.' 그런 기적 같은 일을 누가 상상할 수 있었을까요? 그러곤 그 아이의 손을 잡아 제게 넘겨주었어요. 헬리센드, 내 딸이…… 죽지 않았다니! 젊고 다정하고 꽃처럼 생생하게 살아 있다니! 그것도 모르고 저는 그 아이를, 아니 그 아이와 엄마 모두를 제가 죽였다고 생각했으니! 헬리센드는 기꺼이 나아와 다정하게 제게 입을 맞추었죠. 아마도 그건 연민이었을 겁니다. 잘 알지도 못하는 사람에게 어떻게 애정을 느끼겠어요?…… 그럼에도, 그저 연민에서 나온 것이라 해도, 제게는 황금을 능가하는 선물이었어요. 그리고 그 아이는 이제 행복할 거예요. 마음에 둔 사람과 다시 만나 기쁨의 결혼식을 올릴 겁니다. 딱 한 번, 헬리센드가 절 '아버지'라고 부르기까지 했어요. 아마도 사제를 부르는 호칭으로 내뱉은 말이었겠지만—애초에 신부로서 저를 알게 되었으니까요—그렇다 하더라도 정말 듣기 좋더군요. 두고두고 잊지 못할 행복한 기억이 될 겁니다. 그리 많은 얘기를 나누진 못했어요. 그래도 우리 세 사람이 함께한 짧은 시간은 지난 18년의 세월을 녹여버리고도 남았죠. 전 더 이상 마음에 담아둘 것이 없습니다. 그녀, 버트레이드는 이제 자신의 본분으로 돌아갔어요. 저도 또한 곧…… 내일이면……."

때로는 더듬고, 때로는 물 흐르듯 장황하게 쏟아내고, 이따금 새삼스레 그 경이로운 황홀감에 빠져드느라 한동안 말을 멈추어가며 할루인이 독백을 이어가는 동안 캐드펠은 조용히 앉아 귀를 기울였다. 자신에게 가해진 잔인한 일들과 그로 인해 겪었던 고통에 대해서는 한마디도 없었다. 이 모든 기쁨이 비난이나 용서의 여지조차 남기지 않은 채 그의 마음을 깨끗이 씻어낸 듯했다. 그것이야말로 애들레이즈 드 클리어리에 대한 최후의 심판이자, 가장 아이러니한 심판이리라.

"저녁기도에 참석하면 어떨까 싶군." 캐드펠이 마침내 입을 열었다. "종이 울렸으니 지금쯤 모두들 자리를 잡았을 걸세. 아무도 모르게 들어갈 수 있을 거야."

*

그들은 예배당으로 들어가 어두컴컴한 구석에 자리를 잡았다. 수녀들의 젊고 맑은 얼굴을 죽 훑던 캐드펠의 시선이 지난날 버트레이드 드 클리어리였던 베네딕타 수녀의 얼굴에 한동안 머물렀다. 옆에서 기도를 올리는 할루인의 낮은 음성은 행복에 젖어 있었으나, 캐드펠의 마음속에서는 얼마 전 삼림 감독관의 곳간에 누워 느릿느릿 토해내던 그의 쓰라린 음성이 울리는 것만 같았다. 지금 저 성직자석에 베네딕타가 평온하고 충만하며 만족스러운 자태로 서 있었다. 그가 묘사하고자 애쓰던 바로 그 여인이. '자기 어머니만큼 아름답지는 않았습니다. 그래요, 그녀에게 신비함이나 은밀함 같은 건 없었지요. 그렇지만 훨씬 더 다정한 구석이 있었어요. 매사에 솔직하고 밝은 것이 마치 한 떨기 꽃 같았죠. 그녀는 어떤 것도 두려워하지 않았어요…… 모든 사람을 믿었고 배신당해본 적도 없었습니다…… 그때까지는 말이에요. 그러다 단 한 번의 배신 때문에 죽고 만 겁니다.'

아니, 그녀는 죽지 않았다. 그리고 이 순간 깊은 믿음으로 본분에 임하고 있는 그녀에게서 어둡고 비밀스러운 구석이라곤 찾아볼 수 없었다. 오랜 세월이 흐른 지금, 하느님의 자비를 기쁘게 찬양하는 그녀의 달걀형 얼굴은 평온으로 빛나고 있었다. 일말의 회한도 없이 완전무결한 만족에 젖은 그 얼굴. 소명을 받아들인 이후 아마도 과거의 잔해를 불식하고자 온 힘을 다해왔을 그녀 또한 이제 은총의 계시를 받아 그 완전함에 도달했으리라. 만일 지금 그 옛날의 첫사랑을 돌려준다 해도 그녀는 등을 돌릴 것이다. 더는 그것이 필요치 않기 때문이다. 사랑도 한철이니, 이제 그들의 계절은 봄의 폭풍우와 여름날의 열기를 넘어 초가 낙엽이 떨어지기 전의 황금빛 평온으로 접어들어 있었다. 버트레이드 드 클리어리와 할루인 수사 모두 정신의 평안 속에 확고하고 굳건해 보였다. 두 사람이 함께하는 시간도, 사랑의 열정도 더는 무의미했다. 그들은 과거의 부담에서 벗어나 미래를 향해 나아가기 시작했다. 그리고 상대가 같은 소명으로 살아간다는 사실을 잘 알기에, 더욱 열심히, 더욱 철저하게 그 미래에 매진할 터였다.

*

이튿날 아침기도가 끝난 시각, 두 수사는 페어웰 수도원에 작별을 고하고 집으로 가는 긴 여정에 올랐다.

캐드펠과 할루인이 짐 보따리와 목발을 챙겨 객실에서 나올 무렵 수녀들은 총회에 참석 중이라 헬리센드 혼자서 그들을 정문까지 배웅했다. 헬리센드도, 할루인도, 그늘과 의혹이 깨끗이 씻겨 나간 표정이었다. 자신들 앞에 닥친 은총에 놀라고 어리벙벙해하면서도 환한 얼굴. 고뇌의 흔적이 걷혀서인지, 이제 아버지와 딸은 더 한층 닮아 보였다.

헬리센드는 작별의 인사 대신 조용히 할루인을 포옹했다. 수줍으면서도 열렬한 포옹이었다. 어제 하루를 함께 보내며 어느 정도의 신뢰를 쌓았다고는 해도 그 짧은 동안 그녀가 그를 알게 되었다고 보기는 힘들었다. 지금으로선 제 어머니의 눈을 통해서나 볼 수 있을 뿐 그녀 스스로 알기란 불가능하리라. 그러나 그의 인격과 올바름과 온화함은 감지할 수 있었으니, 또한 그가 나타남으로써 악몽과도 같던 지난날의 죄의식과 상실감에서 해방되었다는 사실을 잘 알고 있었으니, 이후 그를 떠올릴 때마다 헬리센드의 마음은 기쁨과 감사로 충만할 터였다. 그것이 사랑이라는 것과 크게 다를까? 적어도 할루인에게는 그것으로 충분했다. 이제 두 번 다시 딸을 보지 못하게 된다 하더라도…….

"하느님의 가호를 빕니다, 아버지!" 헬리센드가 말했다.

그녀에게서 아버지라는 칭호로 불리는 일은 다시 없으리라. 할루인은 이 순간을 소중한 선물로 여기며 평생 간직할 것이었다.

*

그날 밤 그들은 햄프턴 참사회원들의 대농장이 자리한 하르게 돈에서 걸음을 멈추었다. 60년 전 노르만인들의 정착지였던 그곳은 황폐한 상태에서 점차 회복되어, 이제 그럭저럭 살아난 땅에 경작이 시작되고 작은 교차로나 물방앗간이 들어설 만한 강 주변으로 마을이 만들어지는 참이었다. 참사회원들과 집사, 하인들이 살아가는 곳이니 비교적 안전하리라 생각한 사람들이 하나둘 이곳으로 모여들었고, 버려져 있던 산림도 도전적인 이들에 의해 개간지로 탈바꿈되고 있었다. 아직은 여전히 인적 드문 지역이라 초저녁 달빛에 잠긴 풍경이 왠지 구슬퍼 보이긴 했으나, 이 서글픈 땅을 가로질러 서쪽으로 한 걸음씩 힘겹게 내딛는 할루인 수사의 얼굴에 어린 빛은 갈수록 밝아졌다. 걷는 속도도 빨라지고, 열의 때문인지 혈색도 건강한 빛을 띠었다.

그는 숙소 다락방에 난 좁다란 창 너머 별들이 가득한 밤하늘을 내다보고 있었다. 삐죽삐죽한 산들이 양털 같은 구름을 웨일스 쪽으로 몰아가는 슈루즈베리 부근의 풍광과 달리, 이 지역에서는 광대하게 펼쳐진 창공이 사람 사는 어슴푸레한 세상을 짓누르는 느낌이었다. 별들이 초롱초롱하고 그 사이의 공간이 새까만 것으로 보아 내일은 아주 화창하면서도 추운 날이 될 것 같았다.

"자네, 괜찮은가?" 캐드펠이 조용히 물었다. "어깨 너머 뒤돌아보고 싶은 생각이 정말 들지 않는가?"

"그럼요." 할루인이 평온하게 말했다. "그럴 필요가 없죠. 제 뒤에 남겨진 것들은 모두 아주 행복하게 잘 있으니까요. 절 옭아매던 것들은 모두 사라졌고, 이제 제가 거기서 할 수 있는 일은 전혀 없습니다. 나와 버트레이드, 우리는 수사와 수녀예요. 더 원하는 것도, 부족한 것도 없죠. 이제야 하느님께 온 마음을 드릴 수 있게 되어 기쁠 뿐입니다. 주님께서 절 쓰러뜨렸던 건 당신을 위한 일꾼으로 새로이 태어나게 하기 위함이었죠. 저로서는 감개무량한 일입니다."

평온한 침묵이 한참 이어지는 동안에도 그는 여전히 열망 어린 얼굴로 맑은 밤하늘을 내다보고 있었다. "슈루즈베리에서 작업을 하다가 헤일스로 출발하느라 중단한 일이 있습니다." 그가 생각에 잠겨 말을 이었다. "벌써 한참 전에 도착해 그걸 마저 끝냈어야 했는데…… 혹시 안젤름 형제가 다른 사람에게 그 일을 맡겨버리지나 않았는지 걱정이네요. 채색 작업이 아직 반이나 남았는데."

"자네를 기다리고 있을 걸세." 캐드펠이 달래듯 대꾸했다.

"엘프릭 수사도 솜씨가 좋긴 하지만 제 의도에 대해서는 잘 모르니까요…… 어쩌면 금색을 과하게 쓸지도 모릅니다." 부드러우면서도 생기 있는 목소리로 그가 말했다.

"안달할 것 없어." 캐드펠이 말했다. "앞으로 사흘만 더 참으면 다시 붓과 펜을 잡고 작업을 시작할 수 있잖은가. 이제 나도 허브밭으로 돌아가야지. 지금쯤 약 찬장이 거의 바닥나 있겠군. 자, 그만 누워서 쉬게나. 우리는 내일 또 몇 킬로미터를 이동해야 하네."

열린 창으로 부드러운 하늬바람이 한 줄기 날아들자 할루인이 고개를 세우곤 마치 마구간 냄새를 맡는 종마와도 같이 숨을 들이켰다.
 "집으로 간다는 것이 얼마나 좋은지 모르겠어요."

주

1 슈루즈베리 성 베드로 성 바오로 수도원 the Shrewsbury abbey of Saint Peter and Saint Paul

잉글랜드 슈롭서주에 위치한 수도원으로, 원래 성 베드로에게 헌정된 작은 목조 교회였으나 11세기 후반 성 베드로와 성 바오로 두 사도에게 헌정한 석조 건물로 개축되었다.

2 스티븐 왕 King Stephen(1092 또는 1096~1154)

정복왕 윌리엄 1세의 외손자이며 잉글랜드 노르만 왕조의 네 번째 국왕. 외숙부이자 잉글랜드 왕인 헨리 1세가 살아 있을 때 헨리 1세의 딸인 모드 황후의 왕위 계승을 돕겠다고 서약했으나 1135년에 헨리 1세가 죽자 약속을 깨고 잉글랜드 군주의 자리를 차지했다.

3 모드 황후 Empress Maud(1102~1167)

마틸다(Matilda of England)라고도 불린다. 정복왕 윌리엄의 아들인 헨리 1세의 딸로, 신성로마제국 황제 하인리히 5세와 결혼했다가 그가 죽은 뒤 앙주 백작 조프루아 5세와 재혼해 헨리 2세를 낳았다.

4 브라이언 피츠카운트 Brian Fitz-Count(1090?~1149?)

헨리 1세의 가신. 왕의 총애를 얻어 기사 작위를 비롯한 모든 것을 후원받으며 자랐다. 모드 황후의 충신이기도 했던 그는 1139년부터 황후의 편에 서서 스티븐 왕과 맞섰다.

5 웨스트민스터 사원 Westminster Abbey(잉글랜드, 런던)
템스강 북쪽에 위치한 건축물. 수백 년에 걸쳐 영국 정치의 본산으로 여겨졌으며 현재에도 영국 의회장으로 사용되고 있다. 제2차 세계대전 당시 폭격당했으나 자일스 길버트 스콧에 의해 복구되었다.

6 글로스터의 로버트 백작 Earl Robert of Gloucester(1090~1147)
헨리 1세의 서자이자 모드 황후의 이복형제로, 1135년 스티븐 왕이 왕위를 찬탈한 이후 모드 황후의 편에서 싸웠다.

7 세인트자일스 Saint Giles
슈롭셔의 교회이자 구호소. 설립 시기는 12세기경으로 추정된다. 1857년까지 슈루즈베리 수도원의 사제가 파견되어 이곳의 일을 도맡았다.

8 성 위니프리드 Saint Winifred
홀리웰에 살았던 위니프리드에 관한 이야기는 중세 전설에 근거를 두고 있다. 그녀는 성 베이노의 조카이자 테비트라고 불리는 기사의 외동딸이었다. 크래독 왕자가 그녀를 겁탈하려 하자 달아났고, 분노한 왕자는 그녀의 목을 잘랐다. 하지만 성 베이노가 그녀를 되살렸고 새 생명을 얻은 위니프리드는 로마로 순례를 떠났다가 웨일스로 돌아와 귀더린 수녀회의 수도원장이 되었다고 전한다.

9 세인트메리 교회 Saint Mary's Church
970년 에드거 왕에 의해 만들어진 교회. '노르만의 정복' 이후 왕실의 종교 변화에 따라 우여곡절을 거치며 여러 차례 파괴와 복구를 겪었다. 빅토리아 시대에 전면 재건축되었으며, 현재 슈루즈베리에서 가장 큰 규모의 교회로 알려져 있다.

10 성 미카엘 축일 Michaelmas
성서에 등장하는 대천사 중 하나인 미카엘을 기념하는 축일. 영국을 비롯한 서방 교회에서는 9월 29일, 동방교회에서는 11월 8일로 정해 지킨다.

11 베네딕토회 Benedictine
베네딕토 규칙을 바탕으로 공동생활을 하는 가톨릭 공동체. 6세기 '누르시아의 베네딕토(성 베네딕토)'가 몬테 카시노에 창설하여 전 유럽에 퍼진 수도회의 일파다. 청빈, 순결, 복종을 맹세하고 규율이 매우 엄격한 삶을 강조했다. 집단적인 예배도 중요시하여, 수사들은 하루에 일곱 번씩 모여 찬송하고 기도하는 성무일도를 수행했다.

12 노르망디 공 윌리엄 William of Normandy(1028~1087)
잉글랜드의 왕. '정복자 윌리엄(William the Conqueror)'으로 불린다. 프랑스 북부 노르망디에서 아버지의 권력을 이어받은 그는 잉글랜드를 침공, 해럴드 2세를 상대로 승리함으로써 잉글랜드의 첫 번째 노르만 왕이 되었다.

13 폴스워스 수녀원 Polesworth Abbey
980년 베네딕토회 수녀들에 의해 건립된 수녀원으로, 노르만 침공 때 해체되었다가 1130년 재건립되었다.

캐드펠 수사 시리즈 15
할루인 수사의 고백

초판 1쇄 발행. 2000년 10월 17일
개정판 1쇄 발행. 2025년 6월 30일

지은이. 엘리스 피터스
옮긴이. 송은경
펴낸이. 김정순
편집. 홍상희 허영수
마케팅. 이보민 손아영

펴낸곳. (주)북하우스 퍼블리셔스
출판등록. 1997년 9월 23일 제406-2003-055호
주소. 04043 서울시 마포구 양화로 12길 16-9(서교동 북앤빌딩)
전자우편. editor@bookhouse.co.kr
홈페이지. www.bookhouse.co.kr
전화번호. 02-3144-3123
팩스. 02-3144-3121

ISBN. 979-11-6405-311-7 04840

옮긴이. 송은경
서울대학교 영어영문학과를 졸업하고 교직 생활을 거쳐 전문 번역가의 길을 걸었다.
옮긴 책으로『남아 있는 나날』『인생은 뜨겁게』『블랙베리 와인』『런던통신 1931-1935』
『게으름에 대한 찬양』『인간과 그 밖의 것들』『나는 왜 기독교인이 아닌가』
『중동의 평화에 중동은 없다』『프리메이슨 코드』『지중해 기행』『한나의 가방』
『프로방스에서의 1년』『위로의 편지』등이 있다.